ハヤカワ文庫JA

〈JA1184〉

〈骨牌使い《フオーチユン・テラー》〉の鏡

〔上〕

五代ゆう

早川書房

7503

目次

下巻目次

〈樹木〉
〈火の獣〉
〈石の魚〉
〈月の鎌〉
〈傾く天秤〉
〈はばたく光〉
〈翼ある剣〉
〈青の王女〉
〈鷹の王子〉
〈塔の女王〉
〈王冠の天使〉
〈円環〉

——〈骨牌《かるた》〉の十二の象徴

〈骨牌使い《フォーチュン・テラー》〉の鏡

〔上〕

一章　〈塔の女王〉

いつも暗い夜に、それは、アトリのもとを訪れる。

風が木々の枝を奏で、星が天の高みで凍りつく夜更けに、アトリは自分の寝台のわきに立つそれを感じる。

それはアトリの上に身をかがめ、腹の上にそっと手を置く。頭を重たげに垂らし、影のごとく長い髪をゆらして。赤ん坊の目を浄める取り上げ女のように。あるいは、死んだ子供の額《ひたい》に触れる母のように。

涙は慈雨のごとくアトリの上に降り、眠りの中で、アトリは青い霧の中をさまよっている。手の重みはなめらかな石になってアトリの腹に沈んでいき、そこで鈴の中子のように、ちりちりと寂しい音をたてる。

うつつに目を上げれば、そこは一面の青い広野だ。太陽も、月も、星もなく、ただびょうびょうと風が吹いている。

冷たさに、アトリは涙をながす。悲哀、寂寥、孤独。魂を冷やすそうした想いが瞼の上にしたたり落ち、眠りを青く染めていく。

どこ、どこ、どこ、と声が捜す。

——どこ、どこ、どこなの、と。

1

ひどく寝過ごした。

うたた寝の腕の上から頭を上げたとき、ろうそくといっしょに、夜はとうのむかしに燃えつきていた。

「なんてこと!」

あわてて飛びあがったひょうしに、すっかりしびれた指を、椅子の腕木に手ひどくぶつけてしまった。絵筆が倒れ、卓上にちらばった描きかけの札が硬い音を立ててちらばる。

叫び声をかみ殺してアトリは右手を押さえた。ああもう、いいかげんに切り上げて、早く寝ればよかった! 今朝は〈斥候館《せっこうかん》〉の花の祭りに出ることになっているというのに。

女あるじのツィーカ・フローリスは理不尽な雇い主ではないけれど、契約ということに関してはいけ人一倍きびしい。ついでに言えば、金銭の出入りに関しても。こんなことで一日あたりの銀貨五枚を、へらされでもしたらたまらない！

ぶつけた指を吸いながら、寝ぐせをなでつけ、扉を押し開ける。

小鳥の鳴き声といっしょに、河口の都市ハイ・キレセスの朝の風景がアトリを出迎えた。

視界のほとんどを占めるのは海だ。瞳を洗うかのような、どこまでも澄みきった青が目を通って流れこみ、わずかに残った頭のもやを吹きとばした。

ハイ・キレセスは河口の砂州《さす》に発達した、商業と漁業の都市である。

大陸をほぼ横断し、ベーレト海に流れ込む大河セヴァーンは、昔からその流れに沿って、大小いくつもの村落や都市を発展させてきた。

そのうちいくつかの特に大きな都市は、河を使った運輸業や交易によって富をたくわえ、人を集めて、さまざまな手管と政治的折衝ののちに、最初の支配者であった王侯貴族からの、ゆるやかな独立を果たした。

それから数世代、現在、それら独立商業都市がたがいに結んだ共同体の中でも、ハイ・キレセス、かつては〈天の伶人《うたびと》〉たちも愛したという海に臨む都市は、まずいちばんに人の口にのぼる場所に数えられている。

真珠や、貴婦人たちが珍重する貴石、貴重な香料などを産する多島海との貿易が、都市のふところにたえず巨万の富をそそぎ込むのである。風光明媚でも知られるこの都市は、石造りの街並みの白とあいまって、気まぐれベーレトの胸を飾る首飾りの中でも、最大の真珠とたたえられていた。

海は凪いでいた。早朝の漁から帰ってきた小舟が白い航跡をひき、その上を、かん高く鳴きかわす海鳥が翼をかすめて飛び交う。そんな入り江を囲む山のみどりの斜面に、鯨にはりつくふじつぼのように、海辺のひとびとの白い小さな家がびっしりと並ぶ。

潮の香りをぞんぶんに吸い込みながら、アトリはうんとのびをした。三年前に死んだ母はさまざまなものを娘に遺《のこ》してくれたが、この家もそのひとつだ。港を見下ろす高台の家は小さいが、こぢんまりと居心地がよく、朝も昼も夜も、心地よい潮風と明るい陽光に困ることはない。

軒下の水桶で顔を洗いながら、作りかけの骨牌《かるた》を、出かけるまでに完成させられるかどうか思案した。どうしても今日仕上げなくてはならない理由はないのだが、モーウェンナは大事な友だちだ。初めての〈祭り〉の日に、親友から贈り物がないと知ったら、きっと落ち込むだろう。アトリはおしゃれと食べ物にしか関心のない彼女にときどき閉口し、モーウェンナはモーウェンナで、ごく実際的にできている年上の友をいくらか気の毒に思っているにしても、二人が無二の友人であることは間違いないのだから。

(持っていって、あっちで仕上げさせてもらおうかしら)

それだけの暇を与えてもらえるかどうかは、少し疑問だけれど。ツィーカ・フローリスは、雇い人には払った金だけのことは要求するし、それ以上のことをさせるのも、もちろん、やぶさかでない。

昨日はグラニア回りの貿易船が着いたし、市場では、アシェンデンから来たらしい、浅黒い顔をした水兵も見かけた。加えてこの季節、海のむこうの多島海の国々からは、高価な黒真珠を乗せてくる船が切れ目なく訪れる。真珠商人は金持ちだ。その上、長い航海のあとである。〈館〉の祭りは大盛況だろう。

（まあいいわ。行ってみてから考えましょ）

顔をぬぐって家に入り、戸棚を捜して見つけた昨日のパンを口につめこんだ。林檎をひとつもぐもぐ嚙みながら、作りかけの骨牌を布に包んで、わきに置く。

部屋の一隅に、端が曇った鏡がかかっていた。金色の蔓草が縁にからみついたその品は、質素な室内にただ一つ、娘らしいものと言ってよかった。髪をほどいてとかしながら、アトリは鏡の中から自分を見つめる少女と視線をあわせた。

十七歳だが、それよりはもう少し若く見える。明るいはしばみ色の大きな瞳と、鼻と額に散ったうすいそばかすのせいかもしれない。

金茶色の長い髪が両脇に垂れて細い肩を包み、小さな顔がいよいよ小さく見える。つんと上向いた鼻とふっくらした唇は母譲りだが、いつも笑い出すのを待っているかのような、いたずらっぽい口もとはアトリひとりのものだ。

三年前に死んだ母は、このような表情をしたことはなかった。一度も。

服を着替えるとき、裸の腹にちょっと手が触れた。アトリは足を止め、出したばかりの下着を置いて、胸の下から臍までの窪みを、またその下の、ふっくらと盛り上がった部分を、指で覆うように撫でてみた。

　また、あの夢を見た。

　この一年ほどの間に、よく見るようになった夢。

　そこではアトリは捜されるものでありつつ、捜しているものでもある。捜しもののありかを知りながら、永遠に見いだせない痛みにうめくのだ。目覚めてもなお去らない悲哀に、枕が涙で濡れていることも何度かあった。

　特に月のさわり近くになると頻繁に見るので、頭が重くなったり脚がしびれたりするのと同じと思うようになっていたが、今朝の夢は、ことのほか生々しかった。

（ばかみたい。たかが夢じゃないの）

　冷たい絹のような手触りがまざまざと指先に蘇り、ぞくりと背筋を震わせて、アトリは急いで服を着た。戸締まりをして、下の船着き場と小屋とをつなぐすり減った石段をてくてく降りていく。

　家々は同じ色の漆喰《しっくい》で塗られ、朝日の腕の中で今は金色に染まっていた。白い四角の上に、赤や、青や、緑の瓦屋根がたがいに重なりあい、細い階段を通って、朝食の用意をする女たちが道を上がったり下りたりするのがよく見えた。

　ざわめきがたくさんの橋と、漆喰の壁にこだましていた。幾隻かの船が荷の積みおろしをしているかたわらで、裸の背中を光らせた少年が、投網や河エビ用のすくい網を小さな船に積みこんでいた。

「おはよう。漁に行くの？」

アトリが声をかけると、少年は首をすくめて顔を上げ、そこに金茶の髪をきちんとまとめた少女の姿を認めてわずかに頰を染めた。

「もしよかったら、〈輝く喜びの丘〉まで乗せていってくれない？　お礼はするから」

「はいよ、〈姫たちの館〉へね。あんた、骨牌使いかい」

帯につるした、葡萄酒色の革の小袋に目を止めて少年は尋ねた。

アトリはうなずいた。なめし革の小袋には金色の糸で、枝を広げた樹木と、そのそばに小さく、翼を広げた小夜啼鳥《ナイチンゲール》の図案が刺繡されている。

「じゃ、乗りなよ。お礼なんかいいから」

少年は足を地面に乗せて、小舟を引き寄せた。

「代わりに、魚のよくとれるまじないをしてってくれないか。――そうだ、思い出した、小夜啼鳥のベセスダの娘だろ、あんた。その鳥の絵、知ってるよ。あの人以上に腕のいい骨牌使いはいないって、うちの母ちゃんが言ってた」

「そう。光栄だわ」

微笑んで、アトリは少年に手を取られて船に乗りこんだ。ベセスダは母が骨牌使いとして使っていた名だった。小夜啼鳥の標《しるし》も。

腰の袋から、いつも身につけている無地の骨牌札を出して小刀をあてる。豊饒をしめす〈塔の女王〉と、危険を祓う〈鷹の王子〉、母なる〈円環〉をすばやい動きで刻み込むと、小舟の舳先《へさき》に身を乗りだして、革ひもでしっかりくくりつけた。

「はい、これでいいわ。もし落としたり、効力がなくなったら、そこの石段を登ったわたしの小屋へ来てね。新しいのを作ってあげるから」

「ありがと」

白い歯をむき出して少年はにっこりした。

「あんたの母さんがいなくなって、寂しいよ。誰もベセスダよりいい〈詞《ことば》〉を、じょうずに語れる人はなかった。おれたち、いつだって大助かりだった。あの人が札をきざんでくれりゃ、それだけでひと夏は食べ物に困らなかったもんな」

(――ああ、母さん)

わたしの母さん。

アトリはあいまいな微笑を浮かべただけだった。少年はしばらく返事を待って口をつぐんでいたが、アトリが答えるようすがないのを見てとると、あまり気にしたようでもなく、肩をすくめて櫂《かい》で桟橋を突いた。

〈斥候館〉は、ハイ・キレセスの中心街からは少し身を引いた場所にある。古風な美しさを持った大理石の建物で、ハイ・キレセスが自治権を確立する前に、すでにこの地にあったという言い伝えがある。

多島海ふうの、ゆるいふくらみを持った柱が屋根を支え、漆喰ではなく白い石の壁には、ほかの建物とは明らかに違う華麗な細工が色硝子ではめ込まれている。

微妙に曲線を描く屋根から、すらりと伸びた二つの高い尖塔が美しい。白鳥の首を思わせるその塔は、かつてこの土地を支配していたという高地人《ハイランド》の城の物見の塔だったという言い伝えがあり、〈斥候館〉の名前はそこから来ていた。

「あれ、水路がふさがってる。まいったな。まだ白鳥船が出るのは早いと思ってたのに」

少年がぼやいた。前方に金色に塗りたくられ、曲線を描く舳先をもった小舟がいくつもひしめいている。

「ほんとね。いつもなら、鳥の渡りが始まってからでもないと出ないのに」

白鳥船というのは主に観光客相手のきゃしゃな小舟で、船首に様式化された白鳥の頭がついているのですぐ見分けられる。華美で場所をとるくせに動きがにぶいので、用があって水路を行き来する人々にとってはきらわれものなのだ。

河の上に造られた街並みには、運河が多い。複雑に入り組んだ街路や橋の下を、アトリを乗せて小舟はゆったりとくぐり抜けていく。

家々の白い漆喰は、朝日の腕の中で金色に染まっている。白い四角の上に、赤や、青や、緑の瓦屋根がたがいに重なりあい、細い階段を通って、朝食の用意をする女たちが道を上がったり下りたりするのがよく見えた。

ハイ・キレセスは、大陸をほぼ南北につらぬく大河の河口に位置するおかげで、昔から、ことにさまざまな交易の舞台として発展してきた。

過去、ゆたかな商取引の利益を狙って、周囲の国々が侵略を仕掛けてきたことも何度かあった。だが、都市の政治を牛耳っていた大商人たちは、王侯貴族の支配に屈することをよしとせず、商人ならではの手段と外交力を駆使して、今ではほぼ完全な自治権を獲得するに至っている。

自由通商同盟と称されるその体制は、ハイ・キレセスを筆頭にほぼ十の都市にのぼっている。この都市では王や貴族といった身分はほとんど意味を持たず、日々の才覚と、個人の能力の有無のみがものを言うのだ。

「うん、でも、なんでも海の向こうの東の土地で、いろいろとぶっそうなことがあるからだって話だよ。だから今まで山むこうのジルドアとかで保養していた人たちが、こっちに場所を移したから、早い目に船を出さないと入りきらなくなったんだってさ。うちの裏のおやじさんが言ってたよ。どっちにしろ、めいわくな話さ」

少年はふんと鼻を鳴らすと、片手を口の横に当ててどなった。

「おいそこ、とっととどけよ、こっちの船底がくさっちまうだろ！」

やがて市場の近くの荷下ろし場につくと、少年はそこの薬種商人に用があると言った。

「じゃあ、わたし、ここで降ります。乗せてもらってありがとう、助かったわ」

「ほんとにいいのかい。じゃ、気をつけて行きなよ。こっちこそ守り札、ありがと」

気安げに手を振る少年に笑顔を返して船を下り、アトリは、騒々しい市場を避けて、裏のほうから館への坂道を上がっていった。

朝一番の荷下ろしを終えた人足たちが、あちこちの屋台で腹ごしらえをしている。揚げた小えびのおいしそうなにおいが、パンひとつとりんごしか入っていないおなかをいたく刺激したが、我慢した。これ以上遅刻したら、ツィーカ・フローリスになにを言われるやら。赤銅色の筋肉の盛りあがった肩から、極彩色の南国の鳥がこちらを向いて、馬鹿にしたようにギャアと鳴いた。


門を飾る聖堂の唐草格子は、本物のつるばらのように、紙でつくった白い花で満開だった。門の前で、門番の老ゼンが腰を曲げて箒《ほうき》で地面を掃いていた。

「ゼン、わたしよ。アトリ」

声をかけると老人は手を止め、ぼんやりとアトリを見つめた。

半ば開いた口から、わけのわからない言葉が流れ出た。音と言ったほうがいいのかもしれない。いかなる意味も見いだせない、無秩序で耳ざわりな騒音である。聞くだけで人の心を不安にし、苛立たせる音の羅列だった。

アトリは小さくため息をついて、そばを通りすぎた。

ゼンのような人々は〈異言者《バルバロイ》〉と呼ばれる。

太古、〈祖《そ》なる樹木〉と〈旋転する環〉の婚姻から生まれた十二の〈詞〉によって、この世のすべてが語り出された。

語られたものであるあらゆる存在は、必ずその中核に自らが語られたときの〈詞〉を持ち、それによって存在自身を支えられている。また、それによって、一つの大きな物語である世界に組み込まれ、つながっていることができる。

だが、〈詞〉の壊れた者は、この物語に参加することができなくなる。

その唇をもれるのは、〈詞〉が生まれる以前の、原初の混沌でしかなくなる。こういった者を、哀れみとわずかな恐怖をこめて、人は〈異言者〉と呼んでいる。

ゼンは妻の死をきっかけに、自らの〈詞〉を壊してしまった。混沌の言語は、喪われた〈詞〉の代わりにその者の内面を充たし、心を〈詞〉によって秩序づけられない異質な物語、すなわち混沌につなぎ止めてしまう。言うなれば、〈異言者〉は異なる言語で語られる、物語からの漂流者なのだ。

ゼンは老いた妻のヨージャが死んだのをきっかけに〈異言者〉になった。よく遊んでもらった老女が死んだのは悲しかったが、その夫が、見る影もなくやせ衰えていき、やがて〈異言〉を発するようになったときは、ヨージャが死んだときよりもさらに辛かった。目の前に生きた相手がいるのに、いくら話しかけても答えてはもらえないのだ。

ツィーカ・フローリスは永年勤めた老人を見捨てることなく、今も門の掃除や、その他の雑用を任せて食事や寝床を与えている。

彼は幸運なほうなのだ。たいていの〈異言者〉は不吉な者と見なされて追放され、路肩で飢え死にするか凍え死にするほうが多いのだから。

それでも小さいころ、よく遊んでもらった老人のごつい手と笑顔を思い出すと、アトリの胸はわずかに痛む。

大人たちがせわしく出入りしている中で、人待ち顔に、階段のはしに腰掛けて、小さな拳でふっくらした頰を支えている、幼い少女の姿が見えた。

「モーウェンナ」

「アトリ！」

こちらを向いた顔が喜びに輝いた。モーウェンナはぴょんと階段から飛び降り、何人かの大人たちをつまずかせて、いちもくさんにアトリのもとへ駆けてきた。

「アトリ」

顔をまっ赤にして笑った。「待っておった」

「ごめんなさいね。少しねぼうしてしまって」

「もう来たからよい」

うれしそうにアトリの足にしがみつく。

あと三月《みつき》で十歳になるが、すでにアトリの三倍は女である。まだふくらまない胸も丸い頰も、子供以外の何者でもないが、濡れた唇は血を塗ったように赤い。〈斥候館〉の女館主が手塩にかけて磨きぬいた娘は、同性であるアトリでさえ、時にはぎくりとするほどの妖艶さを発揮する。

けれどもこのときばかりは、〈館〉の小女王もただのちいさな女の子にもどっていた。彩った瞼の下で目をきらきらさせて、モーウェンナはアトリを引っぱった。

「早く行こう。アトリのために、庭のいちばんいい場所を用意してある。今日のモーウェンナの客は、アトリ一人じゃ。ほかの有象無象は、みな断ってやった」

「それは光栄ね。その髪、すてき。服はもちろんだけど」

「すばらしいじゃろ」

芸術的にふくらませた髪に手をやって自慢する。

子供らしくくびれの入った、ふっくりした腕には栗色と黄色の天鵞絨《ビロード》のリボンが巻きつけられ、そこここに、小さな水晶とビーズでできた花飾りが垂れ下がっている。透きとおるような薄い生地のドレスから透けて見える小さな乳首は、金粉できれいに塗られていた。くるりと回ると長い裾が雲のように広がり、水晶のビーズが涼しく鳴った。

「今日の夜明け前から、朝食のあとまでもかかったのじゃ。それから服を着つけてな。おお。そうじゃ、〈骨牌〉。持ってきてくれたかえ？」

「ごめんなさい」

つい、アトリは口ごもった。

「まだできていないのよ。あと、色を塗るだけなんだけど。眠ってしまって」

「できていない？　なぜじゃ。約束したのに」

紅をぬった頬がぷっとふくれた。

「アトリがくれるからと思って、ほかの贔屓《ひいき》からのは全部ことわったのに。このままではモーウェンナは贈り物なしになってしまう。皆のいい笑い者じゃ」

〈斥候館〉の教育は厳しいが、美しい少女の多少のわがままは、客の心をそそる気の利いた薬味として奨励される場合がある。モーウェンナはまことにみごとにそれを利用していた。じだんだを踏んで、そっぽをむいてしまった。

「あのね、モーウェンナ」

「聞きとうない。アトリなぞきらいじゃ。うそつき」

アトリは困惑した。こうなることはほぼ予想していたのだけれど。半分は自分に甘えてのことなのはわかっているけれど、すねてしまったモーウェンナが、空腹のろばより扱いにくいのもよく知っている。

きょうは一日、〈館〉にいなくてはならないのに、わがままな姫のしかめっつらを見て過ごさなければならないのは気が重い。どうしたものかと思っているうちに、ふと妙案を思いついた。

「ねえモーウェンナ、こうしてみない？　あなたが自分で、骨牌に好きな色をつけるっていうのは」

「モーウェンナが色を塗るのか？」

美少女は長いまつげをはたりと動かした。

「でも、モーウェンナはやり方を知らぬ」

「わたしが教えてあげるからだいじょうぶよ」

アトリは熱心に言った。自分の思いついた妙案がすっかり気に入っていたのだ。

「下絵はすっかりできているし。そうすればあなたは自分の好きな色で塗った骨牌を持てるし、これは自分で描いたんだってみんなに自慢することもできるでしょう」

モーウェンナも提案が気に入ったらしかった。少し考えてから、すねたことなど忘れたようにあでやかな笑みをアトリに向けた。

「それがいい、そうしよう。モーウェンナは絵がとくいじゃ。でも、アトリが手伝ってくれぬでは嫌」

小ずるくそうつけくわえる。アトリは首をすくめて友だちの背を押した。

「もちろんよ。奥から絵の具と、膠《にかわ》を持ってきなさいな。中庭で待っているから」

「わかった」

話しているうちに廊下を抜け、さんさんと陽の降りそそぐ回廊に出た。

「そういえば」とモーウェンナは言った。

「ゼンと話していたようじゃの」

「ええ」

そっと振り返って彼のいるはずの門のほうを見る。

「このあいだ、天候を聞きに来た船乗りから聞いたんだけど、何か北国のほうで、〈異言者〉を治す研究が進められているそうね。人が来たり、ふれを回したりして、ゼンみたいな人たちを集めているって聞いたわ。彼、そちらへ送らないの？　もしかしたら、治してもらえるかもしれないじゃない」

「くだらぬ」

そっけなくモーウェンナは一蹴した。

「あれはこの世を統べる〈詞〉も、〈骨牌〉の秘儀も知らぬ、野蛮人の言うことじゃ。おおかた、安上がりな奴隷でも欲しくて、甘いことを言うておるのであろ。王の〈骨牌〉でさえ、いったん〈詞〉をこわして〈異言〉に身を投じたものを呼びもどすことは難しいのじゃ。前例がないわけではないが」

考え込むように口を閉ざし、妙に大人びたしぐさで顔をあげる。

「いや、アトリ、人には思い出さぬでよいことがいくつもある。われらにはわからぬが、ゼンはあれで幸せなのかもしれぬよ。最初に語られた〈詞〉の法則に縛られるこの世ではならぬことも、それのない〈異言〉の中では現実ともなろうからな。

ゼンは今でも、死んだヨージャと暮らしておるのかもしれぬ。もしできるとしても、そこから引きずり出すのは酷であろう。そっとしておいたほうがよいのではないかえ。それに、たとい良い意図から使われたものでも、歪められた力は思いもよらぬ災害を引きおこすことがある。かの呪われしベルシャザルの伝説は、そなたも知っていように」

「そうね」

恥じ入って、アトリはうなだれた。時々だが、自分とモーウェンナのどちらが年上なのか、わからなくなるときがある。

〈骨牌〉の力はさまざまな方向に働く。小さいものなら、アトリがするような普段の占い、また病気やけがの治療、幸運を呼ぶまじないなど。

だが、もし、上手に造られた〈骨牌〉を完全に使うことができれば、天地はおろか、はるか時空を超えた一切を自由にすることも不可能ではないと言われた。

たとえば、五百年ほど前、高地人の血を引くベルシャザルという骨牌使いが、おのが仕える王の娘に恋し、そのために〈骨牌〉の力を使ったという。

我欲のために使われた〈骨牌〉の力はゆがみ、暴走して、王女もろとも、都と人々を地の底にのみこませた。隆盛を極めた古きハイランドの王城は一夜にして消失し、国土は荒れ狂う力の嵐の中で焦土と化した。

その後、ベルシャザルの姿は二度と人の目に触れることがなく、今も高地とその他の地方を分けている暗黒の大地溝と不毛の荒野は、彼のあやまちの痛ましい記念碑として、骨牌使いたちの恐怖と戒《いまし》めのまととなっている。

六つ年上ではあるが、母から受け継いだ財産と、まがりなりにも骨牌を扱える力のおかげでいちおう不自由なく暮らしている自分と違って、モーウェンナは、この〈館〉でさまざまな運命のもとにある少女たちを見慣れている。

館の主であるツィーカ・フローリスは彼女たちをけっしてむごく扱ったりはしないが、ここに流れてくるまでに、かなりの辛酸をなめた者は少なくないはずだ。

そうした事情を見てきた経験が、自分とこの小さな友だちの差をつけているのかもしれない。薄い着物から見える幼いからだと、不つりあいなほどの色香を発散するヘンナで染めた乳首に目がいって赤くなり、アトリは思った――もしかしたら、それ以外のこともあるかもしれないけど。

「そうね。わたしは単なる骨牌使い、占い師でしかないんだものね」

モーウェンナの房のある奥まった二階部屋にたどり着く。「急いで戻る」とモーウェンナはささやき、鞠のようにはずんで階《きざはし》を跳ねあがっていった。アトリは手を振って見送り、ひと息ついてあたりを見回した。

四方を回廊に囲まれた中庭は、〈斥候館〉の中でももっとも美しい場所の一つである。二つの尖塔がくっきりと白く青空に浮きたつ。

庭の真ん中に堂々と立つ大樹には白い花がいっぱいに咲きこぼれ、うすい花弁は極限まですりあげた貝殻のような、乳白色の光を帯びているかに見える。花の咲かない樹木にも、紙細工の造花が一面にくくりつけられている。撒かれ、こぼれた花びらが、ととのえられた芝草の上に、星くずのように散らばっていた。

今しも、〈館〉で育てられている小さな子供たちがきゃあきゃあ言いながら、中庭を囲む露台《バルコニー》の手すりに花を結んで回っているところだ。そこここで優美な姿態をさらす女人像にも花の首飾りが捧げられ、大理石の目の見下ろす場に、客たちが群れていた。

そろそろ人が集まりだしたところで、結局それほどの遅刻になったわけでもないようだ。

ツィーカ・フローリスの姿もまだ見えない。よかったこと！

「ああ、アトリが。〈館〉のかわゆい占い師殿がおいでじゃ」

仲のいい姫のひとりが、庭の向こう側からアトリを見つけて声をあげた。

「おや、ほんにアトリじゃ」

「みなおいで、先を越されてはならぬよ」

それを聞きつけたて三々五々、散らばって客の相手をしたり楽器をつまびいたりしていた娘たちが、仕事そっちのけで集まってくる。

「ごきげんよろしゅう、骨牌使い殿。今宵もまた善き〈詞〉を聞かせておくれ」

「レサ！ レサ！ 骨牌使い殿にクッションを一つ持ってきておやり」

「誰ぞ、かかさまにお伝えしておくれ。わが館の王女がおいでになられたよ」

「こんにちは、リドラ、カイ、シャルミード、ゼラ」

アトリは顔なじみの娘たちに微笑みかけ、気取っておじぎした。

「お世話をかけるけど、よろしくね。毎度ご贔屓たまわります。恋占いだろうと相性占いだろうと、思いのまま、ご相談承《うけたまわ》りますわ」

娘たちは肘をつきあってくすくす笑った。

日除けの傘を広げた芝生の上に、リュートをかかえた吟い手《うたて》がひとり、座って奏でている。アトリを認めて、指をあげて黙礼をした。アトリは礼を返し、造花の花綵《はなづな》をめぐらせた木の下の、緋色の毛氈《もうせん》に腰をおろした。

〈詞〉を扱うものとして、アトリのような占い師、〈骨牌使い〉と詩人とは親戚関係にある。あちらは架空の人生を語り、こちらは現実の人生をつむぐ、そういった違いはあるにしても。日常使われる言葉もまた、真の〈詞〉の遠い残響を伝えるものであるから、それを扱う者もまた骨牌使いの一員とみなされる。いささか低い一員であるにしても。

花の祭りは、ハイ・キレセスの〈館〉の初秋を飾る催しである。もとは、農民たちが一年の収穫を大地に感謝する祭りだったはずが、ここが商人の都市となるにつれて変化し、いつのまにか、〈館〉特有の華やかな祭典として定着したのだった。新たな〈館〉の娘たちはこの日、客へ初お目見えをし、前からいる娘たちは馴染み客から、粋をこらした贈り物を受け取るのを何より楽しみにしている。

アトリもそろそろ仕事にかかることにした。毛氈の上に足を組んで座り、腰から袋を外して、慎重な手つきで中身を取り出す。

手のひらほどの、十二枚の札。すべて同じ大きさで、薄く削った香木でできており、花にまじってそのあえかな香りがふわりとあたりに漂った。

作法に従って、一枚ずつ毛氈の上に並べていく。札には番号と、一枚ずつ違う彩色した絵が刻みこまれていた。一枚目には虹色に輝く大地にすっくと立った樹木、二枚目には、渦巻く風に包まれて大いなる翼に抱かれた剣、三枚目には、どこまでも広がる青い光の中をはばたいてゆく一羽の鳥、というように。

「昔、」

と吟い手がリュートをかき鳴らして唄った。

「昔、この世に音もなく動きもなく、今あるすべてのものが存在しなかったころ、混沌の中にひともとの樹木が生い出た。白い花咲く〈樹木〉は母なる〈円環〉を生み、この二者の交情から十の子らが生まれた。

彼らはそれぞれに独自の力と、それをあらわす音を持っていた。十二の音は重なり合い、調和して暗黒の虚無を満たした。響きは〈詞〉となり、歌となってこの世のすべてについて語り聞かせた。聞かされたものがわが身のうちにないのに耐えられず、虚無は身を変えて、世界となった。

〈樹木〉と〈円環〉は歓喜のあまり声をあげ、それらは砕けて光り輝く伶人たちの姿となり、できたばかりの地上にふりそそいだ。純粋な〈詞〉の子である彼らは〈天の伶人〉と呼ばれ、地上の人と動物に、〈詞〉の秘密と恵みをわけあたえた」

そしてこの世界を語りおえたと感じた十二の〈詞〉たちは、それぞれ自身を父たる〈祖なる樹木〉の葉に刻みこんだと、伝説は続いている。母たる〈円環〉は、それらを集めて世界を支える究極の〈詞〉とし、世界の中心に置いたという。

現在に言う〈骨牌〉とは、その世界の中心に置かれた十二の葉の写しと伝えられている、十二枚一組の力ある札のことである。

〈骨牌〉を使うものはこの札にあらわされる、象徴と音を使って力を行使する。これが〈詞〉と呼ばれる。だが写しとはいえ、もとが存在自体の力の秘められた根源である以上、その力は強大なものとなる。

ゆえに、〈骨牌〉を持つにはいくつかの訓練と修養が必要とされ、〈木の寺院〉と呼ばれる教育機関が各地に造られている。そこを卒業した上で〈骨牌〉を手にし、扱うことのできる人間が、正式に「〈骨牌使い〉」の名で呼ばれるのである。

アトリの得意は、占いだった。街に出て市場に屋台を出すこともあるが、機会があればこうして、〈斥候館〉専属の占い師として興行している。娘とは占いが好きなものだし、客も、馴染みの姫を喜ばせるためのちょっとした余興に、よく利用してくれる。

それに、館主のツィーカ・フローリスは、死んだ母の数少ない友人のひとりだった。あまり娘をかまいつけない母に代わってよく面倒を見てくれたし、母の死後、ひとりになったアトリを保護して一人立ちできるようにしてくれたのも、彼女であった。

「おい、そんな小難しい歌はやめて、もっと気の利いたものを聞かせろ」

寝椅子にだらしなく寝そべっていた太った男が不平をもらした。

「何か、もっとあるだろう──なんというか──血の熱くなるようなやつが。しんみりするようなやつでもいい。〈堕ちたる骨牌使い〉のバラッドはどうなんだ。わしは何度か聞いたが、黒い骨牌使いを追跡するところなどはなかなかの聞きものだった」

「あれはいささか時間がかかりますよ、御前さま」

吟い手は不服そうに唄いやめて、口をとがらせた。

「それにめでたい祭りの席で、お聞かせするようなものでもございませんでしょう。古きハイランドの悲劇は単なる歌ではなく、かつて実際にあったことなのですから。黒き狼ベルシャザルが、真に堕ちたるものであったかどうかはいざ知らず」

「ほんにその通り」隣にはべっていた〈館〉の姫が、薔薇色にいろどった爪をのばして肉のついたあごをついと撫でた。

「語られた物語は力を持つもの。妙なる〈詞〉にひかれて、滅びし王国の民が地中より蘇りましては、せっかくの花の祭りが台無し。さ、もう一つ、杯を」

男は不満そうだったが、すぐに姫のやさしい手と杯の中身にとろかされ、あいまいな笑みを浮かべて寝椅子にもどった。曲はいつしか、冠を持たない王とその剣についての、森林に伝わる古い古い歌に変わっていた。

「持ってきた、アトリ」

絵の具箱と膠の瓶を持って、はあはあ言いながらモーウェンナが戻ってきた。

「早かったのね、走ってきたの？　あら、その絵の具、見たことのない色が入っているわね。ずいぶん上等そうだけど」

「貰ったのじゃ」

いたずらそうに、モーウェンナは目をくるくるさせた。

「そうそう、アトリ、あとで、南の回廊の赤の壁画の前へ行ってみるとよい。珍らかな殿御に会えるぞ」

「珍らかな？　誰？」

作りかけの骨牌を出しながら、アトリは首をかしげた。モーウェンナの口振りからして、単に姿のいい男だとか、遠いところの珍しい人種だとかいうのではなさそうだ。誰か知っている人物、アトリにとっても親しい？

誰だろう。

訊き返そうとしたとき、いきなり、ぬっと影が落ちた。

「ほう、これはこれは」

絵の具を溶いてやっていた手を止め、アトリは顔を上げた。

背の高い男が、にやにやしながら見下ろしていた。酔って足もとがおぼつかない。それほど若くはないが、がっちりとした体つきをしている。腰に、火を噴く竜のぬいとりのついた、革製の袋を下げている。骨牌使いなのだ。

「ずいぶんとかわいらしい骨牌使いがいたもんだ！　それともここの館の娘かな？　少なくとも、そっちのちっちゃい娘はここの子らしいや」

伸びてきた手を避けて、アトリは思わず身を引いた。

「〈骨牌〉はあんたみたいな女の子の手に負えるものじゃないぜ。そんな辛気くさいものはあっちへやって、この寂しい男の子にキスしてくれないかい」

「アトリはちゃんとした骨牌使いじゃ」

邪魔をされて、モーウェンナが不機嫌そうに言った。

「あとにしてくれぬか、お客人。モーウェンナの先客はアトリじゃ。この骨牌ができあがったらまた来られるがよい。そうしたらお相手しよう」

「骨牌？　そのお粗末な木ぎれがそうなのか？　こいつはお笑いだ」

そっくりかえって男は笑った。

「〈詞〉の秘密は、女の子のかわいい頭には少々荷が重すぎるってものだぜ。骨牌を持つには、〈樹木の寺院〉で十年は修行しないといけないってのを知らないかい」

「モーウェンナはとても頭のいい子よ」

友だちの顔が青白くこわばるのを見て、アトリはあわてて口をはさんだ。

「今日は彼女の初めての祭りの日だから、わたしが贈り物をあげると約束したのよ。彼女はここの、いちばんの姫君だから」

目顔でモーウェンナに下がるように言う。

「〈寺院〉のことはもちろん知ってるわ。彼女がそうしたいなら、〈寺院〉から教師を呼んであげるとツィーカ・フローリスは約束してるし、それに、貴族の中には、〈寺院〉に行っていなくても、飾り物として〈骨牌〉を集めている人がいるでしょう」

「おっと、いっぱしの口をきくじゃないか、お嬢ちゃん」

身をのけぞらして男は笑い、アトリのあごをさっとくすぐった。アトリが身震いしたのも、意に介さなかった。

「あんただってけっこうかわいい顔なのに、なんだってそんなにつんけんしてるんだかねえ。ほかのお姉ちゃんたちみたいに、にっこり笑やあいいのにさ。〈骨牌〉なんか持ってもったいぶってみたって、することはするんだろ？　わかってるんならごちゃごちゃ言わずに、楽しもうじゃないか。それより他に能もないくせに」

「〈斥候館〉を売女の家とぬかすか！」

　ふるえる拳を握って、モーウェンナが立ち上がった。

　周囲で聞いていた娘たちが、ざわりと騒いで美しい顔を見合わせる。アトリは胃の底が冷たくなるのを感じた。

　ここにツィーカ・フローリスがいないのを、彼は感謝すべきだ。もしいたら、即座に首をねじ切って城壁の外に捨てられかねない。

「今の言葉を取り消しなさい。あなたに警告するわ」

　できるだけ声を抑えてアトリは言った。

「〈斥候館〉のお客は、ここへただの女を求めてくるわけじゃない。本物の知性と教養を、心を持った夢の女性を求めて来るのよ。ツィーカ・フローリスは第一級の淑女だし、ここにいるみんなもそう。己に誇りを持っている。誰であろうと、彼女たちを侮辱することは許されないわ」

「だけど、行きつくところは同じだろう？　寝るのさ、男と」

　失言に気づいていくらかたじろぎながらも、男は言いはった。

「ああそうかい、自分は違うって言いたいんだな、へっ、お上品ぶりやがって。わかったよ、お偉い骨牌使いのお嬢さん。

だけど、こんなところで占い師のまねごとをやってるようじゃ、お里が知れるってもんだ。どうせ〈寺院〉の門もくぐったことのないもぐりなんだろう」

「なんですって?」

アトリの手が腰の袋に伸びた。

骨牌を収める袋には、各人によって異なった図案がほどこされている。図案の内容は、おのおのが学んだ〈樹木の寺院〉から卒業するときに、師から定められることになっていた。骨牌使いの身分証明のようなものだ。

男の言うとおり、アトリは〈寺院〉に行ったことはない。小夜啼鳥は、母の死に従って彼女から受けついだものだ。だが、厳しい訓練を母によって受けた。〈寺院〉で学んだ人間に対しても、ひけは取らないつもりでいる。

アトリが顔色を変えたのを知ってか知らずか、男は言いつのった。

「ああそうだ、そういえばさっき館主があんたのことを、古い友人の娘で、母親に似てとても強力な骨牌使いだと言ってたっけな。娘がこれじゃ、母親も思いやられる。どうせここの娘どもと同じ、とんだあばずれだったんだろう」

モーウェンナが怒り狂ったうなり声をあげた。

しかし、アトリのほうが早かった。札を押しのけて飛び上がると、アトリは、振り上げた手を力いっぱい相手の頬に振りおろした。

小気味のいい音がした。姫たちが恐怖の悲鳴を上げた。まさか反撃をくらうとは思ってもいなかったらしい男は、しばらくぽかんと口を開けて立ちすくんでいたが、しだいにこみ上げてくる憤怒に殴られた頬をひきつらせた。

「なんてことしやがる、この小娘」

「取り消して！」

アトリは相手の言葉など聞いていない。

「いまの言葉を取り消しなさい！　わたしのことなんかどうでもいいわ、ツィーカ・フローリスがどう言ったか知らないけど、わたし、たいした骨牌使いじゃないのは自分でわかってる。でも、母さんを侮辱するのは許さない。

あなたがどんなに強い骨牌使いでも、〈寺院〉を首席で卒業してたとしても、今の言いぐさは絶対に許せないわ！」

「許せないか。じゃあ、どうするんだい、お嬢ちゃん」

怒りに顔をどす黒くして、男はアトリの顔をつかんだ。

「ええ？　どうするってんだい。聞かせてもらおうじゃないか」

「決闘だ！」

別のほうから声がかかって、アトリはぎくっとした。

さっき、吟い手に文句をつけていた太った男が、期待に目をぎらつかせて寝椅子から身を起こしていた。

「決闘だ、もちろんだとも！　そこまで言わせて引き下がるつもりかね、お嬢さん？　力比べだ、あんたの力のほどを、その男に見せてやるがいいよ」

「ああ、そりゃいいね。見せてもらおう」

あごを突きだして、骨牌使いはあざわらった。

「あんたみたいなかわいい女の子がどれだけやれるか、見せてもらおうじゃないか」

おもしろがってるんだわ、とアトリは思い、体が熱くなるのを感じた。わたしを見せ物にして楽しむ気なんだ。

アトリはきっと相手を見返した。

「わかったわ、やりましょう。でも、どんなことになるか。責任は持てないわよ」

「ああ、いいとも。それはこっちのせりふだね」

男はほくそ笑みながら、自分の〈骨牌〉を袋から出した。これ見よがしに、美しい細工をした〈骨牌〉札をかかげて、集まってきた観客に示してみせる。

アトリは占いの台を押しのけると、散らばっていた札を集めて右手に持った。

「アトリ、大丈夫かえ」

「心配しないで、モーウェンナ。すぐ済むわ」

手にしがみついてきたモーウェンナに、やさしくそう言ったとたん、

「かかれ！」

男がそう叫び、両手を振り上げた。その拳の間から炎が噴出し、蛇のような胴体にどう猛な鰐《わに》の頭のついた竜の形になって、まっしぐらにアトリに襲いかかった。

　あちこちで悲鳴が上がったが、アトリは意に介さなかった。手の中の〈骨牌〉を握りしめ、硬い札が生き物のようにぬくもり、動き出すのを感じる。意識の底にかくれた目を開き、耳をすまして、竜を編み上げている構成を読みとった。

　二番目の札、〈火の獣〉を中心に、いくつかの〈詞〉を変奏してつけ加えている。

　それだけのことを確かめると、アトリは手を挙げ、たった一度、鋭い音を立てて打ち鳴らした。

　姿を現したのは、金色に輝く翼を持つ大きな鳥だった。鳥は燃え上がる竜につかみかかり、くちばしと爪であっというまに引き裂いた。ちりぢりになった竜は身もだえしながら主人のもとへ帰ろうとしたが、途中で力つきて四散した。

「こ、この！」

　男はあわてた様子で別の札を取り出した。〈樹木〉の描かれたその札をアトリに向けて、なんと表すこともできない、口笛のような音を発する。

　アトリの足の下で草花がざわめき、猛然と伸び始めた。とげだらけの草がするすると足を這いのぼり、あごにまで達する。

　アトリは落ちついて、手にした〈はばたく光〉を〈円環〉に換えた。目を閉じ、脳裏に描いた象徴に、自分自身を寄りそわせる。変転する光の環から流れこむ力が全身を浸すにまかせ、目を開いた。そして言った。

「砕けよ」

身体を包んだ草の網は瞬時に消え去った。

男は殴りつけられたように後ろへ倒れ、起きあがって、腰に手をやってああっと叫んだ。手にしていた〈骨牌〉は、こなごなの破片になってあたりにちらばっていた。竜の縫い取りをした〈骨牌〉の袋は裂けて垂れ下がっており、端のほうが焦げて見るかげもない。

「やった、アトリ!」

拍手と歓声があがった。勝負はついたのだ。飛び出してきたモーウェンナが、子犬のように腰にまとわりついてはね回った。

「どうなることかと思ったぞ。ようやった。腹が癒えたわ、あの無礼者」

「そんなに喜ぶほどのことじゃないわ。ただの目くらましよ」

そっけなくアトリは言った。寝椅子の上で手を叩いている、あの太った客を見ると腹が立ってしかたがなかった。

〈骨牌〉を操るわざは、本来、こんな見せ物まがいの派手な合戦を繰り広げるためのものではない。襲いかかってきた竜も、アトリが応戦した金色の鳥も、〈詞〉の力が描いた幻影というだけで、本物の力など持ちはしないのだ。

むかし、旧ハイランドにいたようなほんとうに強力な骨牌使いなら、相手の身体を織り上げる〈詞〉に働きかけて変身させたり、何もないところから生き物を語りだしたりすることもできたろう。

だが、今の世の骨牌使いであるアトリにそんなことなどできはしない。ただ、〈骨牌〉の象徴によって引き出された意識の底の「かたち」を、相手に投げつけただけ。勝負は、その押しつけられた「かたち」を、いかに跳ね返すかというところでつく。

相手の〈骨牌〉が砕けたのは、アトリが投げた〈砕けよ〉という〈詞〉、物語の「かたち」を、受け止めきることができなかったからだ。

だから〈骨牌〉は投げられた〈詞〉に従って、砕けた。創世の時、混沌の虚無が十二の〈骨牌〉の〈詞〉に従って、世界の姿になったのと同じように。

「あなたも早く帰りなさい、誰だか知らないけど」

乗せられて余興をやってしまったことを考えると、むかむかしてくる。占い台の後ろに戻りながら、アトリは敗者に声をかけた。

「とにかく、これでわかったでしょ。これからは女が相手だからって、失礼な口はきかないようにすることね」

「待てよ、この女。俺をこけにして、ただですむと思ってるのか」

アトリは立ち止まって振り返ろうとし、そのとたん、男の節くれ立った指にがっしりと襟首をつかまれた。

「何するのよ、放して！」

「やかましい。よくも俺に恥をかかせやがったな」

「もともと原因をつくったのはあなたじゃないの。手を放しなさいったら！」

「放せ、放さぬか！　アトリになにをする！」

モーウェンナがきいきい言って男にしがみついているが、十歳の子供が大の大人にかなうわけもない。皆は驚くより、呆気にとられていた。〈斥候館〉は客を選ぶ館で、こんなごろつきめいたことをする客はめったにいない。

「早う、男たちを！　こやつをつまみ出せ！」

モーウェンナの指示で、やっと数人が庭の外へ走りかけたその時、

「いい加減にせんか、愚か者めが！　ここをどこと心得ておる！」

2

男がぎょっとしたように頭を上げた。

指がゆるみ、アトリはようやく身をもぎ放した。つまっていた息が急に胸に流れ込んできて、思わずむせかえった。中庭を見下ろす露台には人が鈴なりになっている。騒ぎを聞きつけて、館の奥にいたものまでが見物に出てきていたようだった。

声をかけたのは血色のよい顔に黒い口ひげを生やした男で、胸もとに金の鎖をこれ見よがしにかけていた。飾りのついた短い杖を上品につき、商人らしいきちんとした身なりだったが、身体はいかつくて大きかった。

彼は大きな手を二、三度打ちあわせ、歩いてきてアトリの手を取り、口づけた。

「美しい骨牌使い殿、あのような不作法者にからまれて災難でしたな？　もしよろしければわたくしどもの小部屋へ来られて、親しくお話し願えませんか？」

とっさには答えられなかった。まだ息が切れていたせいもあるが、なぜこの商人があの場面で間に入ってきたのか見当がつかなかったからだった。沈黙をどう取ったのか、商人はあわてたように手を振った。

「ああむろん、館のおもてなしとは別に、わたくしどもの大切な賓客としてですが。わたくしは〈骨牌〉と骨牌使いには、人一倍の関心と敬意を払っておりますもので」

「残念ですが、館の主の許可を得なければ、ここを離れることは許されておりません」

用心深くアトリは言った。まだ顎がきしんで、しゃべると痛む。

「お名前を伺わせていただいても？」

「ああ、これは失礼を。わたくしはダマスコにて香木商会の支配人を務めますもので、モリオン・イングローヴと申します」

深々と男は頭を下げる。ぶすっと口をつぐんだ男のほうを顧《かえり》みて、

「こやつはここへ参ります前の街で用心棒に雇ったのですが、まことに酒癖の悪い、粗暴きわまりない男でしてな。船じゅうの鼻つまみとなっておりましたが、これでいくらか目が覚めたことでしょう」

男はただ横を向いた。商人は寛容な笑みを浮かべた。

「いかがです、招待を受けていただけませんか？　館主どのには、あとでわたくしのほうか

らお伝えしておきましょうから」

つかの間、アトリは迷った。相手はきちんとした男に見えるし、迷惑をかけられたのだから、少しは償いをしてもらってもいいような気もする。けれども、今は仕事中であるということを忘れるには、アトリの仕込みは上等すぎた。

「でも、わたしはここで占いの仕事をするよう言われていますから。仕事もせずに、持ち場を捨てては信用にかかわります」

モリオン・イングローヴの頬がわずかに動いた。小さな目がちらりと男へ走る。男はちょっと肩をすくめ、だしぬけに、大声を上げた。

「そんなもの、ぱっぱっぱっぱっとすましちまえよ。そこらにいる奴を誰でも適当に選んで、占ってやればいいさ。そうすれば仕事はしたんだから、義務は果たしたことになる」

「あなたは黙っていて」

ぴしゃりとアトリは言った。

「なら、いつまでもそこにうろうろして、俺に恥をかかせてる気か？　まったくひどい女だな、あんたは。おまえが立ってるだけで、俺がどんなに恥ずかしい思いをしてるのかわからないのか」

自分が悪いくせに、どこまでも無礼な男だ。アトリは何か言い返そうとしたが、その前に、男はつかつかと前へ進んであたりを見回すと、出入り口の近くの椅子に寄りかかっていた、一人の青年を指さした。

「そう、あんただ。あんたがいい。あの娘さんのお客になってやってくれよ」

「いかん！」

モーウェンナがあわてたようすで割って入った。

「その者は——そのようなえたいの知れぬ人間を、うちのだいじなアトリに近づけるわけにはいかぬ！」

「あんたは黙ってな、お嬢ちゃん。来いよ、あんた」

「……いや、俺は」

いきなり指名された青年は、迷惑そうなようすを隠そうとしなかった。

黒っぽい、目立たない色の胴着を着、腕に毛織りの外套《がいとう》をかけている。館を出てきたのも連れにひきずられてのことらしく、中へもどりかけていたところを指名されたのだ。

「俺は、もう帰るところだ。急いでいる。占いなんかにかける金も、暇もない」

なだめるように男は手を挙げた。

「金なら俺が払ってやるからさ。頼むよ、人助けだと思って。ほんの半刻もかかりゃしないじゃないか」

「急いでいるんだというのに」

「おい、いいじゃないか。せっかく無料だと言っているんだ、やってもらえよ」

はたで見ていた中から野次が飛んだ。そうだそうだ、と声がつづく。何人かの姫たちも、興奮したようすで手をたたいていた。みんな、あれほど見事に〈詞〉をあやつるなら、どんな千里眼の力を見せることかと思っているに違いない。

さかんな喝采を浴びて、青年は渋りながらも明るい中庭へ引き出されてきた。同じように背中を押されて出てきたアトリと対面する。

「およし、アトリ。それより早くモーウェンナの〈骨牌〉を作っておくれ」

モーウェンナがさかんにまとわりついて、アトリを引き戻そうとする。

「のう、あのような流れ者に近づいてはならぬよ。そなたは〈館〉の王女ではないか。ええ誰ぞ、早う男どもを呼べというに」

姫たちがいっせいに笑いくずれる。

「おお、モーウェンナ、モーウェンナ、そのようにアトリを独り占めはならぬえ。なんぼう恋人の仲じゃとてのう」

「ほんに。アトリとてもの、たまには、殿方と並べてでもみねばの」

「そのようなことではない、わからぬか、ええい、離せというに！」

モーウェンナは足を踏みならしたが、結局、笑いさざめく姫たちによってたかって取りこめられて、桟敷席の方へつれて行かれてしまった。

「これはいい。なかなかようすのいい一対ではないですかな」

モリオン・イングローヴが満足げに言った。

自分のことはともかく、彼がなかなか整った容姿の持ち主であることはアトリも認めた。

すっと通った細い鼻筋に、薄めの唇。切れの長い目もと、褐色に灼《や》けた肌。迷惑げにしかめた眉も、男らしい顔立ちの魅力をそこなってはいない。濡れたからすの羽根のような黒い髪、黒い瞳に、館の娘たちがうれしそうに囁きあっている。

すらりと背が高く均整がとれ、高地人の言い回しを借りるなら〈祖なる樹木〉の幹のような、とでもいうべき体つきだった。彼自身にも、少しは高地人の血がまじっているのかもしれない。彼の動作に見られる不思議ななめらかさは、〈天の伶人〉の末裔《まつえい》であるというあの民の持つ、独特の優美さを思わせる。ただ高地人には黒髪や黒い瞳はいないというから、ごくごくうすい血縁なのだろうが。

「仕方ないわね。できるだけ急ぐから、少しだけつきあってちょうだい」

嘆息して、アトリは譲った。こうした成りゆきのすべてにうんざりしていた。こうなってしまっては、占いの一つもしてやらないと、みんなが収まるまい。

ツィーカ・フローリスさえいてくれれば、こんな羽目には陥らなかっただろうに。台に座り、型どおりに札を並べ直しながら、アトリは青年を見上げた。

「何を占ってほしいの？」

「別に何も」

「それはわかるけど、何か言ってくれなきゃ占いが始められないわ。なんでもいいのよ、明日の運勢とか、金運とか、事業運とか恋愛運とか。あの、ここを出たら、右へ行くか左へ行くか、とかでも」

鋭い視線を浴びて、アトリは口ごもった。

なるほど、こんな目ができるなら、占いなんて必要ないに違いない。ふたつの黒い瞳には、不屈の意志が夜の篝火《かがりび》のように強く燃えていた。これまで、自分の力のみを頼りに、世の荒波を切り抜けてきたものの目だ。

どんな不運に見舞われても、あわてたり悲しんだりすることはないのだろう。ましてや未来を前もって知ろうなどとは思いもすまい。

「では」

しばらく考えたあと、青年は言った。

「今、抱えている使命を俺が果たすことができるかどうか、占ってくれ」

「わかりました。あなたの名を聞かせてもらえる？」

「……ロナー、だ」

少し間を置いて、青年は答えた。

「ロナー、何？」

「何もない。ただのロナーだ」

「それは――いいわ、わかりました」

肩をすくめて、アトリは従った。ロナーというのは、古い言葉で「さすらい人」を意味する。まさか、そんな名前が本名とは思えない。旅慣れていることは、見かけからして確かなようだけれど。

館には時々、本名を明かしてはならない人々が、偽名を使って訪れることがある。たいていは身分の高い貴族や聖職者である。

　この青年も、そうしたたぐいの一人なのだろうか。それにしては厳しい顔つきだし、服装がくたびれているが。

　十二枚の〈骨牌〉を使った占いは、骨牌使いだけではなく、普通の人々の間でも広く行われている。

　もちろん、ただの人間と、訓練を受けた骨牌使いとでは的中率が違うが、美しい細工をほどこした〈骨牌〉が芸術品としても愛好されるようになって以来、宴会の余興に骨牌占いが使われるのはよくあることだった。市井《しせい》に生きる骨牌使いたちの主な収入源がこれであり、今日のアトリの仕事などもその範疇に入る。

　やり方は簡単なものだった。まず、十二枚の札をよく切りまぜ、占う相手に一枚をとってもらう。それが質問者を象徴する〈詞〉となる。

　そして、一回ごとによく切りまぜながら、六枚の札を順番にぬいていく。札は最初からそれぞれ、現在・過去・未来・原因・対策・結果を表す。それぞれの札の〈詞〉が示唆するものを、一つの流れに構成して語るのは骨牌使いの役目だ。

　占いは骨牌使いの修行の中でも大切なものの一つだが、大切な理由の一つに、この〈語る〉という行為がある。

　十二の〈詞〉によって語り出されたこの世界では、語ることは、その原初の創造を小さな規模でまねることとされていた。〈骨牌〉が差しだした〈詞〉を語ることで、骨牌使いは、占う相手の未来という世界をひとつ、創造することになる。

それが善き未来であれ悪しき未来であれ、骨牌使いは、自分の語った物語《せかい》に責任を負わねばならない。占いに限らず、行く手に悪しき世界が待ちうけているとしても、語ることによってそれを変えることは十分にできるのだと、若い骨牌使いたちは教えられる。また、変えられるように努力するのが、真によき骨牌使いなのだ、とも。

〈より良き未来を語るもの《フォーチュン・テラー》〉。〈骨牌使い〉の呼び名には、そういう意味が込められているのだ。物語には、常に最良の結末を。幼い自分にそうさとした母の顔は今でも、瞼の裏に鮮明に刻みつけられている。アトリは目を閉じた。

「一枚とって。それが、あなた自身を表す〈詞〉よ」

扇形に広げた〈骨牌〉を、裏を向けて出す。青年は無造作に一枚引き抜いた。

札は七番目。〈翼ある剣〉。

それぞれの札につけられている名称は、正確に言えば正しいものではない。〈骨牌〉の力とはもとは人のものではなく、〈伶人〉たちから与えられたものだ。その真に正しい意味と音を口にすることは、人間の能力をはるかに超えている。

〈伶人〉たちの世はすでに遠く、その血と力は、かつては大地を支配したというはるかな北の王国、ハイランドの人々を除けばほとんど失われている。たとえ残響であるとしても、創世の力のかけらに触れて、常人が無事でいられるわけもない。不用意に触れれば精神か肉体、あるいはその双方を破壊されることもありうる。

熱すぎる器をつかむとき、手に布を巻きつけるように、人がそれを扱うには特別な象徴と名前をかぶせることによって力をやわらげ、手綱をかける必要がある。そのために選ばれたのが〈翼ある剣〉や〈樹木〉といった名と象徴である。

よって、札を、そこにこめられた〈詞〉そのままの名で呼ぶことは危険すぎるし、常人にはとても不可能なので、骨牌札は骨牌使いたちの〈字〉――その本質を表す秘密の名で、多くは〈骨牌〉を入れる袋につけられる標によって象徴的に示される――と同じように、その〈詞〉の本質に最も近い言葉の組み合わせで表現される。

〈翼ある剣〉は、風を巻く翼に抱かれた一本の長剣を図柄として持っている。

その意味するところは運命の霊の呼びかけ、新たな旅立ちへの活力、肉体及び精神の地平の拡大、あるいは単に、長きにわたる旅。

また逆に、呼びかけに応えぬ精神の固さ、自己への疑惑と信頼の欠如、視点を拡げようとしないかたくなさをも、同時に示している。存在する物はすべて、母なる〈環〉の投げる光の下に昏《くら》き分身である影をおとし、〈詞〉もまた、その例外ではないからだ。

「いいわ。じゃあ、その札をよく覚えておいてね」

〈翼ある剣〉を返してもらって束に入れ、ふたたびよく切りまぜて、アトリは慣れた手つきで札をさばいていった。

やがて、毛氈の上には五枚の札が表を向けられて並んだ。図柄は順に、〈火の獣〉、〈傾く天秤〉、〈円環〉、〈鷹の王子〉、再度〈翼ある剣〉。

「長い――旅の途上にあるのね、あなたは」

〈結論〉を示す札をさぐりながら、アトリは呟いた。札を読もうとするときにいつも感じる、夢うつつのような無意識状態がゆっくりと忍び寄ってくる。

「使命感に火のように燃えさかり、狼のように飢えて、襲いかかるべき獲物を探している。なのに、ほんとうの目的に目を向けようとしていない。かたくなな心に苦しみつつ、変わる勇気が持てない。それはあなたが、自分を信じ切れていないから」

ロナーの片眉がぴくりと上がったが、何も言わなかった。

「〈傾く天秤〉。何かが盗まれたのね？　いえ、待って、だれかが病気になっている。それは誰？　そう、原因は〈鷹の王子〉、力のある、とても力のある男の人、この世でもっとも叡《えい》知《ち》ある男性が、病に倒れている」

「もうよせ」

怒ったような声でロナーが遮った。

「でたらめだ。こんなたわごとを聞いていて何になる。俺は帰らせてもらう」

「〈円環〉。未来は、未来はまだわからない」

だが、いったん没我の状態に入ったアトリの〈詞〉は止まらなかった。

目の前で、札に描かれた絵がそれぞれの生命を得て動き出すように思える。札に宿った〈詞〉の力が、ゆらゆらと立ちのぼって生きた絵本のように物語を展開しはじめる。

毛皮の代わりに炎をたてがみとした巨獣が唸《うな》り声をあげて駆け抜け、叡知の象徴たる鷹を手にとめた男が物思わしげな目をアトリに向ける。

頁がめくられるたびに、千もの展開が指先で選び取られるのを待っているのだ。水の中のように濃く、やすらかな〈詞〉の空間を、舞い落ちる雪のようにアトリは沈んでいく。

そして変転する運命の遣わし手である黄金色の円環が、その中心に風を巻く翼の剣を抱いて、この光景を見下ろしている――

「母なる〈環〉の回転のように、未来は移り変わり、流れゆらめく。それを止められるのは、強き心の〈翼ある剣〉、あなたひとり。

ああ、目をさまして、翼ある魂のひと。昏き夜のとりこになってはいけない。あなたこそが唯一の剣。解決はあなた自身にかかっているのに」

「よせと言っているんだ！」

ロナーは叫び、アトリがちょうど置こうとしていた〈結果〉の札を奪い取って、地面に叩きつけようとした。

アトリはいきなりつきとばされたように悲鳴をあげ、のけぞって横ざまに倒れた。

「何をする、このたわけが！」

転がるようにモーウェンナが飛びだしてきて、倒れたアトリにむしゃぶりついた。

「札を読んでいるときの骨牌使いには、触れてはならぬのを知らぬのか！　アトリがもし取り返しのつかぬことにでもなったら」

「だいじょうぶ、わたしは無事よ。モーウェンナ」

頭を押さえながら、アトリはふらふらと起きあがった。

衝撃はひどいものだった。金槌《かなづち》どころの騒ぎではない。頭を握りつぶされたほうがよっぽどましだったくらいだ。

骨牌を読むとき、骨牌使いは半分は自分自身の〈詞〉を通じて骨牌の〈詞〉と同化し、その世界の住人となっている。そこから何の準備もなくむりやり引き出されることは、身体を半分に引き裂かれるに等しい苦痛と危険を意味する。

それにしても、こんなに深く〈詞〉に没入したのは初めてだった。またあの幻影が目の後ろを漂っているように思える。

視界はほとんど真っ暗で、頭を起こすのさえ大儀だったが、それでもふしぎな義務感にさそわれてアトリは手をさしのべた。

「あと一枚だわ。その骨牌をかして、さすらい人さん。結果を教えてあげる。もっともそれはあなたが、何の対策も心がけずにこのまま進んだ場合の結果だけれど。こんなことをしてくれたわりには、親切な処置だと思ってほしいわね」

「何をしている、えい、貸せ！　札を見せるのじゃ！」

動かないロナーに業を煮やして、モーウェンナが飛びかかった。たくましい腕にぶらさがるようにして、札をむしりとろうとする。

だが、札に描かれた図柄を見たとき、その幼い顔は凍りついた。しきりに目をしばたたきながらアトリもそちらへ目を向けて、息をのんだ。

札は、昏いアトリの視界で、凶星のように赤く燃えていた。

「つ……」

モーウェンナは呟いた。

「〈月の鎌〉……？」

その札には、尾を引いて流れ落ちる星と、〈円環〉の逆投影めいた黒い円環。そしてその後ろに、鎌のような細い月を背負って立つ一人の人物が描かれている。

黒い衣を頭からかぶったその人物の表情はいっさいわからず、見えるのは、袖《そで》から出た片手ばかり。その手は肉の落ちきったいやらしい骸骨の手にほかならず、つかんでいるのは、空の月をそのまま研ぎあげたかのような、三日月形の鋭い鎌。

〈月の鎌〉。それはまさしく死と破滅、徹底的な破壊を示す札であり、忌み札として、遊びで行う占いの場合にははずされてしまうほどに不吉な〈詞〉だった。また、高い能力を持つ骨牌使いであればあるほど、出しにくい札でもあった。

この世に〈月の鎌〉で表されるほど深刻な破滅も失敗も、まず普通ではありえない。それが、出てしまったということは。

ロナーがついと身をひるがえした。

「あ、ま、待って！」

アトリは立ち上がろうとしたが、手足がいうことを聞かなかった。立ち上がれずにもがいているうちに、広い背中は扉をくぐり、誰も止めるひまもないまま〈館〉の中へ姿を消してしまった。

しばらくは誰も口を開く者がなかったが、ふと、姫たちの一人が、散らばった札に目を落として小さな叫び声をあげた。

「札は？　アトリ、もしかして、札が一枚足りないのではないかえ」

「なんですって？」

アトリはまわりに散らばった札を急いで集めてみた。

本当だ、ない。

〈月の鎌〉がない！

みんなであたりを探してみたが、それらしいものはどこにもなかった。

「そういえばあの客、手の中に何か握りこんでいったのを見た気もする。もしやあれが、アトリの」

「不吉を告げた相手に意趣返しをなそうとてかえ。許せぬ！」

アトリは頭をふり、さっと立ち上がった。

「取り返さなくちゃ！　彼はどっちのほうへ？」

「いかぬ、アトリ」

モーウェンナが腰にしがみついた。

「あれにかまっては駄目じゃ、放っておき！　今、男どもを呼んで追わせる」

「ありがとう、でもだめよ。あれは大切な骨牌なの、モーウェンナも知ってるでしょ、どうしても取りかえさなくちゃいけないの。すみません、失礼します、みなさん」

気がかりそうに寄ってくる姫たちを押しのけ、アトリは回廊を駆け上がった。思いがけぬ展開に、毒気を抜かれた客たちがぽかんと見送る。

しかし、そんなことを気にする余裕はアトリにはなかった。館の白い回廊を走り、大声で彼の名を呼ぶ。

「ロナー！　ロナー！」

美々しい広間や庭を通り、ぜいたくな部屋をいくつか覗いて、まさに楽しみの最中の客と相方の娘に何組か肝を冷やさせたが、ロナーと名乗る青年の姿はどこにもなかった。それほど時間がたっているとも思えないのに、影も形もない。

（そんな）

捜すところもなくなってしまうと、ほかにどうすればいいのか思いつけなかった。中庭に戻る気力もなく、手近な壁にもたれかかって、けんめいにアトリは涙をこらえた。

あの〈骨牌〉はただの骨牌ではない。小夜啼鳥のしるしの刺繡といっしょに、死んだ母から、アトリに譲られた品なのだ。

それでなくとも〈骨牌〉は、骨牌使いにとっては魂にもひとしい品。母が知ったら、どんなに失望するだろう。あのきれいな目で、冷ややかに自分を見つめることだろう。

「おや、こんなところでかわいい小鳥さんが泣いてる」

いきなり後ろから手が伸びてきて、アトリの両目を覆った。

「何がそんなに心配なのか、この僕にちょいと話してみる気はないかい？」

「誰なの！」

アトリは思わず悲鳴のような声をあげていた。

「誰なの、とはまた情けないお言葉」

相手はあくまでおどけた調子だった。

「僕を忘れたかい、かわいいアトリちゃん。そら、せんだって、水の石の広間の壁画を直すときあんたを三美神のひとつに描いて、ツィーカ・フローリスに大目玉をくらったじゃないか。偉大なる館主どのと、きれいなモーウェンナと、それから、僕の好みからするといささか太りすぎのティーア嬢を写すよう言われてたってのにさ」

アトリはためらった。

「あなた、ドリリス？ドリリス・ベルン？」

「大当たり！」

ラッパのように笑って、彼はくるりとアトリの正面に回ってきた。

彼を見たとき、まず最初に目を引かれるのはその大きな丸い緑色の目である。あまりに無邪気なので、たいていの人間は、彼のことをまったく悪気のない人間だと思う。

その予想は外れてはいないし、実際、悪気という言葉にこれほどかかわりのない人間も珍しいのだが、いけないのは、彼が世の中の人間はすべて自分と同じ考えを持っていると信じていることだった。

つまり、自分の物は自分の物であり、他人の物も自分の物だ、と。

さらに、世間の物はいっさい楽しい遊びのために存在しており、誰であろうと、その遊びのためにはほかの何もかも捧げてしかるべきだ、と。

「モーウェンナが言った『珍らかな殿御』って、あなたのことだったのね」

「またまたご明察。久しぶり、アトリ」

長い手足を折って一礼する。

赤っぽい髪はふわふわと鳥の巣のようにもつれ、ひょろながい手足は、アレステ山系の山村の民が作る白樺細工の人形のようだ。

いちおう、仕事としては、あちこちの宮殿や貴族の館を回り、壁画や工芸品の修復を行う職人ということになっているが、それについては「他人の物も自分の物」という信条を実行するためもあると、人には思われているし彼も否定しない。少なくともここ、ツィーカ・フローリスの支配するこの〈館〉では、実行に移す気はないようだったが。

「モーウェンナはそんなふうに言ったんだ？　僕のこと。さっき南の回廊でちょっと会って、筆と絵の具と膠を分けてあげたんだけどさ。まあいいや、ところで君、何がそんなに悲しいの？」

「なんでもないの。ちょっとしたことよ」

実はまったくちょっとしたことではなかったのだが、子供っぽいと思われるのがいやで、くすんと鼻を鳴らしてアトリはそう答えた。

「骨牌札を一枚盗られちゃったの、占いのお客に。追いかけたんだけど、見つからなくて。母さんの〈骨牌〉なのよ、それ。できれば取り返したかったんだけど、どうしても——見つけられなくて」

「ありゃま。骨牌をね」

ドリリス・ベルンは陽気に言った。

ええと、あれはどこだったっけ、と呟きながら身体をぱたぱた叩き、芝居がかってうなずく。

「そりゃ、もしかして、これのことかな？」

けげんな顔をしているアトリの前に、手品師よろしく片手をひるがえして隠しから一枚の骨牌札を取り出した。

「それ——ええ、それ！　それよ！　ああドリリス、愛してるわ！」

一目見るが早いか、夢中でアトリはドリリスに飛びついた。

たしかにアトリの盗られた骨牌札だった。〈月の鎌〉などという忌み札を見て、こんなにうれしく思うときがあるとは思わなかった。アトリはドリリスの細っこい首にしがみついて、相手が音を上げるまで、彼と札と、両方に交互に接吻した。ドリリスは身震いし、ため息をついた。

「ううっ、勘弁しておくれよ、アトリ。僕としてはうれしいけどさ、モーウェンナに見つかったら殺されちゃうじゃないか」

「じゃ、あともう一回だけにするわ、まだまだ足りないけど。ううん。でも、どうやって見つけたの？　追いかけたのに、あの人、まるで煙みたいに消えちゃったのよ」

「梯子《はしご》の上ってのは、まあ世の中がよく見えるとこなんでね」

自慢げに、親指で、泉水のある庭をはさんだ反対側の建物をさした。陽の当たる壁面に梯子がたてかけられ、色のあせかけた壁画の〈天の伶人〉の行列が、翼のごとくなびく衣を染め変えてもらうのを待って、静かに居並んでいる。

「あそこで退屈してたら、足の下を妙なやつが通ったもんでね。さっそく追いかけて、話しかけたら、実に無礼な口をきくじゃないか。

しかも、手には何かおもしろそうなものを持ってるし。おもしろそうなものはみんな僕の手にはいるのを待ちくたびれてるんだよ、そう思わない、アトリ？　で、あとはまあ、ひょい、ひょい、ちょい、というところかな」

もう少しでアトリは笑い出しそうになった。

「すばらしいわ、ドリリス。今度ばかりはあなたのそのまちがった信念も、否定しないでおいてあげることにします」

「おいおい、そりゃどういう意味さ、アトリ」

「いかさま師。すり、泥棒、詐欺師、女たらし」

厳しい声が、〈館〉本館につづく通廊のほうから響いた。

「わがいとし子に近づいてはならぬ！　そなたに命じた南回廊の補修はいかがした」

「これは館主殿。毎度ごひいきに」

たちまちぱっとアトリから離れて胸に手を当て、ドリリスは深々と頭を下げた。

「ツィーカ・フローリス、彼をとがめないで」

厳しいおももちのその女性に、アトリは駆け寄った。

いつになくうきうきしていたので、こんなこともできたのだった。ツィーカ・フローリスに意見するなど、たとい王侯貴族であろうと遠慮するたぐいのことなのである。

「彼はわたしのものを取り返してくれただけよ。久しぶりだったから、つい話し込んでいたの。ごめんなさい、すぐ私も中庭へ戻るから、ドリリスのことは離してあげて」

「そなたは下がっておいで、いとしい子」

苛立ったように彼女は手を振った。

背の高い、堂々とした女性で、頭に冠さえ載せれば、夜を統べる女王として舞台に立たせることもできそうだった。身にぴったりと添う黒いドレスの裾を長く引き、整えた眉をきつくひそめている。

「そなたのように可愛ゆいおぼこが、こんなならず者に近寄るべきではないぞ。おお、おぞましい！　とっとと行って漆喰をこねておいで、不埒者《ふらちもの》。誰があんなところの壁画を修復せいと言ったか。妾《わたし》は南回廊の絵をやれと言ったのじゃ。どうせあそこに梯子をかけて、妾の娘たちの着替えでものぞいてくれよう魂胆であろう」

「ありゃ。ばれてちゃしょうがないな」

「ドリリス！」

「ほんじゃま、あとでね、アトリ」

ひらひらと手を振って、ドリリスはさっさとその場を逃げ出した。

「する事はちゃんとしますからって、そこのおこりんぼの館主どのに言っといて」

「ふん」

ドリリスの姿が消えたあと、ツィーカ・フローリスは小鼻をふくらませて馬鹿にしたような音を出した。

「泥棒小僧がようもぬかした。あれで腕が良くなければ、皮一枚をはぎ取った上でとっとと門を蹴りだして、世の厳しさを教えてもやるものを」

「ツィーカ・フローリス、あの――」

「妾はそなたになんと言ったかえ、アトリ」

きつい視線が、今度はアトリにも向いた。

上品なまげにまとめた髪には白髪ひとつない。小さな逆三角形の顔は、二十歳から八十歳までのどの年代にも見え、しかも、誰の目をも引きつけずにはおかぬ魅力を発散している。丘の〈館〉の貴婦人は、女王にも匹敵する美貌と威厳を身につけた、まさに〈館〉の女帝であった。

「妾は中庭で占いをしておくれと言った覚えがある。こんなところで、修復師ごときを相手に油を売っていてよいと言った覚えはない。骨牌使いは、自らの仕事をきちんとなしとげてこその骨牌使いではないのか。母者が聞かれたらどうお思いか」

……でも、お客に骨牌札を持っていかれて、それで。

などという言い訳は、口を出る前にツィーカ・フローリスの冷たい視線にあって凍りついてしまった。

だまってうなだれてしまったアトリを、しばらく眉根を寄せてにらんでいたツィーカ・フローリスだったが、やがて頬をゆるめ、なだめるように肩に手を触れた。

「良いよ、アトリ。モーウェンナからだいたいの話は聞いた。いかがわしい骨牌使いに絡まれたそうな。それに客に骨牌をとられたとか」

「モーウェンナが？」

「泣きそうになって妾のもとへ来た。あれが泣くなどというのは前代未聞じゃ」

白い歯を見せてにこりとし、再び顔が厳しくなった。

「で、何を言いおったのじゃ。その男」

「べつに何も」

笑おうとしたが、うまくいかなかった。涙を隠すために、アトリはうつむいた。

「わたしの――母さんのこと」

低い声をあげると、ツィーカ・フローリスは手を伸ばしてアトリを抱いた。

とたんに気が抜けて、アトリはいい匂いのする繻子《しゅす》のドレスに頭を埋め、声をひそめてしゃくりあげた。優美な両手がなだめるように肩をなでさすった。

「かわいやの、小さいアトリ。泣かずともよい。そなたの母者はよい方であった。世にもまれなすぐれた骨牌使いであった。見知らぬ男の阿呆口がなんであろ。待っていや、そやつを草の根分けて捜し出して、男のしるしを引き抜いてやるわいの」

　鼻をすすりながらもアトリは笑った。

「いえ、それはやめて。〈館〉は男の財布の中身どころか、股の中身まで抜き取るなんてうわさが立ったらことだわ」

「これ。若い娘がそのような」

「先に言ったのはあなたよ、ツィーカ・フローリス」

　その点に関しては無視を決め込むつもりらしかった。ツィーカ・フローリスは黙ってアトリをやさしくゆすった。もっと小さかったころのように、あたたかい胸の中で、アトリは久しぶりに守られている気分を味わった。

　アトリが、母の正式な結婚による子供ではないことは、このハイ・キレセスではツィーカ・フローリスしか知らない秘密だった。

　十七年前、身重の身体をかかえてハイ・キレセスに降り立った女は、ツィーカ・フローリスの〈館〉でひとりの健康な女児を産み落とした。

　すなわちアトリであり、女は母ベセスダである。持ち物は、〈寺院〉出身者であるしるしの小夜啼鳥をぬいとった〈骨牌〉入れの革袋だけ。

　誰が娘の父親なのか、彼女はけっして口を開こうとしなかったが、幸福な結びつきでなかったことは明白だった。娘を抱いた彼女は言葉少なに、館の主にここで雇ってもらえまいかともちかけた。姫として稼ぐにはとうが立ちすぎているだろうが、炊き屋の番だろうが、掃除婦だろうが、なんでも言われたとおりに働くからといって。

しかし、女の持つ革袋に目を留めたツィーカ・フローリスはそれをさせなかった。街はずれの丘に小屋を提供し、〈骨牌〉を扱う力があるのなら、それを使って生きるべきだとさとして市場に屋台を出すよう説得した。

はじめのうち、うつむいていたベセスダは、熱心な〈館〉の貴婦人の言葉に少しずつほだされてゆき、娘を連れて与えられた小屋に移り住んだ。そして三年前、まだ十分美しいままま夏のはやり病でその生を終えるまで、人々に慕われ、娘にわざを教えながら、市井の骨牌使いとして暮らしていたのである。

「ねえ、時々思うことがあるの。母さんはもしかしたら、わたしを産まなくてもいいように〈館〉を訪ねたんじゃないかしら。だってここにはそういう薬があるんでしょ、赤ちゃんが大きくならないようにしたり、これ以上妊娠しないようにしたり」

「めったなことを言うでないよ、いとしい子」

細い眉をひそめて、ツィーカ・フローリスはアトリの口に指を触れた。

「そのような薬は確かにあるが、よほどでなければ棚から出されもすまいよ。どんな事情ではらまれようと子供に罪はないもの、生まれる子を世に出る前に流そうなどという母親がどこにいるものかえ」

「ほんとう……？」

「そうじゃとも」

養い娘の細い顔を両手にはさんで接吻し、〈館〉の女王は微笑した。

「そなたの母親に関して言えば、ベセスダはそなたを見てたいそう喜んだよ。それまで泣いてばかりいたが、あたりがぱっと明るくなるような喜びかたでの」

「だと、いいけれど」

「そなたにそのような顔をさせては、ベセスダに言い訳が立たぬ。さ、涙をお拭き。それにしても、さも憎いはその無礼者よな」

香水をしませた手巾《ハンカチ》を渡して、腹立たしげにあたりを見回した。

「〈館〉にそのような狼藉者が入り込むとはの。客の審査をもっと厳しくしたほうが良いかもしれぬ。それはさておき、骨牌は取りもどせてかえ」

「ええ、ここに。ドリリスが、彼の例のやり方で」

「そうか、ならよい。あの小鼠も、たまには人の役に立つことをするとみえる」

ヘンナで染めた赤い爪がいつくしむように骨牌札を撫でる。

アトリにとって、物心ついたころには、〈館〉は第二の我が家のような場所として、すでに人生の真ん中に存在していた。そこで何が行われているのかを知ったときにも、さほどとまどいはしなかった。館の娘たちはいつも明るく、幸せそうだったし、ツィーカ・フローリスのきらめくドレスの下では、いかなる人生の不幸も、おそれいって足もとにひれふすように思えたからだ。

もう少し大きくなり、この世にはツィーカ・フローリスでさえ退けることのできない不幸せがあるのだと知ってからも、母の友人に対する愛情はさめなかった。母が死に、ひとりになった自分を何くれとなく気遣ってくれることもうれしかった。

ただ、ことあるごとに、アトリを館に引き取ろうとするのはやめてほしかったが。

今のように。

「なぜ駄目なのじゃ、アトリ」

ツィーカ・フローリスの懇願するような声など、なかなか聞けるものではない。けれど、この場合はあまりうれしくない。連れだって中庭へ戻りながら、ツィーカ・フローリスは心配げにアトリの手を取ろうとした。

「そなたももういい娘なのじゃから、いつまでもひとりで暮らしていては人聞きも悪かろう。客を取らせるとは言わぬから、ただここにいておくれ、ベセスダのかわいい娘。そなたはわが娘、わが血を分けた実の娘と思うているのに」

「ありがとう、ツィーカ・フローリス」

笑い返しながらアトリは首を振った。

内心、もしかして自分を祭りの占い師にやとったのも、またぞろ、この話を持ち出すためだったのだろうかと勘ぐり、そんなことを思う自分を少し恥じた。どうであろうとツィーカ・フローリスが、世間でいちばん自分を案じていてくれる相手なのはわかっているのだから。

知らぬ者からどう思われていようと、娼婦はけっしてさげすまれる職業ではない。街角に立って春をひさぐような品下ったものはさておいても、〈館〉のような場所の娘たちは、貴族の娘にも負けぬ教育と技芸を身につけた淑女として、大商人や下級貴族の妻として身請けされる場合も多かった。

だからアトリが館に入ることを断るのは、行われる仕事という理由はあてはまらない。純粋に、骨牌使いという自分の職業と、生まれ育った家への愛情からだった。

「いずれは婚資《こんし》をも十分にととのえて、よい殿御と娶《めあわ》せよう。〈斥候館〉のツィーカ・フローリスの養女ともなれば、なんの恥ずかしいことがあろう。世のあまたの男が、そなたの一瞥のために命をもかけて悔いまいぞ」

「でも、やっぱりあの家を離れることはできないわ。母さんのお客だった人が今でもたくさん訪ねてくるし、うわさを聞いて訪ねてくる人もいるもの。せっかくきたのに、わたしがいないのではがっかりするでしょ」

「昼間だけ通えばよい。男どもに馬車を仕立てさせて送らせよう。それならよかろう」

「駄目ですったら。夜に訪ねてくる人がいたらどうするの？　子供が急に夜中に苦しみだして、わたしの力が必要になったら？　駄目よ、ツィーカ・フローリス」

アトリはきっぱりとかぶりを振った。

「わたし、ここもあなたも大好きだけど、母さんと暮らしたあの家はやっぱり離れたくないの。どうしても」

ツィーカ・フローリスは長いため息をついたが、あきらめた様子はなかった。またいつか、折りを見て、同じ提案が違う衣で持ち出されてくることだろう。そう考えると、アトリもまたため息をつきたくなった。

なぜ自分がこんなにあの家にこだわるのか、不思議に思わないわけでもない。いくら力ある骨牌使いとはいえ、若い娘である以上、世間とは口さがないものだ。

市場などで、噂好きの女たちが自分を指さしてひそひそ言っていたことが何度かある。じっさい、娘の一人暮らしと見て、誰がどんな悪い気持ちを起こさないともかぎらない。さっき、その一例を見たばかりではなかったか？

館に入れば、少なくとも外の不埒者からは完全に守ってもらえるし、いやな噂も避けられる。アトリとて十七歳の少女なのだから、同年代の友だちが欲しいときもある。華やかな暮らしに憧れるときもある。館にはそれがみんなそろっているのだ。

それでもなおかつ、アトリがあの入り江を見下ろす家に固執するのは、母と住んでいた家だからというほかに、誰にもまだ口にしたことのない理由があった。

アトリ自身でさえ、まじめに考えることがばかばかしいように思えはしたが、ひょっとしたら、母という理由よりも、こちらのほうが大きかったかもしれない。

夢。

あの青い夢の人物。深夜、寝台のそばに立ち、腹に手をおく、幻とも亡霊ともつかない夢の中の人物のために、アトリは家を離れがたいと感じていた。

もしあそこを離れたら、夢の人物は二度と自分を見つけることができなくなるのではないかと怖かったのだ。

初めて夢を見たのは、五歳の誕生日の夜だった。

その日、初めて〈骨牌〉にさわらせてもらったアトリは、興奮のあまり遅くまで寝つかれなかった。いい匂いのする、謎めいた絵と言葉の彫り込まれた木の板が、幼い子供の瞼の裏で、ぐるぐると回転を続けていた。

一心にそれを見守るうちに、アトリはいつのまにか無心の世界に引きこまれていた。ちょうど、占いで札を読もうとする時のような、いや、それよりもっと深かったかもしれない没入状態に、幻の札の乱舞は彼女を導いたのだ。

そして気がつくと、彼――あるいは彼女、あるいは単に〝それ〟――がいた。幼い少女は悲鳴をあげて目覚め、まだ起きていた母親のところへ走っていって助けを求めた。

それからどうなったのかは覚えがない。たぶん母親になだめられて寝台に戻り、眠ったのだろう。

母のベセスダはいつものように、それについては一度もアトリに語らなかったので、彼女が死んだ今では確かめる術もない。

とにかく、それから今にいたるまでずっと、夢はアトリにつきまとっている。

なぜ、あの夢を見なくなるのが怖いのだろう。わからない。だが、小さなころはただひたすら怖ろしく、わけのわからないばかりだったあの夢が、最近になって妙に身近に感じられてきたのは確かだ。

彼、彼女、あるいは〝それ〟が触れるたび、アトリの身体に何かが沈んでいく。重い沼に投げ込まれた石のように、音もなく。

「アトリ！」

廊下の向こうから、だれかが走ってきた。モーウェンナだった。

「ああ、モーナや、どうしたえ」

「おや、かかさまもごいっしょか。アトリ、お客が山のようじゃ。さっきの一幕がよほど面白かったと見える。もうすこしで中庭があふれてしまいそうじゃ。早よう来てなんとかさばいてくれぬと、ちいさ子たちが踏みつぶされてしまう」

ふいに心配そうに、「骨牌は？」

「大丈夫、ドリリスが取り返していてくれたの。ここにあるわ」

「大繁盛じゃの、アトリ」

喉を鳴らしてツィーカ・フローリスは笑った。満悦した猫のような顔だった。

「せいぜい気張っておくれ。ああ、それと、ここでしばらく休憩していたぶんの謝礼は遠慮なく引かせてもらおうから、そのつもりでいておくれ、いとしい子」

アトリは横を向いて、またもやため息をかみ殺した。

結局のところ、ツィーカ・フローリスは厳しい雇い主であるのだ。誰に対しても。

3

〈館〉を出たときには、すでに夜がふけていた。

大量の占い希望者を消化するのに時間がかかったのもそうだが、おおかたは、ちゃっかり宴にもぐり込んできたドリリス・ベルンと、モーウェンナの果てしない大げんかに巻き込まれていたおかげだった。

「ドリリスは狡い」

むくれてモーウェンナはわめきたてたものだ。

「骨牌泥棒をたまたま見つけてとりかえしたくらいで、なぜそうアトリにべたべたせねばならぬか。モーウェンナでも、機会さえあればそれくらいできたはずじゃ。ドリリスが偉いのではない、えい、離れぬか、たわけが」

「そうはおっしゃいますがね、かわいこちゃん」

なれなれしくアトリにしがみついて、しゃあしゃあとドリリスは言う。

「現に取り返したのは僕なんだし、それに対してお礼くらいはしてもらってもかまわないだろ？　何も結婚してくれってんじゃない、次の曲と次の曲とその次の曲を、いっしょに踊ってくれってだけじゃないか」

「三曲だけで終わる気もないくせに！」

「だって次の曲ってのは、いつでも次の曲だもの。一曲が終わったら、続くのはいつも次の曲なんだからさ。僕は間違ったことは言わない、そうだろ、小鳥ちゃん」

モーウェンナをなだめるのには約束していた骨牌を仕上げるだけでは足りず、明日も来て、一日じゅう骨牌占いの技法を教えるという約束をせねばならなかった。

「ツィーカ・フローリスの言葉も少しはわかった気がするわ、このならず者」

反省した様子もないドリリスに向かって、アトリはきつく言った。

「もう少しで、あなただってちょっとはまっとうなことができるんだなんて思いこむところだった。明日一日はモーウェンナの前に顔を出しちゃだめよ、わかった？　これ以上問題をややこしくする前に、まじめに仕事を片づけてしまうのね。わたしが錯乱のあまりに、あなたのお顔をひっかいてリボンみたいにしないうちに」

「爪やすりならここにあるぞ、アトリ」危険な調子でモーウェンナが囁いた。

「はいはい、おおせの通りに、姫君」

ふざけた調子で言って、ドリリスは手近な水キセルを引きよせた。昨日多島海から運ばれてきたばかりの、匂いのいい眠り草の葉が入れてある。

大きくひと吸いしてごろりと横になったドリリスに見切りをつけ、アトリは立ち上がって、まだ残っていた客たちとモーウェンナに別れの挨拶をした。

「帰ってしまうのか、アトリ？　明日はなるべく早く来ておくれ」

「そうするわ。でも、あまりモーウェンナ姫を独占してると、わたしもドリリス同様ツィーカ・フローリスにならず者呼ばわりされそうね。そういえば、彼女はどこ？」

「かかさまか？」

とまどったようにモーウェンナはまばたきし、ふいに女の顔でにやりとした。

「さあ、知らぬ。先ほど、何やら背の高い男と連れだって奥へ行った。きっと馴染みの客なのじゃ。今ごろは熱い腕枕で、共寝の夢を結んでいようよ」

いまさら純情ぶる気はないが、あどけない娼婦の口からこういう言葉を聞くと、いまだに赤面せずにはいられない。

「そう、じゃ、邪魔はしないことにするわ。館主殿によろしくね、モーウェンナ。また明日会いましょう」

「……アートーリーい」

広間に立ちこめた甘い煙のむこうから、ドリリスが間延びした声をあげた。

「もう帰るのかい。帰り道は暗いぜ。いいか、気をつけなよ。気をつけるんだよう、アートーリーい」

「そんなこと、あなたに言ってもらわなくてもわかってます」

憤然と返して、モーウェンナにもう一度さよならを言い、〈館〉の広間をあとにした。そのころにはすでに客と娘たちの交歓が床のあちこちのクッションで始まっており、アトリのような娘にとっては少々刺激の強い場所になってきていたのだった。

門を出ると、そこにはすでに準備を整えた小さな馬車が、扉を開けて待っていた。ツィーカ・フローリスが、アトリのために命じておいてくれたらしい。

唐草模様のついた御者台《ぎょしゃだい》には、〈館〉のお仕着せを着た御者が飾り鞭を手に、霧からにじみだしてきた影のような姿でじっと座っていた。

「送ってくれるの？　ありがとう、お願いするわね」

御者はこちらを見もしなかった。

変な人。顔をしかめながらも、疲れていたのでアトリはそのまま馬車に乗り込んだ。〈館〉の使用人で、あるじの愛娘のアトリを知らぬ者などないはずなのに。新しく入った人なのかしら。やわらかい詰め物に身を沈めて、アトリはほっと息をついた。

疲れた。目は灰をまぶしたみたいな感じがするし、一日札をめくっていた指はつっぱって、痛いどころの騒ぎではない。

あの無礼な骨牌使いと、商人のモリオン・イングローヴが占い志願者の中にいなかったのはつくづくありがたかった。この上、彼らの部屋にまで連れていかれたら、アトリはきっと叫びだしていたろう。

中庭に戻ったときにはもう二人とも姿はなく、モーウェンナは、「自分から出ていったのは賢明というものじゃ。二人とも自分のあばら骨が大事だったのじゃろ。でなければ、首が」と辛辣な言葉を贈った。

ああ、それにしても！

ツィーカ・フローリスは言葉とはうらはらに、約束の銀貨のほかにもう三枚、小銀貨を上乗せしてくれたが、こんなにはらはらさせられた一日の代価としては安すぎるような気がする。骨牌を奪われるなんて。骨牌を――

〈骨牌〉

少しためらってからアトリは腰の袋を外し、そっと口を広げてみた。

十二枚の香木の札が、するりと手のひらにすべり出てくる。

ゆっくりと繰っていく。それぞれにことなった力の波動を――骨牌使いの耳だけに聞こえる、震える響き、と言ってもいいが――伝えてくる札を一枚ずつのけてゆき、最後に残ったのを、慎重につまみ上げた。

〈月の鎌〉、か)

〈骨牌〉最大の凶札は、骨牌使いとしてのアトリの視界に、かすかに赤い輝きを発している。ためつすがめつ眺めてみたが、やはり、いつもと違った様子は感じられなかった。かすかな失望と安堵を感じながら、アトリは札をもとのとおりにしまった。

今日はいったい何人の客を占ったかわからないくらいだが、その間じゅうびくびくしていたというのに、〈月の鎌〉は最後まで一度たりとも出なかった。

骨牌使いでない人間や初心者が占う場合、札自体の力の強さに引きずられて〈月の鎌〉などの凶札が出てしまうのはままあることだ。しかしアトリは、人前では決して言いはしないにしろ、自分をつまらぬ骨牌使いだなどとは夢にも思っていないし、今日は特に調子が悪いとも感じなかった。

むしろその逆で、まるで札が自分から話しかけでもするように、未来を物語ることができた。それが正しいと、深い確信があって語れた。充実感はあったが、恐ろしくもあった。恐ろしさの中心に、〈月の鎌〉の赤い光が輝いていた。

あの青年、そう、ロナーと言った。

彼はいったいどうしたのだろう？

それが心配だった。札をとられたときは、あんな無礼な奴はどうなったところで知るものかと思ったが、こうして気分が落ちついてみると、きちんとした物語を組み立ててやれずに帰してしまったことがいささか後ろめたい。

物語にはいつも、最良の結末を。

母のその諭しを、アトリはいつも念頭に置いて占いをするはずだった。悲劇的な結果を生むと告げられたあの占いにも、未来を語り変えるつてはあったはずなのだ。それを見いだせぬでは、よき骨牌使いとしては失格。

今ごろ何をしているだろう。よき助言も与えられずに、〈月の鎌〉の示す奈落へとひた走っているのだろうか。それとももう、月男の手にする死の鎌にかかってしまったのだろうか。

せめて、そうではないことを祈るしかない。

〈翼ある剣〉。

あの若者は、美しい瞳をしていた。

がくんと馬車が揺れた。

頭を壁にぶつけそうになって、アトリははっと目をさました。いつのまにか、眠りこんでいたらしい。馬車の外は妙にひっそりしている。

「ねえ、もうついたの？」

どうも様子がおかしい。ついている小窓から外を覗いてみたが、墨で塗り込めたような一面の暗闇が広がっているばかりで何も見えない。

「いったい何？」

小さな虫に背骨をかじられているような気がして、ぞっとした。不安を押し殺して慎重に座席から腰を上げ、開き戸に手をかける。ほんの少し。ほんの少しだけ覗いてみて、様子を見ても悪いことはあるまい――

細いすき間が開いたとたん、そこに手袋をした太い指が猛禽の爪のように食い込んだ。

悲鳴を上げて閉めようとしたが、相手はすでに、靴のつま先を扉の下に割りこませていた。蹴られた扉が大きく開き、軋《きし》んで揺れた。

四角く切り取られた夜の中から、覆面をした大きな人影がぬっと入ってきた。

無言で手をのばす。革の臭いのする手のひらが口をふさぎ、助けを求める声を押し戻す。座席から引きずり出されながら猛烈にアトリは暴れたが、いくら蹴っても殴っても、がっしりした男の身体は岩のように打撃を跳ね返した。

「おい、なあ、静かにしろよ」

いくらか困ったように囁く声がした。

「別にあんたに危害を加えようってわけじゃないんだ。頼むから、おとなしくしてくれ。女をぶん殴るのは、正直いって好きじゃない」

（この声！）

たしかに、聞いたことがある。

「あなた、〈館〉でわたしにからんできた男ね、そうでしょ！」

アトリは無我夢中で首をねじり、覆面の顔をにらみつけた。

「どういうつもり？　昼間の腹いせなの？　危害なら現に加えてるじゃない！　離しなさい！　離してよ！」

「黙れってのに、えいくそ」

舌打ちして、また口をふさごうと手をのばしてきた。アトリは顔をそむけて、太い腕に布越しに思いきり嚙みついた。男はわずかにひるんだ。そのすきに地面に転がって、束縛を逃れ、馬車に登ろうとする。

手綱を取れれば、馬を走らせて襲撃者から逃れることができる。そう考えたのもつかの間、地面に落ちた〈骨牌〉がきらりと光るのを見て、はっとした。

さっき、馬車の中で膝《ひざ》の上に広げていて、引きずられたひょうしにばらまいてしまったのだった。置いて行くわけにはいかない。

あせってかがみ込んだとたん、鋼鉄の手が万力のような力で肩を締めつけた。

「なめた真似をするんじゃねえぞ、おい」

低い声が耳元で脅すように囁いた。

「昼間のことは忘れちゃいねえんだ。痛い目にあいたいなら、そうしてやってもいいんだぜ」

足が軽々と地面から離される。アトリは再びもがいたが、今度は用心していた男は、二度とそんなものにはひっかからなかった。

やすやすとアトリの動きを封じて肩にかかえ上げる。ひとつため息をつき、何かぶつぶつと呟くと、人を捜すようにちょっとあたりを見回した。それから小さく肩をすくめ、主のない馬車の階段に足をかける。

その時だった。突然、頭を燃える矢で貫かれたような激痛がアトリを襲った。

あまりに熱いがゆえに、氷よりも冷たく感じられる衝撃が頭の先から背骨を走って、指の先から噴き出るように思われた。

男の腕がゆるみ、しわがれたうめき声をもらしてアトリは地面に倒れた。

いくらか遅れて、男のがっしりした体軀も隣に沈んだ。半分ずれた覆面から苦悶にゆがんだ唇がのぞき、今の衝撃を、この盗賊も感じていたことを示していた。

これは尋常な衝撃ではない。震えながらアトリは悟った。〈骨牌〉が——〈詞〉がきしんでいる。

この世を構成する〈詞〉の旋律に、異常なものが侵入してきている。

手元で何かがはじける音がした。〈骨牌〉の札がつぎつぎと、音もなく光の粒となってはじけていく。母から受けついだ大切な〈骨牌〉が。

こめかみの痛みに耐えながら、アトリは手をのばした。最後に残った一枚、〈月の鎌〉が、かすかに赤い輝きを残して消えうせた。

「だめ！」

悲痛な叫びもむなしく、すでに母の形見は跡形もなくなっていた。ぐったりとうずくまるアトリの耳に、物音がとどいた。草を踏む音と、人の声。

「ここは——どこだ」

若い男の声だった。彼もまた、あえいでいた。苦しげに。

「どうしてこんな……誰だ？　そこにいるのは誰だ？」

「わた、し」

アトリは喘ぎながら身を起こそうともがいた。相手は油断なく身構えている。荒々しい呼吸が肩の線を大きく上下させていた。長靴には血がつき、胴着は破れ裂け、髪はひどく乱れて額にかかっている。

木々の間からさす月の光が半面を照らした。追いつめられた獣のような、熱っぽいまなざしは黒。血で貼りついた髪も黒。片手でしっかりと懐を押さえ、もう一方の手に光る抜き身の剣。細い刃には、黒っぽいものがべっとりとついていた。

「おまえは」

アトリはようやく頭を起こして、相手に顔を向けた。

目の前の娘がだれかに気づき、青年の表情がわずかにいぶかしげになった。

「おまえは確か、ツィーカ・フローリスの〈館〉の」

「あ、あなた」

アトリもまた相手がだれかに気づいた。

「あなた、ロナー？　そうよ、たしか、ロナーね？　どうしてこんなところに」

「それはこっちの訊きたいことだ」

何を感じたのか、青年はさっと全身を緊張させて後ろを向いた。

「なぜこんなところで会うのかはわからないが、不運だったな。そこの男をつれて、一刻も早く逃げろ。ここにいると後悔することになるぞ」

「どうして？　追われているの、あなた」

立ち上がろうとしたが、足にうまく力を入れることができない。立ち木につかまってやっと身体を持ち上げたが、目がくらんでとうてい動けそうになかった。ちかちかする目を下に向けて、アトリは相手の腕からしたたる、ねばい滴《しずく》を見た。

「もしかして、ロナー、あなた、怪我をしてるの？　血が出てるわ！」

「たいしたことじゃない」

背を向けたまま、投げやりにロナーは言った。

「人の心配をするより、逃げろと言っているのがわからないか。命が惜しくないのか。早く逃げろというのに！」

いきなり怒鳴られて、アトリはぎくっとした。反射的に二、三歩あとずさったが、なんとしても足が言うことをきかず、その場にへたりこんでしまう。

ロナーは眉を逆立て、後ろを向いてまた怒鳴りつけようとしたが、不意に口をつぐんだ。若々しいその顔が、みるみる暗い影に塗り込められていく。

「だめだ」

絶望的にロナーは呻《うめ》いた。

「もう、間に合わない」

4

そいつらが這いだしてきたときの光景を、アトリは一生忘れることがないだろう。あまりのおぞましさに、声をたてることもできなかった。立ち木の陰から、地面のくぼみから、茂みの陰から、それらは奇形の植物の芽のように伸びあがり、木と同じくらい、あるいはそれよりもはるかに高いところまで伸びあがって、清浄な夜の闇を一気に悪夢の産物に変えてしまった。

個体の区別さえなくたがいにくっつきあったり、分裂したりしている。こぶだらけの背中もいやらしい手足も、ひっきりなしに形を変えたので、何のようだとはっきり名前を挙げることはできない相談だった。ただ、どれもこれもなんともいえずおぞましく、不気味で、最悪の嫌悪をさそうものであるということだけは確かだ。

水掻きめいた足が地面を踏むと、ぴちゃりと粘液質の音がした。

ひどい悪臭が立ちこめ、アトリは思わずむせて咳こんだ。ガマガエルのそれにかろうじて似ていると言える、丸くて大きな目が死んだようにアトリを見つめた。ぼんやりと黄色い目に見つめられると、名状しがたい悪寒が背筋を貫いた。これは存在してはならないものなのだと、しびれたようになった頭でアトリは考えた。十二の〈詞〉に語られたこの世界に、こんなものがいていいわけがない。死んだような目に宿るのは、掛け値なしの虚無だ。

存在すべきでないのにむりやりこの世に引きずりだされ、どんな意味であれ生かされていることへの怒りと恨み、そして強烈な飢え。

それでさえ、見ているうちに変幻しつづけ、ふと気づけば、見つめている己こそが暗黒と虚無の淵にいることを発見するのだ。

空白の意識で、汁をしたたらせながら自分に近づいてくる手をアトリはただ見ていた。霧めいてゆらめく爪がまさに肩にかかろうとしたとき、若々しい声が、あたかも刃の一閃のように麻痺した心に斬りこんできた。

「おまえの相手はこっちだ、〈異言〉の者！」

長剣の一撃は、見事にねばつく手を斬りおとした。そいつは妙にのろくさとした動作で腕の切り株をあげると、どこにあるかわからない発声器官から、鈍くこもった叫び声をあげた。

弱ったアトリの〈詞〉を、その叫びはまたも打ちのめした。人間の口ではとても再現できそうにないそれは、どこか、老ゼンのような〈異言者〉たちの発する異言に似た、不安と嫌悪を呼び起こす響きを秘めていた。

飛びすさったロナーは、動けないアトリの襟首をつかんで後ろに引き倒す。

「奴らの目を見るんじゃない」

とっさに手を払って起き直ろうとするアトリに、叱りつけるように声が飛んだ。

「〈詞〉を奪われて奴らの仲間に、バルバロイになってしまうぞ。奴らは〈異言〉の怪物どもだ、おまえ程度が太刀打ちできる相手じゃない。普通の〈骨牌〉じゃ無理なんだ。早く逃げろ、後ろを見ずに、逃げるんだ！」

「だめ――でき――ない」

地面に両手をついたまま、アトリは激しくかぶりを振った。猛烈に笑いたくなったが、頬に流れるのは冷たい涙だった。

まるで身体に骨がなくなってしまったみたい。手が無意識に腰をさぐったが、触れたのはずたずたに裂けた袋と、粉のようになってしまった〈骨牌〉の残骸だけだった。

では、〈骨牌〉の力を引きだすことはできないのか。いえ、待って。それに、ロナーは奴らのことをなんと言った？　〈異言〉？

〈骨牌〉の力は通用しないと。

そんなことって！

「何？　うわっ、何だ！　いったい何だ、こいつらは！」

男の叫ぶ声が聞こえた。あの得体の知れない男、意識を取り戻したらしい。

頭上で低いうめき声がし、どさっと重いものが落ちてきた。ぎょっとしてアトリは目を開き、ぐったりと横たわるロナーを認めてあやうくまた取り乱すところだった。

「あ、あなた、ロナー、あなた、大丈夫？　しっかりして！」

服の胸の部分が裂け、濡れたしみが徐々に広がりはじめている。浅くはない。苦痛に顔をゆがめたロナーの顔が、青ざめた光の中で仮面のようだ。

「逃げろ」

うわごとのように彼は呟いた。

「奴らの目当ては俺だ。行け、早く、自分の面倒くらい――自分で見られる……」

「そんなことできるもんですか！」

しゃくりあげながら、アトリはロナーの胸の傷を手で押さえつけた。ざっくりと口を開いた傷口から、次から次へと血があふれ出してくる。

恐ろしくて頭がおかしくなりそうだった。だが、逃げるという考えは、不思議と一度も浮かばなかった。

〈月の鎌〉、あの不吉な札を未来として彼に与えたことに、責任を感じていたからかもしれない。占いは〈詞〉の伝えることをただ翻訳して伝えるだけであり、アトリが責任を感じる必要はないと言えばそうなのだが、札の意味からきちんとした物語を仕立ててやれなかったことが心に引っかかっている。

悪い未来も、それを語りなおすことで善い未来に変えていくことがよき骨牌使いの心得であり、誇りだと教えられてきた。もし自分がそれをしなかったために、彼がこういう事態に陥ったのだとすれば、やはりアトリにも責任の一端はある。

それに、より単純な理由として、目の前で人が怪物に襲われているのに、自分一人で逃げることなど、絶対にできない。

〈骨牌〉がほしい。アトリは服をさぐり、必死にあたりを見回した。一枚でもいい。砕け残った札が、そこらにでも落ちてはいないものか！

指が薄い、硬いものにさわったのはその時だった。

「だめだ！　それにさわるな！」

狼狽したようにロナーが身を起こしかけた。しかし、アトリはもうそれをつかんで、破れた服の間から引きだしていた。

〈骨牌〉だ！

たった一枚だが、ないとあるとは大違いだ。どんな素材でできているのか、月明かりをはじいてほの白い光を放つ表面は磨いた貝殻のようになめらかだ。肌近くに収められていたせいか、生き物のような温かみをおびている。

札の裏側の、見つめると、吸い込まれてしまいそうな複雑な螺旋と樹木の文様が注意を引いた。普通ここには骨牌使いの個人の〈詞の名〉を象徴するものを刻み込むのだが、これはロナーの印章なのだろうか？　骨牌使いには見えなかったが。

とまれ、考えている時間はなかった。アトリは白い〈骨牌〉を握りなおし、それがどの〈詞〉であるかを知るために表に返そうとした。

一日のうちに二度も続けて〈詞〉を解放することは危険きわまりなかったが、どうとでもなれ、やらなければ死ぬのだ。自分も、ロナーも、たぶん。

「返せ！　それはおまえが触っていいものじゃない、返せ、さもないと」

アトリは札を表に返し、刻まれたものを見た。

閃光とともに、アトリの中に何かが飛びこんできた。

何か、地鳴りのような何か、雷鳴のような何か、とどろく瀑布のような、風のささやきのような、小鳥のさえずりのような、生まれる前の赤ん坊の笑い声のような、名前のない一千もの何か、何物か。

それはアトリの〈詞〉をしゃにむにつきぬけ、頭の中をざわめきでいっぱいにした。

〈祖なる樹木〉よ、とアトリはかろうじてつなぎとめた意識のはしで思った、わたしは今、〈異言者〉になろうとしています。あるいは、死のうと。

ああ、できればそうしてください。〈詞〉を知らない哀れな流刑者になるのはいや。

だがすぐに、そんなことも考えられなくなった。アトリは倒れた。だれかがせいいっぱい叫んでいたが、じきに聞こえなくなった。見えない景色と聞こえない言葉、語られたことのないさまざまな光景が脳裏を移りかわっていく。

旋律の渦の中から、あの青い夢のいきものが静かに浮かび上がってきて、手をさしのべた。ひんやりとしたその手の感触に、アトリは一瞬母を想った。閃光の中で、異形の黒い影がちぎれるように消えるのを見た。何もかもひどく、遠かった。

(とうとうわたしをつかまえたのね)

混沌の渦の中でアトリは呟いた。

(好きにするといいわ)

それを最後に、アトリの意識は闇に沈んだ。


青年は身を起こした。

木立は、いつか静寂を取り戻していた。手をついてしばらく茫然とあたりを見回し、ふと気づいて、胸に当てた手を外してみる。

血はついていたが、その下の肌は、痛々しい桃色の傷痕が残っているだけで、きれいなものだった。長いため息をついて、彼は起きあがった。

怪物の姿はなかった。そばに倒れているアトリの口もとに手を当てる。閉じた瞼は蠟の色をしていた。かすかに呼吸が通っていた。

「生きているのか」

白い骨牌札が、投げ出された手の近くに落ちている。拾い上げようとしたが、白い札はわずかに発光したかと思うと、力つきたかのように、ひとかたまりの霧となって蒸散してしまった。

ロナーは手を引っこめ、暗い目でアトリを眺めた。

「〈十三〉が」

彼は呟いた。黒い瞳がきらりと光った。

手をのばし、動かぬアトリを引き寄せて、肩に乗せた。よろめきながら立ちあがる。少し考え、もう一人の男のほうへと向かう。

ややあって、人影の少なくなった小道を、ひとつの人影が急ぎ足に降りていった。足下の影は長く伸び、海辺の樹木のねじれた影とまじりあって、踊った。

二章　〈火の獣〉

1

「彼女から連絡が来ましたよ、エレミヤ。〈塔の女王〉から」

「ほんとうなの、ユーヴァイル？」

彼女は寝椅子から飛びおきた。なめらかな頬をした、三十ばかりと見える貴婦人だった。腕で目を覆って横になっていたので、豊かな茶色の髪がいくらか乱れていたが、二重瞼の下のわすれな草色の瞳には、怜悧《れいり》な知性とあたたかい愛情がたたえられていた。

「それで、彼女はなんと？　あの札のことは？」

「失敗したようだ、と」

青年は長身だった。二十七、八と見える年頃で、氷のような銀髪を長く腰までもおろしていた。細面の顔は、そのあたりの美女と称するものが恥じて逃げ出すほどに冷たく美しく整ったものだった。淡い灰色の瞳と流れるような浅黄《あさぎ》の長衣《ローブ》とあいまって、それは彼を、あたかも一体の氷の彫像のように見せていた。

「障壁に侵入して札を取るまでは首尾よくこなしたとはいえ、その後、脱出するときに〈異言〉に発見された、と。〈女王〉が確保しておいた〈小径《パス》〉で逃れたようですが、途中で捕捉できなくなった、とのことです。〈女王〉も〈石の魚〉や、その他の者に命じて捜させてはいるようですが、まだ見つかってはいません」

「おお。なんてこと」

一声うめいて、エレミヤはまたぐったりと寝椅子にもたれかかった。何の感情も見せないまま、青年の灰色の視線がその動きを追う。

室内は暗く、壁の暖炉でちらちらと燃える火がかすかにうす闇をゆらめかせている。窓の外は雪だった。何の音もしない。磨きぬいた水晶の板で張られた窓に、雪は白く、静かに降りつづいている。

「お疲れのようですね。王のご容態はいかがです」

「快《よ》くはないわ。快くなるはずがあって？」

顔を覆ったまま、打ちのめされた声で彼女は答えた。

「わたくしたちには何もできない。どんな骨牌使いにも、あの方をお治しすることはできないわ。わかっているでしょう、ユーヴァイル。ああ、せめてここに彼女が、〈塔の女王〉がいてくれれば、少しは」

「だが、彼女はいない」

平坦な声がかすかに空気を震わせる。

「彼女がいるのはハイ・キレセスです。王ご自身の命令で。それにしても、アロサール様も罪つくりな。ご自分のなすべきことを知らぬ方は始末におえませんね」

「そんな言い方。気づかいというものを知らないのね、あなたという人は」

エレミヤは細い眉をつりあげて身を起こしかけた。ユーヴァイルと呼ばれる青年は身じろぎもせず立ちつくしている。見開いた灰色の双眸《そうぼう》から、ふたつの鏡像がじっと彼女自身を見返した。

ややあって、エレミヤは大きな息をついて身体の力をぬいた。

「怒っても仕方がないことね。わたくしは〈青の王女〉で、癒しの〈詞〉はわたくしのものではない。そしてあなたは」

「〈月の鎌〉。死と破壊、災厄と絶望、破滅と終末が私の〈詞〉」

ひそやかにユーヴァイルは続けた。

「もちろん、私も王になんらかの助けをさしあげられたらと思うひとりです、エレミヤ。また、今のところ、それができるのは私ひとりではないかと思ってもいます。苦痛から解き放たれた、やすらかな眠りを。死という名の永遠の休息を。しかし」

「そうね。そんなことはできない。少なくとも、今はまだ」

悲しくエレミヤはほほえんだ。

「跡継ぎもなく王が亡くなられれば、それこそ、〈逆位《リバース》〉たちの思うつぼだもの。まだ表だっては動いていないにしろ、彼らは王の死を待ちのぞんでいるに違いないわ。

オレアンダの血が玉座になければ、この世界の脆弱な均衡は、たちまちのうちに砕け散ってしまう。フロワサール王は最後のとりで。なんとしてもお護りしなければ」

頭を振って、エレミヤは寝椅子にかがみこむ青年の頬をそっと撫でた。

「あなただって、王のことが心配でないわけがないのに。ごめんなさい、ユーヴァイル。考えもせずに、大声を出したりして」

「気にせずに、エレミヤ。慣れていますから」

ユーヴァイルは彼女にかるく接吻した。首をすくめてエレミヤは起きなおり、肩のまわりにショールをかきよせた。美しい青年の唇の青ざめた冷たさが、奇妙な戦慄を身内に呼びおこしでもしたようだった。

〈月の鎌〉はつと身体を起こし、扉のほうへむかった。

「どこへ？」

「アドナイのところへ。〈樹木〉も、次の手だてを考えなくてはならないようですから。メイゼム・スリスのところへもゆかなければ、あとでうるさいでしょうからね。厨房から何かもらってきてあげましょうか、エレミヤ。ひどい顔色ですよ」

「それは――ええ、ありがとう。お願いするわ」

「わかりました。では」

一礼して、ユーヴァイルは背を向けた。

「ねえ、あなたは〈異言〉の地平を知っているのね、ユーヴァイル」

出ていこうとする彼の後ろからエレミヤは問いかけた。

「そこはどんなところなの？　暗いところ？　冷たいところ？　〈詞〉のない場所。そこはいったい、どんな世界なのかしら」

「何もないところですよ、エレミヤ」

扉に手をかけたまま、振り向かずにユーヴァイルは呟いた。

「暗くはない。光も、闇さえも存在しないのです、あそこには。ただ、嘆きだけが吹いている。存在を望みながら、なりきれないものの嘆きだけが渦をまき、時の果てまで、つづいている。色のない空間を。どこまでも」

失礼します、と言葉を残してユーヴァイルは扉を閉めた。取り残されたエレミヤは、ますます強さを増した室内の冷気にひとり、身を縮めて肩を抱いた。

2

青い人影と、もやの中の野原。

アトリは夢を見ていた。夢だと自覚しているのに、夢から抜けられずにいる、これは、そんなたぐいのものだった。あらゆる感覚がぼんやりとかすんでいるが、夢の視覚に映る人影は痛いほどにはっきりしている。

何のつもりなの、とアトリは相手に問いかけた。

あなたはわたしをつかまえたじゃない。これで満足なんでしょう。だったらもう用はないはずよ。わたしを放して。自由にしてちょうだい。

それでも夢は続いた。昏い夢だった。

自分は空中に女神のように立ち、両手いっぱいにつかんだ花びらを振りまいている。

血色の花びらは空中で燃え上がり、さまざまな異形の蝶となって黒い野原に舞い落ちていく。野原はまるで黒曜石の鱗《うろこ》に覆われた魚の腹のように見えるが、よく見ればその黒光りする鱗は、一枚一枚が兜《かぶと》をつけた人の頭なのだ。

無音の大気の中で、兜の大群は押し合いへし合いしながら蠕動《ぜんどう》をくり返している。蝶たちはちらちらと翅《はね》を光らせながら兜にとまって、愛撫するように身をかがめる。すると兜はくしゃりと潰れ、あとにはからっぽの闇だけが残る。嬉しくなって彼女は笑う。

夜の海のように波打つ人また人の顔の中に、たった一つ白いものがある。だれかが顔を上げて彼女を見つめている。その視線が彼女を焼き、彼女は叫び声をあげて身をよじる。みるみる身体が縮み、感覚が遠ざかる。

（ゆるして）

そしていつか、青いもやの中を歩いている。一人。どこからともわからぬ光に照らされた森の中、どこまでも。そよそよと梢《こずえ》をわたる風の音、あえかに声がたちまじる。

（ゆるして。ゆるして）

何をゆるすというの。誰をゆるすというの。

だが応えは返らず、思いは乱れ髪のように身内をゆき迷う。地を踏むはずの足は感じられず、ただ滂沱《ぼうだ》とつたう涙だけが頬に燃える。

ああ、そういえば、わたしには身体がないのだったと思いかえす。ならばなぜ、こんなにも、胸がつめたいのだろう。ひゅうひゅうと吹く風は存在しない身体の隅々にまでしみわたり、わずかな温《ぬく》みを涙だけ残してすべて奪っていってしまう。希薄な想いをもやの中へとさらに薄めていってしまう。

それでも忘れてはいけないものがある。必死でその心にしがみつく。今となってはそれだけが彼女の証だった。出口の見えない青い霧にまぎれ、ひたすら彼女はさまよい歩く。

（どこ。どこ、どこ、どこなの……？）

捜していたのは何だったろう。自分の身体だろうか、抱きしめたはずのいとしい子供だろうか、それとも朝日をあびて輝いていた、金色の美しい樹木だったろうか。あの朝、世界はすべて黄金であり、よろこびと罪は二つながらに手の中にあった。時間はしたたる蜜よりも甘く濃く、恐怖ゆえに、幸福はするどい剣のように身を刺しつらぬいた。

だが、ここには何もない。風と、霧と、浮き上がる森の幻影があるばかり。それは、あの朝の光が残した残像だったろうか。強すぎる輝きがいつまでも瞼の後ろに焼きついて涙を流させるように。涙はさらに熱く、音もなく、流れ落ちていく。

（ゆるして）

足もとはやわらかく、なめらかな白い泥のように変わり彼女を呑みこんでいく。ゆるく起伏する森と丘はふくよかな女の身体であり、彼女はそこに触れる手のひらだった。生命のやどりにかわされる手と手、男が愛する女の身に触れる手、子を宿した女が豊かな自らのみのりに対して、誇らしげに触れてほほえむ手のひら。

それは愛を伝える手、たましいを吹き込み、人を人として生み出すための温もりの絆だ。だが、その温みは花開かぬまま石のように沈み、彼女はまっ赤な肉の牢獄に丸くなって閉じこめられている自分を見いだす。生まれなかった赤子の怒りは、母の胎《はら》をいちめん燃えさかる業火《ごうか》の野に変える。

そうだ、わたしは、あの子を捜さなくては。

紅蓮の炎の中に立ち、彼女は思う。愛も、いつくしみも知らず、ただ憤怒と憎悪の化身としてだけこの世に生み出してしまった、かたちのないわが子。

あれは、おろかだったわたし自身の似姿。わたしは、わたしの選んだ道に、真正面から立ち向かうことができなかった。愛を信じることができなかった自分自身から目をそらし、逃げ道としてあらゆるものを呪うことを選んだ。

最後の最後でわたしは怯え、怒りしか知らない力の塊の陰に隠れて、目と耳を閉じてしまった。見えず、聞こえず、語られぬ子。純粋ゆえに怖ろしく、無垢ゆえに容赦ない、生まれなかった子供の、悲しい怒りのかげに。

だからこそ彼女は、血から血へ、生命から生命へと、渡り渡ってはさまよってきたのだった。〈骨牌〉を、かつては自分の肉体であった力の扉を操るものたちの、はるかに薄められた血脈をたどり。

めぐり続ける時の環がいっとき合わさり、むごく断たれた物語の続きが語られるべき時が来るまで肉体を奪われた希薄な想いの影となってもなおさまよい続けねばならない、あわれなわが子をこの手に抱き取るまで。その怒りを解きほぐすまで。過ちから生まれたおろかな自分の分身を、鎮め、眠らせるまで。


(どこ？)

(どこ、どこ、どこ？　どこにいるの……？)

——……おかあさん……？


気がつくと、天井を見つめていた。

しばらくは頭が混乱して、動くことができなかった。

(ここはどこ？)

少なくとも、自分の家ではない。天井板は低くて、ひどく汚れているし、なんだか生臭い。うす暗い中、灰色の蜘蛛の巣がすみに光っている。

寝台にあたっていた部分が痛んだ。さっきから聞こえていた人の話し声は、今は、天井の上からするのがわかっている――夢の中で聞こえていたのはこれだったのだ。

「目が覚めたかい。ありがたい」

すぐそばで、だれかがほっとしたような声をたてた。

ぎくりとして首を回すと、そこには両手を後ろに回して縛られた男が、情けない顔をして床に座りこんでいる。浅黒い、調子のよさそうなその顔は。

「あなた、あの男ね。わたしを襲った」

あぜんとアトリは言った。

「どうして、あなたがわたしといっしょにいるの？　それに、ここはどこ？」

「そんなことは、俺たちをつかまえたあの若僧に訊いてくれ」

不機嫌そうに吐きすてて、男は身体を揺すった。

「おい、それより、この縄をほどいてくれないか。あいつめ、ちょっと逃げようとしたくらいで、俺を縛ってここへ放りこみやがったんだ。若いくせに、おっそろしい力だ、くそ。痛てて、頼むよ、お嬢ちゃん」

「待って。若僧って誰よ？　あなた、いったい誰なの？　わたし、どれくらい気を失ってたの？　今はいつ？」

だんだん頭がはっきりしてくると、前後にあったことがきちんと脈絡を持って思い出せるようになった。〈斥候館〉のこと。にせの馬車のこと。黒い男の襲撃。黒髪の青年、そして、異様な怪物、それから。

「若僧って誰、だと？　おいおい、ぼんやりしたことを言うなよ。あんたがロナーって呼んでた、黒髪のあいつに決まってるじゃないか」

あきれたように男は言った。

「ああそうか、ここがどこかって訊いてたな。ここはハイ・キレセスを出てヘクラ火山の麓《ふもと》まで行く、採石交易船の中だ。あんたはまるまる三日も寝てたんだぜ、死んだみたいに。なあ、そんなことより早く——おい？」

アトリは寝台からすべりおり、低い戸口に走り寄った。

黒髪の青年。それから、あの〈骨牌〉。

寝かされていたのは、板を縄で壁からつるした形の折り畳み簡易寝台だった。室内はごく狭く、湿気がこもっており、すすけたランプがひとつさがっているきり。細長い床からはいくらか高い位置にある扉に向けて、何段かの階段がついている。

アトリは扉を引きあけると、外へ飛びだした。

視線が集中した。半裸で笑いあっていた水夫たちが口をつぐみ、突然飛びだしてきたアトリに目を向ける。それにも気づかずアトリは船端に駆けより、手をついて、下を流れていく大河と岸辺の風景を眺めた。

景色にまったく見覚えがなかった。ハイ・キレセスの街の近辺にたくさんあるはずの青いアシがまったく見られない。後ろでこそこそ話している水夫たちの言葉にも、聞きなれないなまりが交じっている。

（どこなの、ここは）

アトリは混乱して後ろを向き、そこで初めて水夫たちの好奇の視線に出会った。

反射的に後ずさりしたとたん、野卑な歓声があがった。口笛を吹いたり手を振ったり、好色な目つきでなめるようにアトリを観察しているものもいる。

頬がかっと熱くなった。何か言おうと思うのだが、口がこわばって開かない。

「誰が外へ出ていいと言った」

後ろから腕をつかまれた。

思わず叫んで振り払いそうになったが、二の腕に食いこんだ指の痛みに声を失った。

進み出たのはあの黒髪の青年。ロナーだった。アトリを手荒く自分のほうへ引き寄せながら、水夫たちにむかって低い声で言った。

「すまない。眠っていると思って目を離していたら、勝手に出てしまった」

「船室から出さないと言ったじゃないか。騒ぎを起こされたくないね」

船長らしい、ひときわがっしりした男がいまいましげに唇をつき出した。それでいて、酒で白目が赤くなった目は物欲しげにアトリの胸のあたりをさまよっている。

「悪かった。今後は気をつけるし、きちんと言い聞かせておく。来るんだ、さあ」

一瞬さからおうかと思ったが、このまま水夫たちの視線にさらされているのはもっといやだった。仕方なく、おとなしくロナーに従ってもとの船室に帰った。

男はアトリが戻ってきたのを見て目を輝かせたが、ロナーがいっしょなのを知るとたちまち仏頂面になって、ぶすっと壁のほうをむいてしまった。アトリは再び寝台に座り、敏捷《びんしょう》に動くロナーを目で追った。

「ロナー、これはどういうことなの？」

きつい声でアトリは問いただした。

「どうしてわたしはこんな船に乗せられてるの？　わたしはちゃんとしたハイ・キレセスの市民だし、組合にも登録をすませてあるわ。そっちの、女を襲った名無しのなんとかさんは別にしても」

男は唸ったが、口をはさむのは控えた。

「あなたのやったことは立派な誘拐よ。犯罪だわ、ロナー。今すぐわたしをハイ・キレセスへ帰して。そうすれば、あのえたいのしれない怪物どもから助けてくれたことに免じて、訴えないでおいてあげます。けっして恩義を感じてないわけじゃないことくらいは、わかっていただきたいわね」

言いたいことはほかにもあるはずだった。彼が追われていた理由は何なのか、〈異言〉とは何か、あの怪物たちはどういう生き物なのか、それに、そう、あの白い〈骨牌〉はいったいどういう力を持っていたのか。

だがそういったことを追及するには疲れすぎていた。事態にまつわりつく、異様な匂いが恐ろしかった。謎の男や、怪物や、光る白い〈骨牌〉を受け入れるより、すべてをごく身近な形にするほうがはるかに対処しやすい。

「おまえは〈十三番目〉なんだ」

謎めいた言葉を、ロナーは吐いた。

「いくら融合が偶然だったとはいえ、まだ調整もされていないような、そんな危険な人間を放ってなどおけるか。

とにかくおまえには、〈祖なる木の寺院〉へ来てもらわねばならない。ハイ・キレセスには帰らない。言うことはそれだけだ」

「危険？　危険ってどういうことよ！」

憤然とアトリは身を乗りだした。

「あなたのほうがよっぽど危険よ。わたしの骨牌札を持っていってしまったり、わたしの友だちに暴言を吐いたり、こんな誘拐を働いたり。それに、〈十三番目〉って何のことなの。ひょっとして、あの白い〈骨牌〉のこと？　どの〈詞〉のだったか忘れてしまったけど、でも、〈骨牌〉は十二枚しかないはずよ、なのに十三なんて」

いきなり、ロナーの手がアトリの喉に伸びた。

つかみはしなかったが、もう少しでそうするところだった。アトリはよろめき、壁にぶつかった。細い喉に触れる寸前で、長い指は宙をつかみ、苦悶に耐えるかのようにかぎ形に曲がった。荒い呼吸がアトリの唇をもれた。

「黙れ」

瞳が暗く燃えていた。押し殺した声が蛇のようにしゅうしゅう言った。

「それ以上ごちゃごちゃ言ってみろ、ただではすまさん。自分がどんなことをしたかもわかっていないくせに。こうしている間にもしあの人が死んだら、俺はおまえを許さない、いくら――」

その先をつづけることなく、ロナーはアトリを突き飛ばすと、荒々しく扉をあけて出ていった。扉の音が、青年の怒りとともに空中に漂った。

床にへたりこみ、肩を大きく上下させるアトリに、男が心配そうに首を伸ばしてきた。

「おい、大丈夫か。若い娘に、ひでえことする奴だな」

「彼」

床に手をついたまま、アトリはぼんやり閉まった扉を見ていた。

「彼、怒ってたわ。ものすごく怒ってた」

「そうだろうな。見てたよ」

ぶるっと身をふるわせ、

「まるで手負いの狼みたいだったじゃないか。やれやれ、〈樹木〉よ、母なる〈環〉の力よ、できうるならばご加護をだ！　あんな悪漢にとらわれの身じゃあ、〈火炎竜〉ダーマット様の命運もつきたってもんだ。畜生、〈骨牌〉さえありゃあなあ。でなきゃ、この縄さえ外れりゃあ、ちっとは手の打ちようがあるかもしれねえのに」

男はわめきはじめ、苛ついた水夫に外から壁越しにけとばされてもいっかなやめようとはしなかった。自分の不運を嘆き、こんな苦境に陥らせることになった運命をのろい、〈樹木〉と〈円環〉に救いを求めて、ロナーに決闘をいどむと息巻いたがだれも応える者はなく、アトリでさえもほとんど彼の声は耳に入っていなかった。

自分の首をあやうく絞めそうになった青年の顔が目に焼きついている。だがロナーは、アトリに対して怒っていたのではない。使命を果たせなかった自分に憤《いきどお》り、それによって引き起こされるかもしれない結果を怖れていたのだ。

あれほどまでに強烈な絶望と、悲哀のこもった瞋恚《しんい》をアトリははじめて見た。

（わたし、何をしたの？）

「疫病神め。臭い牡山羊の息子め。くそ、くそ、くそ」

男はまだぶつぶつ言っている。

「やっぱりあんな奴の話なんか聞くべきじゃなかったんだ。呪われちまえ、畜生、何がほんの小娘だから大丈夫、だ。なんぼ十六、七でも、ジェルシダの血をひく娘に手を出して、無事でいられるなんて思うのが間違いだったんだ」

「ちょっと待って」

その中の一言を、アトリは鋭く聞きとがめた。完全に自分の世界に入り込んでいた男は、しまった、というように素早く口を閉じたが、アトリはもう彼のすぐそばに這いよって、強い凝視を浴びせていた。

「ジェルシダの血を引く娘。それ、わたしのことなの？」

相手は必死に視線をそらそうとしている。

「俺はなんにも言ってないよ。聞き違いじゃないのかい」

「うそ。言ったじゃない、ジェルシダ、って。それ、わたしに何か関係あるの？」

相手の肩に手をかけて、乱暴にゆさぶった。

「言いなさい。あなた、何のためにわたしに近づいたの？　何を知っているの？」

「……しょうがねえなあ」

手を動かせたら、頭をかきむしりたかったのに違いなかった。男は肩をもぞもぞと動かし、手を縛られていることを思い出して顔をしかめたが、とうとう腹をすえたようすで、どっかりとアトリの前にあぐらをかいた。

「ま、今さら隠してもしょうがないから、言うよ。お察しの通り、俺はただ通りすがりでハイ・キレセスにいたわけじゃない」

予想はしていたことだったが、アトリは小さく息を呑んだ。男は頷いた。

「俺はダーマット・オディナと呼ばれてる。言っておくが字《あざな》じゃない、真名《まな》だ。今さら隠してもしょうがないしな。山岳地方の生まれで、正式に名を許された骨牌使いだが、どっちかというと剣や手足を使った稼ぎのほうが得意だ。

ある人間に雇われて、あんたを連れにハイ・キレセスに来た。俺は、俺たちは、あんたを捜していたんだよ、小夜啼鳥のベセスダの娘、アトリ」

「わたしを？」

　アトリは呆然とした。

「でも、なぜ？」

「ほんとうはあんたのおっ母さんが目当てだったんだが、死んだって話を聞いてな」

　ふてくされた顔で、ダーマットと名乗る男は唇を突きだす。確かに骨牌使いよりは、酒場にたむろする世慣れたばくち打ちに似合いの風貌だった。しかし浅黒い顔の表情はあんがいさばさばしていて、アトリは何度も、この相手に対しては警戒心を持つべきだということを自分に思い出させねばならなかった。

「娘のあんたに標的を変えたんだ。ベセスダの娘である上に、なんとジェルシダの血が入ってるって話を聞いて舞いあがっちまったしな、こっちも。〈斥候館〉でのことは、あんたの力を測るための腕試しさ。

　あんたは見事に力を証明した。それで帰り道に特別製の馬車を仕立てて、ちょっくらいっしょに来てもらおうと思ったんだが、やっぱりジェルシダの血をもつ娘だよ、あんた。とっても俺なんかの歯の立つ相手じゃなかった」

「だから、そのジェルシダって誰なの？　あるいは、何？　聞いてると、それがわたしの狙われた最大の理由のように思えるんだけど」

「知らないのか？」

　ダーマットの目が大きくなった。それからははあ、というような、小馬鹿にしたような笑みが唇のはしに浮かんだ。

「そうか、あんたは〈木の寺院〉に行ったことがなかったんだっけな。いいか、ジェルシダっていうのはな、滅びた旧ハイランドにおいて、支配を分け合っていた三つの公家のうちのひとつだ。いわば、王族の一統だな」

「王族？」

用心深くアトリは言った。

「冗談言わないで。わたしはハイ・キレセスのアトリよ。小夜啼鳥のベセスダの娘よ。王族なんて知らないわ。だいたい、ハイ・キレセスには、ずっと昔から王や貴族なんてものはいないのに」

「昔って言ってもいろいろあるさ。もっとはるかに昔、旧ハイランドが大陸のほぼ全土に版図を広げていたころならどうだい。〈堕ちたる骨牌使い〉ベルシャザルの話は知ってるんだろう？」

「馬鹿にしてるの？　それくらい知ってるわよ。有名な話だもの」

怒ってアトリは言い返した。

「ずっと昔、この大地は〈詞〉を操る力にすぐれた〈骨牌〉の王国、ハイランドによって治められていたんでしょ。ところがある時、一人の骨牌使いが、仕えた姫に横恋慕して、彼女を奪おうと力を使った。おかげで国は、都ごと地の底に沈んでしまった。

その骨牌使いベルシャザルは〈堕ちたる骨牌使い〉と呼ばれ、都が砕けるときいっしょに姿を消してしまった。〈詞〉を支えていた王国はちりぢりになり、力も、技術も散逸してしまった。それで誰も、昔のハイランドの時代ほど〈詞〉を自由には扱えなくなった。誰だって知ってる話だわ」

「そう、それだけ知ってりゃ十分だ。その横恋慕された姫の属する血筋がジェルシダ家、あんたの連なる家系だよ」

　ダーマットはかまわずに続ける。

「残りの二つはアシェンデンとオレアンダといい、このうち、オレアンダ公家が現在のハイランドの支配者となっている。そしてアシェンデン公家は、〈天の伶人〉の末裔たちが高地に引きあげたあとも中原に残って国を建て、それが、新ハイランドを宗主にいただく、現在のアシェンデン大公国となって続いているというわけだ。

　ジェルシダは滅びた血筋なんだよ。〈堕ちたる骨牌使い〉のために旧ハイランドが地の底に沈んでから、三つの公家はそれぞれの道を選んで分かれた。

　主に軍事を受け持っていたアシェンデンはあくまで中原に残って民衆を支配することを望み、政治をつかさどっていたオレアンダは争いを嫌って北の高地に新たな国を作り、主に祀事と〈骨牌〉を扱うことを仕事にしていたジェルシダは」

　声もないアトリを横目で眺めた。

「そのどちらをも好まず、故郷を離れて人々の間にたちまじることを選んだ。今じゃすっかり混血が進んで、正統なんぞあとかたもないが、それでも血の濃い薄いはある。

　各地にある〈木の寺院〉の多くは彼らジェルシダの者によって創設されたものだし、そもそも、〈骨牌〉の扱い方を中原に広めたのも、彼らだとさえいわれている。〈寺院〉じゃ、入りたての新入生が最初の授業で習う話だ」

「わたしの父さんが、そのジェルシダ家のひとだっていうの？」

低いアトリの問いに、ダーマットは自慢げに歯を見せた。

「正確に言えば、両親ともに、だ。ベセスダ本人も知らんことだろうが、彼女にもジェルシダの血は流れていたらしいんだ。ほんのちょっぴりだがな。

そしてその血が、彼女を王都の〈木の寺院〉において最高の力を誇る骨牌使いにした。王の〈骨牌〉の一員として、合《ゴウ》の試練を受ける直前まで行っていたらしい。

ところが、その前日になって、何者かが眠っていた彼女の寝室に入り込み、彼女を犯して逃げた。運悪く孕んでしまったベセスダは周囲の制止を振りきって〈寺院〉を去り、どことも なく身を隠した」

全身が冷たくなる想いがした。

「犯したって、誰が、誰がそんなことしたの？　誰が母さんに、そんなことを！」

ツィーカ・フローリスの言葉は本当だったのだ。胸ぐらをつかまんばかりのアトリの剣幕に、ダーマットはたじたじと後ろへずりさがった。

「俺が知るかよ。だいたいその時も、犯人が捕まらなかったからこそあんたの母さんは〈寺院〉を出奔することになったんじゃないのか？」

「だって」

胸を押さえてアトリはうなだれた。身体がふるえる。その男が自分という娘を世に産み出させ、有望な骨牌使いだった母を、市井の占い師におとしめたのだ。

「そしてあんたの父親は、純血ってわけじゃないが、奇跡的にも四分の一くらいは伶人の民の血を保っている、立派なジェルシダだったらしい」

ダーマットはやれやれというように息をついてから話を続けた。

「らしい、っていうのは、あんたを捜していた人間たちにもその正体をつかまえることができなかったからなんだが。とにかく、かなり血の濃いひとりだったようだ。

そのふたりから生まれたあんたはおそらく、今見つかっている限りではもっとも濃い血を持つジェルシダの者だろう。あんたを見つけて、奴ら、どんなに喜んだか。ま、俺としては約束通りの報酬さえもらえりゃ何でもよかったんだが」

「奴ら、って言ったわね」

細い震え声で、ようやくアトリは言った。

「あなたを雇ってわたしにけしかけたのは、その人たちのしわざなんだわ」

「ああ、そうさ。〈館〉の中庭で、あんたに話しかけた商人を覚えていないかい。モリオン・イングローヴって名乗ってた」

もはやダーマットは、隠し事をする気はなくなったらしい。もちろん、アトリが覚えていないはずがない。その男に部屋に招かれかけたのが発端で、ロナーの占いをすることになり、事態がここまで転がってきたのだ。

「もうわかってるだろうが、あいつはそんな名前じゃない。俺が上流の町の居酒屋で会ったときには、モランと名乗ってたよ。ある人物に依頼されて、強力な骨牌使いを捜しているんだって話でな。俺にも一口のらないかと言ってきたんだ。ちょうど宿代も底をついてきてたし、悪くないと思ったんで、奴について船に乗り込んだんだが」

河口のハイ・キレセスについたとき、ここにジェルシダの血を引く骨牌使いがいると、モラン一行の興奮はかなりのものだったようだ。ベセスダは死んだと聞いてその落胆もまた激しかったが、彼女に娘がいると知って、期待は以前の倍に再燃したという。

「さっきからジェルシダ、ジェルシダって言ってるけど、ジェルシダの血ってそんなにすごいもの？　確かに、高地人は今の人間より強い力を〈骨牌〉から出せた、とは聞いてるけど。でも、強い骨牌使いは世の中にいくらでもいるわ」

「何を寝ぼけたことを」

あきれたようにダーマットは言った。

「そもそも、人間に〈骨牌〉を伝えたのがジェルシダなんだぜ。弱いわけがなかろうが。こいつは伝説だが、ひとりのジェルシダ家の純血に対して、普通人の〈木の寺院〉の高級導師級が十人集まって、ようやくつり合うってくらいらしい。

しかもそれは下級の奴の話で、当主やその直系くらいになると、普通人の五十人、百人じゃきかん力を操ることができたそうだ。しかも特に、当主の嫡子となるべき娘となると、ほかの誰にも見られない、特別な能力を持っていたとか」

「それは、いったいどういう力だったの？」

おそるおそる、アトリは訊ねた。ダーマットはふんと鼻息を出し、

「俺は知らん。知るわけがなかろうが。旧ハイランドが栄えていたのは、もう一千年も昔のことなんだぞ。

ただ、〈堕ちたる骨牌使い〉ベルシャザルに恋着された公女ファーハ・ナ・ムールは、まさにその力の持ち主だったらしいな。どんなことがあったのかはわからんが、都が沈んでしまったのもベルシャザルの力だけじゃなく、公女の力がそこに加わったせいじゃないかという説もあるくらいだ」

アトリはふらついて壁で頭を支えた。ダーマットが身を乗りだす。

「おい、どうした。船酔いか」

「いいの。放っといて」

かぼそく答え、目を閉じる。船体がぐるぐる回っているように感じられた。もしかしたら、ほんとうに船酔いしているのかしら。そうだといいけど。それなら少なくとも、考えることから逃げていられる。

「その、モランっていう男は、なんのために強い骨牌使いを集めたりしているの？　彼の主人って誰なのかしら。どこから来たの、彼は。

あんなだまし討ちみたいな真似をしてまで連れてゆこうとするなんて、普通じゃないわ。あなた、変には思わなかったの、ダーマット？」

「まあ、ちょっとはな」

歯を見せて、いかにもしたたかそうな笑顔になった。

「しかし払いはよかったし、食い物も宿も上等だったし、やばくなったら逃げるつもりでいつでも荷物はまとめてあったしな。いや、後悔はしてるんだ。こんな羽目に陥るんだったら、せめて奴の財布の一つや二つかっぱらってくりゃよかった」

「あなたととても気の合いそうな人を知ってるわ、わたし」

陰気に呟いて、アトリはまた寝台に身体を沈めた。頭がずきずきする。

「さっきの質問だが、推測できることが一つある。モランの後ろには、東方の首長諸国がついてるかもしれんぜ」

横になろうと枕を引きよせたアトリに、ダーマットが突然言った。

「どうしてそう思うの。東方って何？」

ダーマットは首を振って呻いた。

「おいおい、ほんとに何も知らんのだな。北のハイランドから山脈を隔ててずっと東南へ下った、森林地帯を支配する、狩猟民族の建てた国々だ。部族単位で集落をつくって、獣を追いながら移動を繰り返しているから、きまった国境はないがな。先祖と精霊を信仰しているんで、山のこっち側の国とは昔っから折り合いが悪いが」

「ああ。野蛮人の国ね。〈詞〉を知らない、〈異言《バルバロイ》〉のひとたちの国」

「そりゃあ言いすぎだ。俺は何年かあっちで過ごしたこともあるが、奴らは確かに〈詞〉や骨牌あやつりを知らない。しかし、それなりの文化を持ってもいる。ま、やたらと戦い好きで、欲が深いが」

「それで、その東の国がどうしたの？　そういえば、なにかぶっそうなことになってるって話、聞いたような気もする」

「そんな調子じゃ、どんなことが起こってるかも知らんらしいな。あっちじゃひどい寒さが続いて、ろくに獲物がないんだそうだ。どういう関係があるのか知らんが、モランは俺がいっしょにいる間にも、何度か東へ向けて食料を送ったり、金を送ったりしていた。

まあ、商人だってことになってたし、あるいはなんてことないのかもしれないが、俺を雇ったことといい、あんたのことといい、妙だ。少なくとも西がわの人間は、東方の部族なんてのはみんな野蛮人だと思ってるからな。あんたがいい例だ」

「ずいぶん詳しいのね。流れ者にしては」

「都市にも住まない、組合の保護下にも入らない流れ者としちゃあ、いつでも耳をすましていて悪いことはないんでね」

皮肉をこめたアトリの言葉に、ダーマットは大笑いした。笑いやめるとふと真顔に戻って、アトリの顔をのぞき込んできた。

「どっちにしろ、モランはあんたをそう簡単にあきらめるはずはないと思うよ。一時でも、奴らといっしょに行動していた人間として言わせてもらうが」

すてばちに笑ってみせた。

「それにあんたとの勝負にも、拉致《らち》にも、ことごとくしくじった俺を見逃してくれるはずがないしな。これから先どうなるにしろ、俺たちは、しばらく身辺に気をつけていたほうがいいらしいぜ、お嬢ちゃん」

3

結局、アトリはそれからさらに三日間寝台を離れることができなかった。

ハイ・キレセスを出たことなど、一度ツィーカ・フローリスにつきあって南方の温泉地へ保養に行ったときくらいだ。船に乗ったことにいたっては、思い出すのも難しいはるか昔のことにとどまっている。

船酔いはしつこくアトリを苦しめ、やっと四日目の朝、ふらふらしながら頭を寝台から上げることができたときには別人のようにげっそりしていた。無理もない、それまでは、ほとんど水しかのどをとおらなかったのだ。

「まったくこれだから、陸《おか》もんの娘っこはな」

医術の心得があるという水夫がぶつぶつ言った。アトリの瞼を、まるで馬を扱うように手荒くひっくり返して、

「どうせ元気になったら、やれあれが欲しい、これが食いたいとうるさくぬかしやがるんだ

ろう。まったく船長もやっかいな荷をかかえ込んだもんだ。おとなしくしていやがらねえと、尻っぺたに一発くらわして水ん中へ蹴りこんでくれるぞ、尻軽女が」

「わかったわよ」

投げやりにアトリは答えた。どうやら男と駆け落ちして、船に逃げこんだ浮気娘だと思われているらしいが、否定するのもめんどうだった。

「ねえ、わたしたち、どこへ行くの？　この船はどこ行き？」

「そんなこたあ、あんたのあの色男に教えてもらやあいいだろが」

吐き捨てるように答えたが、さすがに無愛想だと思い直したのか、

「とりあえず、約束としちゃあセルセタまで乗っけていくことになっとるよ。なに、知らん？　そっからまた新しい船に乗り換えるつもりじゃねえのかい。せいぜい女も乗り換える気を起こされねえように、男にゃつくしておくこった」

船酔いからさめてみると、船の生活は単調なものだった。ほとんど何一つ起こることもなく、天井で揺れる洋燈《ランプ》を眺めているうちに日が暮れる。

部屋の扉に鍵はかかっていなかったが、船上で目覚めた日、ぶつかった水夫たちの好色そうな視線はアトリの肌にはっきりと残っていた。また、あれに出会うのかと思うと、外へ散歩に行く勇気も失せてしまう。

ロナーはあれから、一度も顔を見せない。

〈骨牌〉、せめて力のない練習用の骨牌があれば、ひとり占いでもして気をまぎらわせられ

るのに。しかしもちろん、骨牌使いであるアトリに〈骨牌〉など、誘拐者が持たせておくわけはなかった。

食事を運んでくるのは、この船の下働きらしい小ずるい目つきをした少年だった。ひどく意地汚くて、ぐずぐずしていると食物はみんな彼の口へ入ってしまう。

業を煮やしたアトリがべとべとの麦がゆを電光石火で平らげてしまうようになると、いやな目つきでアトリをにらみ、奪い取るように皿を持っていく。いいっと歯をむいてみせ、しみじみとアトリは健康のありがたさを〈樹木〉に感謝した。

すみの棚には、数冊の古い本や、鉱石の採掘に関する薄い冊子がぞんざいにつっこんである。ぼろぼろに腐って読めないものもあったが、そのうち数冊は、なんとか頁《ページ》をくることができた。

中に一冊、モーウェンナなら喜びそうなべたべたに甘い恋愛小説を見つけたので、アトリはそれを何回もくり返し読み、それから一枚ずつ頁を破って扉のすき間に詰めた。頭の中身をどこかに落としてきたとしか思えない女主人公にうんざりしたのと、水夫たちにしょっちゅうのぞき見されるのもいいかげん飽き飽きだったからだ。

ただひとつ、この本を見つけてよかったと思ったのは、最後の頁に挟まれていた、黒曜石の薄片でこしらえた美しいしおりを手に入れたことだった。かき取ったままの形を生かして、ちょうどカラスの羽根のようななだらかな紡錘形《ぼうすいけい》に仕上げてある。冷たい手触りも、ほどよい重みもうれしくて、本がすっかりすき間の詰めものに化けてしまっても、アトリはそれを大切にとっておいた。

こんな本をあの乱暴そうな水夫たちが読んでいたというのはあまりぞっとしないから、きっとこの部屋にも、わたしのような女性の船客がいたのだ。そう思うことにすると、いくらか心が安らいだ。彼女がどうなったかはわからないが、きっと無事に目指す場所へとつくことができたと信じよう。

そしてわたしも、何事もなく、いつかはハイ・キレセスの母の小屋に帰るのだ。そうしたら、このしおりを頁にはさんで本を読もう。ささやかな誓いを、アトリは黒曜石に映る自分の顔にむかってした。助けにはなりそうになかったが。

（モーウェンナ。ツィーカ・フローリス）

きっと、心配してるでしょうね。

わがままな〈館〉の一の姫。今ごろ、どんなに周囲のものを困らせているだろう。ひどいかんしゃくをおこしていなければいいけれど。

それに、ツィーカ・フローリス。彫像めいた美しいあの顔が目に見えるようだ。怒り心頭に発したとき、彼女はいつもそんな顔つきになる。

不肖の養女《むすめ》のために、〈館〉の女あるじはもう捜索隊を組織したろうか。でも、こんな小さな、おそらくは違法の船を見つけだすには何日もかかるだろう。そしてその間に、船は国境を抜けてしまっている。指の間を滑りぬける小さな水蜘蛛のように。

考えなければならないことはもう一つあった。母のこと、それから、父のこと。自分自身のこと。

どう感じていいのかわからなかった。直接恨みや憎しみを感じるためには、聞かされたばかりの父という存在はあまりに抽象的な存在でしかない。ただ、母の自分に対する、あの冷ややかさの原因が見つかったことがひたすらつらかった。

（わたしが生まれたせいで、母さんは未来を失った）

母が娘を厭《いと》ったことは無理からぬことだった。誰であろうと、素性も知れぬ相手に辱《はずかし》められた結果の子供など、受け入れられたはずがない。

ましてやそのおかげで、手に入れられるはずだった力も地位も失ってしまったのなら。

それらすべてと引き替えに得た娘が、せいぜい人並みか、それ以下の才能しか持てない娘だったのなら。

毎日、深夜までかかって骨牌札を磨いていた母を思い出す。木肌につける蜜蠟の香りが、彼女の香水代わりだった。いつも遠くを見ている母の視線が、娘に据えられるのは〈骨牌〉の訓練を施しているときだけだった。

きまじめに結んだ唇は、笑いよりはいささか厳しいものに備えているような印象を見るものに与えたものだ。仕事を頼みに来た客には愛想笑いの一つもしたかもしれないが、娘に対してほほえんだ母の顔を、アトリは一度も見たことはなかった。

幼いアトリは懸命になって〈骨牌〉の修得にはげんだ。課題をうまくこなせたときだけ、母に声をかけてもらえると知って。

しかし、娘が一通りのことを覚えてしまうと、母はまたもやアトリにはかまわなくなった。ほとんど目すら合わせようとしなかった。

死の床についたときも、娘の看病を拒否して人を雇った。追い払われたアトリが床に寄ることを許されたのは、もはや意識も薄れて、最後の別れを促されたときだけだった。

（わたし、生まれなければよかったの、母さん？）

でも、生まれたのはなにもわたしの責任じゃない。わたしは悪くなんかない。心の別の面が、どこかで叫んでいる。

しかし、受け入れることはできなかった。結局のところ、自分がいたから母が王都を出なければならなかったのはかわらぬ事実だし、母に憎まれていたという事実もおなじこと。憎むのも当然だろうと思う。そして、憎しみを理解したからといって、感じる罪悪感はいささかも減りはしない。

せめて、父となった見知らぬ男が、死んでいてくれることを願った。あるいは、不幸せのどん底で生きていることを。

母と娘の二人の女を、不幸に陥れた愚か者。ましてや彼から伝えられたジェルシダの血が、今、アトリをこんな境遇に陥れているのだとすれば、その元凶こそは呪われてしかるべきではないか。

「おい、どうしたんだ、お嬢ちゃん。泣いてるのか」

「ほっといて」

アトリは答え、泣きつづけた。

ダーマットは肩をすくめ、また床に横になった。

夜明け前に、アトリは目覚めた。

船に乗ってからちょうど十日目の朝だった。目を開けて、言葉を失った。暁《あかつき》のとき色の光に照らされて、うす暗い船室は、別の場所のように変貌していた。

昨夜、明かり取りの窓を閉めておかなかったのだ。流れこむうすい紅いろの光は絹のように降り、部屋のこもった空気をやわらかな光の粒子で充たしていた。曇ったランタンの硝子の火おおいに、金色の朝日がちらちらと映っている。

耳をすましたが、何の音も聞こえなかった。水夫たちは酔いしれて寝てしまったらしい。ダーマットは床に敷いた毛布の上でうつぶせになり、眠りこけている。

少し考えて、アトリは音をたてないように起きあがり、すばやく服を着た。少し頭がくらりとしたが、大丈夫そうだった。

外に出る。見上げた空は、真珠色に輝いていた。朝のまばゆさに小さく息を呑んで、アトリはつま先立って足を踏みだした。

甲板の上には、束ねた綱や空の水樽が散乱していた。数人の水夫が酒瓶や、食べ物のかすを握りしめたままいぎたなく転がっていた。踏みつけないように気をつけながら間を通り抜けて、彼らの姿が目に入らない、後甲板の上に立った。

ほどいた髪が朝風になびいた。名残りの星が二つ三つ、東の空にまたたいている。緑の匂いがした。触れればきしりと崩れそうな空を、鳥が音もたてずにすべっていく。

船は、河をかなり上流の方までさかのぼってきたようだ。河幅もせばまって、この船とあと二隻くらいが並んで航行できるほどの幅しかない。ハイ・キレセスのほとんど海のような、広大な河口を見なれたアトリにとっては新鮮な眺めだった。

久しぶりに、本物の空気を吸うような気がした。重い気分が、朝の空気の冷たさに清められるような気がしてうんと腕をのばしたとき、どこかで音がした。

アトリは腕をおろしてあたりを見回した。誰か、船倉からの梯子段を上がってくる。

（いやだ。また水夫かしら）

隠れなきゃ、とあたりを見回したが、適当な場所がない。あたふたしているうちに、四角い穴からゆっくり現れたのは、黒い髪と瞳のあの青年、ロナーだった。

アトリを認めると目を細めてはね上げ戸をおろし、長い毛織りの外套を朝風にゆらしながら近づいてきた。傷はもう、ほぼ治っているらしい。船の揺れをものともしない足取りは、堂々としてなめらかだった。

面倒な相手にぶつかったが、逃げるわけにもいかなかった。挑戦的な目つきで、アトリはロナーを見上げた。

「船室からは出るなと言ったはずだな？」

思ったより穏やかに、彼は声をかけてきた。

「そうね。でも、あんなところにこれ以上いたら死んじゃうわ」

不満をこめて、アトリはぐいと顎をあげてみせた。

「あそこがどんな臭いがするか、あなた知らないでしょ。まるで、樽いっぱいの腐った干ダラを寝台に敷きつめて寝てるみたいよ。息が詰まりそう」

ロナーは黙っている。アトリはむきになった。

「それに、ダーマットのうるさいことったら。彼の縄をほどいてあげたほうがいいと思うわ。そのうち面倒を起こすわよ。今でさえ、食事を持ってくる子としょっちゅう蹴っ飛ばしあっちゃ怒鳴りあってるんだから。まるで七つの子供みたい」

「よくしゃべる娘だな、おまえは」

ぼそりとロナーは呟いた。

「放っといて。これまでずっと船室の中で、誰も話し相手がなかったのよ。しゃべるくらい好きにさせてちょうだい。あ、あ、あ！　久しぶりの空気！　どんな味のするものだったかあやうく忘れるところだわ」

大きく腕を突きあげてアトリはのびをした。半分はあてつけである。どんな反応を示しているかと思って横目で見てみると、ロナーは笑っていた。

アトリは驚いた。すばやい燕《つばめ》がいきなり部屋に飛び込んできたときのような、ささやかな、だが鮮烈な驚きだった。

（ちゃんと笑えるんだわ。この人）

思っていたより、彼はずっと若いのに違いない。アトリと五つも違わないように思える。いくらか翳《かげ》りのある、明るいとはいえない笑みだったが、彼の端整な顔立ちを、前よりずっと魅力的にするにはじゅうぶんだった。

アトリはあわてて横を向いた。自分がばさばさの髪をして、うすい寝間着に古ぼけた上着を一枚はおっているだけなのを急に思い出したのだ。また腹が立ってきた。なんだってこの男は、よりにもよって、わたしがこんな格好でいるところへわざわざやってこなければならないのだろう？

「縄の件は、考えておくことにしよう」

微笑を含んでロナーは言った。

「しかし、船室からはあまり出ないほうがいい。これは本気で言っているんだ。乗組員はあまりたちがいいとはいえないし、このあたりには、交易船を狙う盗賊がしばしば出る。河を上る船はどちらかといえば獲物にはされにくいが、女が乗っていると知れたら襲われる危険性が高くなるからな」

「盗賊？」

あわてて左右を見回した。「どこに？」

今度はロナーは声を立てて笑った。

「見抜かれるようで盗賊と呼べるものか。河の蛇行部分に小船で隠れていて、いきなり襲ってくるのが常套手段らしい。心配しなくても、水夫たちは腕っぷしだけは強い。財産が奪われるとなれば必死に戦うだろう。それにここにもう一振り、剣がある」

怪物の血に濡れていた剣は鞘《さや》に収まり、ロナーの腰に揺れている。

「守ってくれるの？」

「おまえを誘拐した犯人だからな、俺は」

揶揄《やゆ》するように言って、また笑い声をあげた。すてきな声だわ、とアトリは思い、そう思った自分にむかっ腹を立てた。

「むりやり連れてきたことは悪いと思っている。だが、どうしようもないんだ。すべてが終わったらきちんとハイ・キレセスでもどこでも送り届けるから、今は辛抱してくれないか。大事なことなんだ、おまえにはわからないかもしれないが」

「わたしのことを『おまえ』呼ばわりするのをやめるなら、いいわ」

アトリはやりかえした。

「それにその、俺はおまえより偉いんだぞ方式でしゃべるのもやめて。いくつだか知らないけど、あなた、わたしよりそんなに年上じゃないはずよ」

「俺は二十一だ」

「わたしは十七。ほら、四つしか違わない」

「十分な差だと思うが」

「そう？　わたしが生まれたとき、あなたが四歳だったってだけのことじゃない。それとも百歳の老人扱いするほうがいいの、あなたのこと」

「口の減らない小娘め」

「あなただって」

むっとしたように口を引きむすぶと、ロナーは大股に後甲板のほうへ歩いていってしまった。

あわててアトリはあとを追い、腕をとった。

「ねえ、待って。ごめんなさい、生意気なのは自分でもわかってるのよ。でも、話したいの、お願い、ロナー。あなたはどうしてハイ・キレセスにいたの？　〈祖なる木の寺院〉ってなに？　あんな、か、怪物に追われていたのはどうして？　わたしの――わたしの、手の中で光った、あの、白い〈骨牌〉は」

「ハイ・キレセスには帰らなくていいのか」

ふりむいたロナーはまた暗い微笑を浮かべていた。

「おまえが俺に話すことといったら、それしかないと思っていたが」

「どうせ帰してくれる気はないんでしょ。だったら、自分のいる状況に対してできるだけのことを知っておくほうがいいわ。あなたはさっき、このことが終わったら、ちゃんともとのところへ送り返すって約束してくれたんだし」

返事は返ってこなかった。広い肩はがんこに後ろを向いたまま動かない。なえかける心を励まして、アトリは辛抱強く答えを待った。

「わたしの父が旧ハイランドの王族の血を引いてたって……本当？」

「らしいな」

やっと返ったロナーの答えは短かった。

「あのこそ泥が言っていたな。ジェルシダか。たしかにそれなら、あの〈骨牌〉を反応させてもおかしくはない。あの一族は伶人の血がもっとも濃かったと聞いている。〈骨牌〉に反応する力が、もっとも大きいのがジェルシダだ。きみは、アトリ」

きみ、をやたらに力を入れて発音し、アトリに指をさしつける。

「当代のもっとも濃い血を持つものとして、無意識のうちに、ジェルシダの女当主の力を発動させてしまったんだ。〈十三〉を体現する力を」

「わたしが……？」

アトリは広がる白い光を思い出した。頭の中に拡大していった、見えず、聞こえず、存在もしないざわめきの数々を。〈異言者〉と化す恐怖を感じながら、〈詞〉の解体されてゆくあまりの甘美さに泣きわめきたかった。あれは。

「〈十三〉って、何のことなの、ロナー」

しばらくの間、ロナーは細めた目でアトリを注視していた。秘密を漏らしてもいい相手かどうかを量っていたらしいが、やがてあきらめたように、ため息をついて川面に視線を落とした。そのまま、抑えた声で語り始めた。

「〈見えず、聞こえず、語られぬ十三〉は、代々、大きな歴史の変わり目にのみ、強力な骨牌使い――ジェルシダの血を持つ人間との融合をとげる、という話だ」

ごく低い声は朝霧にまじって川面に流れ、聞き取るためには、アトリはうんと耳をすませて彼に寄り添うしかなかった。船の後ろで魚がはね、水夫がひとり、うなり声をたてて寝返りをうった。

「一般的な〈骨牌〉は十二の〈詞〉で構成されている、それはわかるな。

しかし、実は、創世のときに〈樹木〉と〈環〉によって語られた〈詞〉には、もう一つ、知られていない十三番目の〈詞〉があったと伝えられているんだ」

「〈詞〉。十三番目の？」

「それは父なる〈樹木〉によって〈見えず、聞こえず、語られぬ十三〉とだけ呼ばれている。〈骨牌〉がこの世にもたらされて以来、数千年もの間、〈十三〉はごく一部の人間にしか知られない、もっとも重大な〈骨牌〉の秘密として守られてきた」

ロナーは船端からむしり取った木くずを遠くに投げた。ぱしゃん、と白いしぶきが上がり、あっという間に後ろに流れ去っていく。

「世界に大きな変動が訪れるとき、〈十三〉は現れる。〈十三〉が現れるからこそ、世界が揺れ動くのだというものもいる。

それほどまでの力を持った〈詞〉だ。これまでの最後の〈十三〉は、旧ハイランドにおけるジェルシダ家最後の女当主、公女ファーハ・ナ・ムールだった」

「ダーマットが話してくれたわ。堕ちたる骨牌使いに恋されたひとね。彼女がいたから、災厄が起こったのだとでもいうの、あなたは」

「少なくとも、ベルシャザルひとりの力ではあれほどの災害は起きなかっただろう。王族である三公家の血族は、ほぼ純血の〈天の伶人〉の血脈を継ぐ人々だった。だからこそ旧ハイランドはもっともよく〈骨牌〉の力を扱うことができたのだし、それによって並ぶもののない大地の支配者たることができた。

しかもハイランドには〈真なる骨牌〉があった。もしファーハ・ナ・ムールがベルシャザルに会わず、〈真なる骨牌〉を発動させることがなかったら、ハイランドが滅ぶことも、王都が地に沈むこともなかったはずだ」

「〈天の伶人〉って、〈樹木〉と〈円環〉の結びつきの時に、その歓喜の響きが砕けて生まれたっていう、あの？　でも、ほんとうにいるなんて聞いたことがないわ」

「歓喜の響きだなんだというのは別にして、〈骨牌〉、つまり〈詞〉を扱うことに長けた種族がいて、人間によって〈伶人〉の名をたてまつられたのは事実だ」

冷たくロナーは言った。

「真の〈伶人〉族は旧ハイランドが成立したころにはすでに滅びていたが、子孫は残っていた。それが三公家、ジェルシダ、アシェンデン、オレアンダの三つだ。

それぞれの名を持つ〈伶人〉によって創設された三公家は、国務を三つに分けて一つの王国を統治し、千年近くにわたって大地をわがものとした。この話は聞いたか」

「ええ」

「結構。そして〈真なる骨牌〉とは、旧ハイランドのさまざまな宝器の中でも、最高の至宝とされていた品だ。いわばそれは、すべての〈詞〉の雛形とでもいうべきものだった。世界で唯一の、完全にして真に力ある〈骨牌〉がこれだ。あらゆる〈骨牌〉はその複製品、一枚が欠けた不完全なものでしかない。

いつ、だれが作ったのかはだれも知らない。〈伶人〉たちの遺したものと言われていたが、それさえ確かな由来ではなかった。ひょっとしたら、もし存在するとしたらだが、〈祖なる樹木〉自身が、自らの葉に〈詞〉を手ずから記して地上につかわしたと考えるものもいた。それも、まんざら間違いではなかったのかもしれないな」

疲れたように吐息をついた。

「とにかく、それほど強い力を秘めた〈骨牌〉だったということだ。この〈骨牌〉の管理を任されていたのが、ジェルシダ公家の人間、特に、その女当主だった」

「待って、ロナー、待って。ちょっと待ってちょうだい」

アトリは額に手を当てていた。気をつけていないと、頭が割れて聞いたことが全部あふれ出してしまいそうだ。

「じゃあ、何？　もしかして、わたしの手にあったあれが、その〈真なる骨牌〉の一枚だと言いたいの。〈見えず、聞こえず、語られぬ十三〉。あれが？」

ロナーはいささか驚いたようにまばたいた。

「ああ、その通りだ。言うまでもないと思っていたんだが」

「ど、どうして、そんな大変なものがわたしに？」

みっともないとは思ったが、うろたえた声をとめることはできなかった。

「あの白い光――わたし、いったいどうなってしまったの、ロナー？　そんなものを持ってあそこにいたのはどうして？　骨牌使いでもないのに！　まだあるわ、あなたを追ってた変な怪物は何？　あれもその〈骨牌〉に関係のあるものなの？　なぜ」

「言っただろう、きみはジェルシダの血を引く人間だ。おそらく当代では最も純血に近い」

ロナーの返事は簡潔にして無情だった。

「あの災厄のあと、ふたたび同じようなことが起こることを怖れたジェルシダの人々は、〈真なる骨牌〉をばらばらにし、ある特定の条件を満たす人間にしか近づくことのできない、特別な領域に一枚ずつ封じこめた。

それ以後、この〈骨牌〉の力は、それぞれに対して特に選ばれた人間を門としてしか、この世界に流入できないようにされている。きみはジェルシダの女当主であるという条件を満たして、〈十三〉の門として選定されたんだ、アトリ」

背筋に冷たいものが走った。

それが自分の身に起こったことの意味を知ったためか、それとも、ロナーが初めてこちらの名をまともに口にしたためかははっきりしない。いずれにせよ、つぎつぎと流しこまれる情報でアトリの思考は完璧におぼれかかっていた。

「じゃ、じゃあ、あそこにあなたがいたのはなぜ？　どうして、あんな怪物に追われたりなんかしていたの？」

ロナーはまた沈黙の壁の向こうに自分を隠してしまった。また、最初に会ったときの気むずかしい、怒りっぽい人物に戻ってしまったように見えた。

かたちのいい眉をぐっとひそめて、河の彼方に視線を据える彼の目にはいいようのない哀しみと焦燥がこめられていた。

「……ある人物の命が、危険にさらされているからだ」

ロナーの声はほとんど吐息のようだった。

しばらくは、アトリの存在さえ忘れてしまったように感じられた。アトリがそわそわし始めたころ、ようやっと、口を開いて話を続けた。

「あの怪物には、〈骨牌〉の領域の近くで行きあった。きみを狙っていた男、――モランと言ったかな。おそらく、そういった手合いが作り出したものだろう。〈十三〉のありかを探りあてて、監視していたのかもしれない。だが、俺はあれが何だか知らないし、知りたいという気もない。二度と会うこともないだろうしな」

（嘘だわ）

直感的に、アトリはそう信じた。彼は、戦っているときに相手の怪物どもの名を呼んでいた。はっきりとは覚えていないが、〈異言〉の眷属《けんぞく》、たしか、そんなようだったではないか？

しかし問うのはあきらめた。あの怪物が誰かの手で作られたものだなどと言えるだけでも、彼が、〈骨牌〉や〈詞〉のことなど何も知らないのがわかる。あれは、異質なものだ。この世にあってはならない、存在しえない存在なのだ。

〈骨牌〉で異形の生き物をこしらえる、異端の骨牌使いもいることはいる。だが、その場合でも、基本はあくまで〈詞〉だ。生みだされた異形はどんなに現実離れした姿でも、存在の根幹には、どこかでこの世界につながりを持っている。

だが、あれらは違う。

あの、異質なものどもに追われるロナーとは、いったい何なのだ。(彼はいったい、どこに属する人間なのだろう?)

「きみが手にした白い骨牌札は、固有の領域にいまだ存在する真の〈十三〉への鍵だ」

アトリが考えていることにはまったく頓着せず、ロナーはそう続けた。

「おそらく何も感じてはいないだろうが、今この瞬間も、〈十三〉の〈詞〉はきみの身の裡《うち》にある。すべての〈詞〉の中で、最強の力だ。

どういうことかわかるだろう。そんな危険な人間を、野放しになどしておけるものか。一刻も早く調整を受けないことには、きみは自分ばかりか他人まで不幸にする。〈十三〉の力を抑えるか、他へ流すことができるようにしなければ、いずれ」

「いずれ、〈十三〉は、再び大きな災厄を招く……?」

呟くように言って、アトリはいきなり弾かれたようにロナーから身をもぎ離した。

「アトリ?」

「近寄らないで！」

アトリの顔は蒼白になっていた。服の前をしっかりとつかんで、少しでも相手から距離をとろうと後ずさる。

「それじゃあなたは、わたしを閉じこめるために連れていくつもりなのね？　〈祖なる木の寺院〉だなんて、ありもしない嘘を言って」

そうだった。いくら誠実そうな口をきいても、彼はやはり自分を誘拐同然に連れてきた相手なのだ。この船で目を覚ましたときに、この青年が見せた凶暴な怒りの表情を考えれば、とてもそんな甘い相手でないのは察しているべきだった。

「それは違う。ちゃんと力を制御することができる場所へ連れていくだけだ」

大きな手がアトリの腕をつかんで引きよせようとした。

「〈祖なる木の寺院〉は、きみの先祖のジェルシダ公家が建てた最初の〈寺院〉だ。他の〈真なる骨牌〉を身にうけた者も何人かいる。あそこなら、きみを傷つけることなく門を封じることができる。力を狙う人間も、〈異言〉も、あそこの場の中には入ってこられない。〈十三〉の力を発現させずに、一生静かに暮らすことも」

「じゃあやっぱり、わたしをハイ・キレセスへ帰すつもりなんかないんじゃない！」

大声を出して、アトリは青年の手を振り払った。

「嘘つき、嘘つき！　放してよ、あなたなんか大嫌い！」

「違う、そんなことはしないと言ってるだろう！」

とうとうロナーも大声を出した。

「必要な訓練か、封印をほどこす間だけだ。そのあとはどこだろうと好きなところへ帰ればいい。力をフロワサールに流せればよし、できなくても、融合してしまった〈骨牌〉なんぞ彼には用がない——来いというんだ、こっちへ」

「嫌よ、放して！　いやっ！」

河へ飛びこめば泳いで逃げられるだろうか？　ああ、もっと早く彼の嘘がわかっているべきだったのに。

ロナーの手に爪を立てて、アトリはやみくもに船縁から身を乗りだした。身体がかしぎ、すぐ下で渦巻く水がしぶきをあげる。

「待て、なんて真似をするんだ！　溺れ死ぬつもりか！」

後ろから強い腕が身体をつかみ、乱暴に引きずりあげた。足が甲板についてほっとしたのもつかの間、歯をくいしばり、アトリは猛烈にもがきはじめた。

なんとしても逃げるつもりだった。涙がにじんだ。くやしい。こんな男を、ほんのちょっとでも信用したなんて！

ハイ・キレセスに帰りたい。モーウェンナに会いたい。王族の血なんて知ったことじゃない。〈十三〉なんかいらない。そんなもの、わたしは望んでない。

「ほお、喧嘩かね。若いってなあ、いいもんだ」

耳に粘りつくような声が言った。

アトリは思わずもがくのをやめて、振り返った。

船長が、ヤニ色の乱杭歯《らんぐいば》をむき出しにしてにやにや笑っている。ロナーは唇をかみ、アトリを降ろして前に出た。

「何でもない。ちょっと意見が食い違っただけだ」

「そうかい。だが、あんたの娘っこはなかなかきれいなあんよをしてるじゃねえか。あっこからじっくりと拝ましてもらったが、隠しておくのは勿体ないねえ」

全身をなめ回すように見つめられて、アトリは気分が悪くなった。

ロナーが強く手を引き、船室に戻れ、ときつい調子で囁いた。

「入ったらすぐ中からつっかい棒をしろ。面倒なことになりそうだ。こいつらはおまえを、採石作業の間の余録にしておきたいらしい」

いつのまにか、きみがおまえに戻っている。

アトリは必死に首を横に振った。眠っていたはずの水夫たちが、ふやけた笑みを満面に浮かべていつのまにか周囲に集まってきていたのだ。

魚をさばく巨大なナイフをこれみよがしに手にしているものもいる。酔ったように顔を紅潮させ、身をちぢめるアトリにむかって舌なめずりしてみせた。

嫌悪に身が凍った。望まぬ男に蹂躙《じゅうりん》された母。彼女もこのように感じたことがあるのだろうか。

ロナーが低く呪いの言葉を呟いた。信用すらしていない青年の肩に隠れて、アトリはぎゅっと目をつぶった。

(母さん!)

「彼女は客だ。金は払った。立場をわきまえるんだな、船長」

「わきまえとるさ。船長の役目は乗組員のとりまとめでね。いい女を、あんな小僧にひとりじめさせといちゃならねえって意見を無視するわけにゃいかないんだ」

「後悔するぞ」

危険な調子でロナーが囁く。長い外套の下で、蛇のように手が剣の柄《つか》へと伸びた。

「女を捕まえろ」

ロナーを無視して船長は命じた。

「男は殺して肺魚の餌だ。その前に、金目のものをはぎ取っておくのを忘れ――」

とつぜん言葉がとぎれた。船長は首を押さえ、ごぼごぼとしめった音を口からもらした。喉にあてた手を通して、血にまみれた矢尻がつき出ていた。

一瞬遅れて、下からはねあげられたロナーの剣が、胸から顔に真紅の筋を描いた。鮮血を噴き上げ、笛のような悲鳴とともにどっと船長は仰向けに倒れた。

「船長!」

「こいつ、船長をやりやがった!」

水夫たちはロナーが船長を切り倒したのと勘違いして、怒りの声をあげた。だが、すぐに飛来した第二、第三の矢の攻撃が、怒りを狼狽と恐怖の悲鳴に変えた。

「〈虎〉だ！ 〈虎〉が出たぞ！」

両岸の森林の中から、木とおなじ緑と茶色に偽装された小舟が五、六艘、流れをつっきってこちらへまっしぐらに漕いでくるのだ。

船にはどれも武装した男たちが乗っていた。先頭の二艘には弓矢をかまえた射手がおおぜい乗っている。すぐそばで息の詰まったような声がし、男の身体がぐったりともたれかかってきた。突き飛ばそうとして顔を見た。

死んでいる。

ぎょろりとむいた二つの眼の真ん中に、一本の矢が立っていた。真紅に黒い縞の入った、珍しい色の矢羽だった。

アトリはへたへたとその場に腰を落とした。

「立て、ぼんやりするな！」

ロナーがむりやり引き起こした。顎ががくがくいうほどゆさぶられてやっと正気に返る。その時になってようやく、自分が悲鳴をあげていたのに気づいた。

「ロ、ロナー、あの人、死んで、死ん……」

「さっき言ったとおりにするんだ、いいか」

ロナーの声は意外なほど落ちついていた。

「船室へ戻って扉を閉じておけ。あれはここら辺に巣くう盗賊の一派だ。しばらくはうるさくなるが、やつらを撃退してしまえば、水夫どもにこちらの言うことをきくようにさせられる。船長を亡くしたからな。怖いだろうが、少しの辛抱だ」

「だ、だって、あんなにたくさん！」

「心配するな」

にやりと笑った。

「人間相手なら、負けない」

さあ行け、と押し出されて、アトリはよろよろと船の上を走りだした。

そこここで戦いが始まっていた。賊の本隊は下から船縁に鉤《かぎ》のついた縄をかけ、脅すような奇声とともにつぎつぎと飛びおりてくる。

賊の一人が帆柱に登り、帆を切り離して凱歌を上げる。船はぐらりとかしいで制御を失い、ゆっくり流されはじめた。

水夫のほとんどはすでに自制を取り戻し、自分たちの持ち船を奪おうとする輩にむかって牙をむいていた。剣戟《けんげき》の響きがあたりを満たし、そして鉄臭い血の臭いが河の大気を汚した。

驚いた鳥が騒ぎながら梢を飛び立っていく。

旋風のようにロナーは戦っていた。眉のあたりに漂っていた憂いは一時的にせよ消え、剣士に生まれたものの戦いの歓喜が若い顔をいきいきと輝かせていた。

相手の剣は、彼のまとう外套の端を裂くことすらできない。踊るような動き、しなやかに動く手が一閃するたびに、はね飛ばされた敵が悲鳴をあげて河へ転げ落ちていく。

剣の切れ味が鈍るのを嫌い、ほとんどは剣による当て身か拳の一撃だったが、寄せ手を怯えさせるには十二分以上だった。包囲は少しずつあとへ退いてゆき、やがて周囲にはぽっかりとあいた空間ができた。

その時、一人の覆面の人物が、悠然と進み出てきた。

起こったざわめきからして、どうやら賊の首領らしい。覆面からのぞいた眼が、笑った。男にしては細身で、背が高く、くすんだ赤の胴着をまとい、手には、不釣り合いなほど大きく重そうな広刃の剛剣をたずさえている。

予備動作さえ見せず、いきなり斬りかかってきた。

どう見ても普通の剣の倍以上ある剛剣を、子供用の小剣のように扱っている。肩へ打ち下ろされた一撃を危うく避け、続いて脇への斬撃をはじき飛ばした。覆面の内側で、小さく口笛が鳴った。

ロナーはしびれて感覚のない腕を無理にあげ、相手の首を払った。

この敵に、手加減の必要はない。油断すれば、やられるのはこちらとわかっていた。

相手はすばやく横に移動して避けた。切っ先が覆面にわずかにかかり、布地が裂けて風に飛んだ。

紅い唇が笑った。破れた覆面をむしり取ると、唇と同じ色の髪がざっと宙に舞った。流れ出したばかりの血のような、赤い髪だった。

「女か！」

ロナーの口から、驚きの声がもれた。

女は笑みを浮かべたまま、腰を落として、次の攻撃にかまえた。

その間に、アトリはようやく船室にたどりついた。

震えながら扉に転げこみ、つっかい棒をする。するそばから手が震えて、何度か棒を落としてしまう。やっと戸締まりをすると、扉に額を当てて泣きだしてしまった。

自分がこんな弱虫だったとは知らなかった。〈骨牌〉といっしょに、強気な自分までもなくしてしまったのだろうか。情けなくてたまらないが、あの白目をむいた男の死体を思い出すと吐き気がしてくる。

（しっかりしなさい！　あの怪物とだって、正面から対することができたじゃないの）

だが、あの時には〈骨牌〉があったのだ。母の〈骨牌〉。今の自分には何もない。何の力もない、ただの小娘。何にもない、ただのアトリ。

力を引き出す〈骨牌〉がなければ、アトリは結局、多少勘が鋭いただの少女と変わりはない。何かあれば泣き叫び、おどおどし、自分では何もできない娘。

しっかり者、気が強い、と周囲から言われ、自分でもそう思っていただけに、本当の自分自身がそうではなかったのだと思い知らされるのは耐えがたかった。

（違う、わたしはもっと強いはずよ）

けれど、身体が動かない。ロナーはまだ戦っているの？

なぜ彼を一人でおいてきてしまったんだろう。窮地に陥った人を置き去りにするなんて。

〈骨牌〉を持っていなくても、わたしはわたしなのに。

（母さんなら、きっと母さんなら、こんなときでも）

「おい、お嬢ちゃん。お嬢ちゃん」

部屋のすみからせっぱつまった声がした。涙に濡れた顔を上げる。ダーマットが、縛られた手を振り、床から飛び上がらんばかりにしていた。

「こいつをほどいてくれ。早く！」

「こいつって」

「縄だよ、縄」

いらいらと身体を揺する。

「だいたいの様子はここで聞いててわかってる。俺だって多少は戦えるぜ。そこで泣いてるより、いくらかはあのロナーってやつの手助けになってやれる。剣は一本より二本のほうが役に立つんじゃないか、そうだろ？」

もうどうしていいかわからなかった。鼻をすすりながらダーマットのほうへ這いよる。結び目に手をかけたが、固くてどうにもほどけそうもなかった。

「切るんだよ、縄を。あれだ」

業を煮やしたダーマットがあごで指したのは、枕もとに置きっぱなしの食事の皿だった。

言われるままに、アトリは皿を窓の縁に思い切り叩きつけた。皿は砕け、鋭い縁を持ったかけらがいくつもできた。中でも切れ味のよさそうなのを選んで縄にこすりつけ、時間はかかったが、やがて、太い麻縄はふっつりとちぎれた。

「ありがたい！」

そう言うと、ダーマットは勢いよく立ち上がって身震いした。

そして、にっこり笑ってアトリのほうを向き、その鳩尾《みぞおち》に、拳をめりこませた。

「悪いな、お嬢ちゃん」

きわめて陽気な口調だった。

「俺はいつでも、勝ち目のあるほうにしか賭けない人間なんでね」

アトリは何か罵ろうとして、そのまま、ぐったりとダーマットの腕に倒れこんだ。

あたりを見回して、めぼしいもののないのに肩をすくめる。気を失った少女をかつぎ、足取りも軽くダーマットは剣戟の聞こえる暗い船室をあとにした。

4

その日、アシェンデン大公領の河口の都市に一隻の船が着いた。

夕暮れ、水門を閉める直前になって滑り込んできたその船は、満身創痍だった。船縁は矢で針山のようになっているし、傾いた帆柱にかかっているのは乗組員の上着をつづり合わせたものらしいぼろ布だった。

あちこちにこびりついているどす黒いものは、どうやら塗装ではないらしい。船上で立ち働いている水夫たちはひどく青ざめて、両岸から顔見知りのものが呼びかけても、首を振るばかりでいっこうに答えようとしなかった。

ひょっとして、このごろ活動が活発になってきている賊どものしかけた囮《おとり》では、との報告を受けた管理官が、入港を拒否すべきかどうかと考え始めたころ、船は船着き場の定位置へよろよろともぐりこんだ。

集まってきた人々の見守る中、艫綱《ともづな》が投げ降ろされる。太い綱が地面を叩くのとほぼ同時に、長い外套をまとった一人の男が、船縁をこえて飛びおりた。流れるように立ち上がり、きびすを返す。端整な顔立ちのまだ若い、黒髪に黒い眼をした男だった。

「お、おい、待てよ」

見物人の一人が勇気をふるって、男の腕をつかんだ。

「あんた、あの船のひとかい。いったい何があったんだ。戦いがあったみたいだが、まさかあの〈赤い虎〉に襲われて、逃げ出してきたってんじゃ」

「そいつに近づくんじゃねえ、首を飛ばされるぞ！」

船から、おびえきった声が降ってきた。

「そいつは人間じゃねえ、化けもんだ。三十人からの〈虎〉をひとりでぶっ倒しやがったんだぞ。あの女頭目とまでまともにやりあうやつなんだ、いいか、おれたちの船長もそいつにやられちまったんだ、頼むから手を出すな！」

見物人はあわてて手を離して後ずさりした。青年はちらりとそちらを見て外套の裾を払い、何事もなかったように街並みのほうへ歩いていった。

ざわざわする人々をかき分けて、管理官の一行があわただしく検分に近づいてきた。

（しくじった。あの男は早めにどうにかしておくべきだったのに）

あか抜けない店の並ぶほこりっぽい通りを歩きながら、青年は、ロナーは、ひそかにほぞを噛んでいた。

たかが盗賊程度、すぐに片づけられると思ったが、最後に現れた女頭目だけは別だった。おそろしく手強《てごわ》く、なみの男にも勝る膂力《りょりょく》で押してきて、戦い続けて疲れてきていたロナーには、一瞬の隙をついて河に落とすのがせいいっぱいだった。

頭目が落とされたのを見た盗賊どもは潮の引くように退散していき、ロナーは放心した水夫を叱咤して、なんとかシルシットまで船を動かすことを承知させたのだ。

アトリがいないのに気づいたのはそのあとだった。船室はもぬけのからで、切れた縄と、割れた皿のかけらが床に転がっているだけ。

何が起こったのかは想像がついた。口のうまいこそ泥めが。十七歳のおびえた娘一人、ロ車に乗せて縄を解かせるくらいはお手の物だったことだろう。

脱出用の小舟が一つなくなっていることは調べてわかったが、それだけだった。わかったときには、船はすでにかなり上流へ進んでいて、後を追おうにももう手がかりがなくなっていた。

万一、アトリに水夫が不埒な気を起こしたときのための警報機として生かしておいてやったのが裏目に出た。今ごろはアトリをかついで、自分を雇ったモランとかいう男のもとへ駆け込んでいることだろう。小悪党ならやりそうなことだ。

考えねばならなかった。ロナーは木陰《もと》に店を広げているハッカ茶売りに目を止めて歩み寄り、素焼きの器に入ったぬるい茶を購めた。やたらに甘くて気持ちが悪かったが、乾いた口をしめらす役には立った。

（そのモランと名乗る男が〈逆位〉の一人だとしたら、ますますやっかいになる）

〈逆位〉たちが、〈寺院〉とたもとを分かって二百年がすぎようとしている。その間には、さまざまな軋轢があったし、和解もあった。

だが今、〈逆位〉たちは一挙に覇権をわが手にしようとしているのだろうか。これまで陰の身分に甘んじてきたことの負債を、世界に払わせようとしているのか。

よりにもよって、こんなときに――〈異言〉の勢力が増しているこんなときに？　〈詞〉の主が、古きハイランドの血を引く最後の王が、死のうとしているこんなときに？

アトリという〈十三〉のジェルシダの登場も、その推測を裏付けているように思えて、ロナーは人知れず背筋を震わせた。

　自分に骨牌あやつりの力がないのが歯がゆかった。骨牌使いでさえあれば、自分で〈小径《パス》〉を開き、半日もかからずに彼女を〈寺院〉に連れて戻ることができたものを。あるいはせめて、こういう状況に陥ったことを知らせることができたものを。

　胸の奥がかすかにうずいた。古い痛みであり、むかしなじみの痛みだった。

　ごく幼いころにそれは植えつけられ、大きくなり、十五のときに決定的に彼の中に棲みついた。今では身体の、欠くべからざる一部のようにさえ感じられる。

　それが彼を生まれた屋根の下から追い立て、さすらい人の名を与え、しかもなお切ることのできぬ鎖として、つながりを保たせているのだ。あの、一年の半分を雪に覆われた美しい城と、そこで待つ唯一の肉親とに。

（何もおまえが行くことはない、アロサール）

（わたしたちはおまえを愛している。ここにいなさい。わたしにはおまえが必要だ）

（アロサール……）

　茶を飲み干して器を投げ捨て、ロナーは立ち上がった。

　ぐずぐずしてはいられない。まだ完全に望みがなくなったわけではないのだ。もう少し大きな街へ出て、〈木の寺院〉か〈館〉を訪ねて連絡を取ろう。エレミヤたちが、きっと気絶せんばかりに心配している。〈十三〉ほどの強い力を持つ〈骨牌〉なら、まだ調整がすんでいなくても、探知する方法があるかもしれない。

一刻も早く彼女を取り戻さなければ。取り返しのつかぬことにならないうちに。

「待ってよ、冗談じゃないよ！」

通りの反対側で、誰かがよく通る声で叫んだ。

「そりゃ茶をひっかけたのは僕かもしれないけど、服から下着から全部弁償しろなんて、それはないいんじゃない？　僕だってあんたにひっかけてやろうと思ったわけじゃない、いや、そりゃほんのちょっとくらいは、そうしたら面白いだろうな、なんてことは思ったけど、だからってそれとほんとにひっかけたかどうかは別問題だろ、ね？　お願いだからそこ、放してくんないかな？　もうちょっとで息が詰まりそうなんだけど、僕」

息が詰まりそうとは思えない大声でしゃべりまくっているのは、ロナーと同じくらいの歳恰好の、ひょろりと背の高い青年だった。

先のとがった彼の長靴の先は、たっぷり指二本分ほど宙に浮いている。その浮遊を支えているのは、船着き場に勤めている荷運び人の一人らしい。筋肉の張りつめた腕はこぶだらけの樫《かし》の木のようだった。金壺眼《かなつぼまなこ》がうさんくさげにロナーを見た。

「やあ」

黙って立っているロナーに向かって、吊され男は気弱げに笑ってみせた。

「突然で悪いんだけど、助けてよ。このおじさん、たまんないほど口が臭くてさ」

数分ののち、ロナーは首根っこをつかまれていた若者と並んで道に立っていた。

荷運び人は急に用を思い出して、足を震わせながら向かいの船宿に急いでもぐりこむところだった。青年は足を踏み鳴らし、深呼吸し、相手の背中に向かってたっぷりと丁重な悪口をはきかけてから、ロナーに向きなおってにっこりした。

「どうもありがとう。助かったよ」

硬そうな赤銅色の髪を後ろで一つにくくり、小脇に色とりどりの絵の具のしみのついた箱形の旅行鞄を抱えている。無邪気そうな緑の目。耳の横に染めた羽根をさして伊達者らしくしているが、さっきの騒ぎで、いささかしおたれて見えた。

「僕はドリリス・ベルン。絵画やなんかの修復師をしてる旅回りで、さっきまでそこの酒場で仕事してたんだけどね。ところで、君だれ？　どこかで会ったっけ？」

「いや」

ぶっきらぼうにロナーは首を振った。たしかにどこかで見たことのある顔だという気はしていたのだが、思い出すことができなかったのだった。ドリリスはたいして気にした様子もなく、「あ、そ」と軽くうなずき、さえずるようにしゃべり続けた。

「実はちょっと友だちが行方不明になってさ、僕が捜さなくちゃって思って旅してるとこなんだけどね。船着き場で見かけたって人がいたんで、ちょうど仕事も一段落ついたし、手がかり捜しながらここまで河を上ってきたんだけど、あのおじさんにつかまってさ、やんなっちゃうよ。でももう〈館〉にいたってしょうがなかったんだ、ツィーカ・フローリスは怒るしモーウェンナは泣くし、いくら僕でもいいかげん頭に来そうだったんだ。面白いことのない場所には長居しないってのが、僕の健康の秘訣なんだよ、ね。ところで君、どうしてそんな変な顔してるの？　風邪でもひいた？」

　ロナーはまた首を振った。ひょっとして、この相手を助けたのは間違いだったのではないのだろうか。

　おかまいなしにドリリスは元気にさえずった。

「でも僕って運がいいよね、そう思わない？　欲しいときに、まさしく欲しい人に当たるんだから。ほんと、君なら討伐隊には申し分なしさ。恰好いいし、強そうだし、実際強いし。司令官だって、一発で合格にせずにはいられないよ、きっと」

「待て。話を勝手に進めるな」

　とめどなく続くおしゃべりを、ようやくロナーは遮った。

「その、討伐隊とか司令官とかいうのは何だ。俺はたまたまここに立ち寄っただけで、討伐隊とも何とも関わりを持つつもりはないぞ。適当な船が見つかりしだい、すぐにここを離れるつもりなんだからな」

「えっ？　君、アシェンデン大公の討伐隊に参加しに来たんじゃないのかい」

　ドリリスは目を丸くした。

「そりゃ駄目だよ。困るよ、そんなの。君がいなけりゃ、僕は討伐隊にもぐりこめないじゃないか。アトリは盗賊の中にいるのに、助けに行けないなんて、そんなの駄目だ」

「アトリ、だと」

　あっという間に、先ほどの場面の再現となった。ロナーはドリリスの胸ぐらをつかんでぶらさげ、宙に浮いたドリリスは苦しげに足をばたつかせた。

「く、苦しいって。やめてよ、お茶をひっかけようなんて考えもしてないよ、ほんと」

「アトリの居所を知っているのか」

哀願にはかまわず、ロナーはドリリスを人形のようにゆさぶった。

「どこだ。彼女はどこにいる。言え、言わないと――」

「だから盗賊のところだってば！　放してくれって、苦……」

いきなり落とされて、ドリリスは地面に手をついて大きく息をした。

「そうだ！　思い出した。君、〈館〉の中庭でアトリの骨牌札を持っていっちゃった、あの時の客だろ。なんで君がアトリを追ってるのさ。まさかアトリをさらったのって、君のしわざじゃないんだろうね」

「おまえには関係ない」

冷たくロナーは答えた。

こちらも思い出した。こいつは〈館〉の回廊でぶつかってきて、さんざんたわごとをほざいたあげくに、中庭からそのまま持ってきてしまったアトリの骨牌札をすりとっていった相手だ。

その時ついでに、外套を留めていた金の留め金を取られたことは忘れるとしても、今の言葉は聞き捨てならなかった。いつでも胸ぐらをつかめるようにかまえながら、

「彼女が盗賊の中にいる。間違いないんだな？　それはあの、赤毛の女に率いられた盗賊の

ことか。ダーマットは奴らの仲間になったのか」

「その、ダーなんとかのことは知らないけど」

くしゃくしゃになったえり飾りを恨めしげに整えている。

「赤毛の女頭目ってのが〈赤い虎〉のことなら、そうさ。ここから東へ行ったセオデン森に、薪取《たきぎと》りに行った人が見たって。河からあがってきた盗賊に出くわしてあわてて隠れたんだけど、その時、気を失った娘をかついだ男がいたってさ。そいつが娘のことをアトリ、って呼ぶのも聞いたって。あ、ちょっと、どこ行くのさ」

「森だな」

ロナーはすでに二、三歩歩きかけていた。

「乱暴をして悪かった。おかげで手間が省けたようだ。感謝する。アトリはちゃんと取り戻して、いずれ故郷に送り届ける。心配せずに待っていてくれ」

〈逆位〉の手に渡っていないらしいことはとりあえずの吉報だ。アトリ、あの生意気な小娘。またいらぬ口をきいて、ひどい目に遭わされていなければいいが。

「待ってよもう、せっかちな人だなあ」

小走りにドリリスはロナーの後を追った。

「あのね、森に入ったところで、ちゃんと盗賊の巣窟を見つける自信があるわけ？」

ロナーの足が止まった。

「ないでしょ」

ロナーの前に回り込んで、なだめるようにドリリスは彼の腕を叩いた。

「あの森は広いよ。たった一人で、あてもなく捜し回るにはちょっぴり広すぎるんじゃないかい。巣窟ともなれば、盗賊の数も半端じゃないだろうし。だから僕たち、アシェンデン大公の討伐隊にもぐりこもうっていうんだよ」

「討伐隊？　だから、それは何の」

「だからさ、ああ、もう！　字は読めるね？　ほら、こっち来て、これ読んで」

腕をとり、ドリリスは一軒の酒場にロナーを引っぱりこんだ。

店番の娘が気のなさそうに腰を上げる。どこといって特徴のない、薄暗い店内の正面に、金色の紋章入りの羊皮紙が一枚、場違いなまでに光り輝いていた。

「『支配者にして統治者ペレドゥア・ヒウ・アシェンデン大公閣下は、ご自身と誉れある高地の王、ハイランドの宗主の御名において、以下の命令を下される』」

大文字ではっきり書かれた部分を読み上げて、あとは口の中でむにゃむにゃとごまかし、肩をすくめてドリリスはロナーをつついた。

「ま、いろいろむつかしく書いてあるけど、つまり、このごろここらへんには凶悪な盗賊が出て困るから、なんとかしようってことさ。今、斥候隊が盗賊の本拠地を探ってるから、所在の見当がつきしだい、部隊を編制して出発するそうだよ。

一応、大公家の衛兵一個師団と、ほかにも被害をこうむってる国がいくつか、人員を出すらしいね。仕事と金が欲しいやつは誰でも参加できるんだけど、僕みたいのじゃ、ひやかしだと思ってまともに相手にしてもらえないんだよ」

「そうだろうな」

相手の体格を見下ろして、思わずロナーは飾らない感想をもらした。木の人形めいた腕は絵筆やこてを持つには向くかもしれないが、剣にはとても向きそうにない。慣れているらしく、ドリリスは怒りもせずにうなずいた。

「だろ？　だから、協力してほしいんだ。僕は君の盾持ちか何かってことにしてくれれば結構だよ。君の見かけは武者修行中の若い騎士にぴったりだし、僕のこの体格じゃ、戦士って言ってもとうてい通りそうにないもんね。君がどうしてアトリを追ってるのかは訊ねないことにする。でも、いい相棒になると思わないかい、僕たち」

断る理由はなさそうに思えた。

待たなければならないのは気にくわないが、一人で行って拠点を捜すとなれば、よほどの幸運に恵まれない限り、はるかに長い時間がかかってしまうだろう。

〈十三〉のことがある以上、あまり他人の手は借りたくなかったが、ひょっとして自分より先に討伐隊が盗賊を強襲して、アトリに何かあったら困ったことになる。それ以前に盗賊がアトリに手を出さないかどうかが心配だが。

「じゃ、握手だ」

沈黙を承諾と受け取ることに決めたらしく、満面の笑みでドリリスが手をのばしてきた。

「僕はドリリス、さっきも言ったけど。君は？」

「ロナーと呼んでくれればいい」

相手の手を握り、無邪気な目をのぞきこみながら、ロナーはなんとなく、大きなぺてんにうまくひっかけられたような気がした。理由はよくわからなかったが。

(こんなこと、もうたくさんだわ)

目がさめて最初に思ったのは、その一言だった。

寝かされているのは藁《わら》をつめた寝台だった。身体には毛皮らしい、重いものがかけられている。枕には質のいい麻が使われているらしく、さらさらして気持ちがいい。

小さな小屋で、床は踏み固められた地面、隅には水桶と小さな椅子が置かれている。天井も草で葺《ふ》かれていて、日光がまだらになって額にさしていた。

頭に河の泥がつめられているような気がして、とても動けなかった。半分眠ったまま、ぼんやりと日の移ろっていくのを眺めていると、

「あら、気がついたのね」

明るい声がして、ひとりの女が水の入ったひらたい容器を持って入ってきた。

「まだ動かないほうがいいでしょうね。ほんとうに男の人は、手加減を知らないから困るわ。こんな若い娘さんを、あざができるほど殴るなんて」

かたわらに膝をついて、容器を下ろした。澄んだ水にきらりと陽光が反射した。アトリの

顔をのぞき込んでにこりとし、毛皮の掛け布団をめくった。彼女のお腹が大きいことにアトリは気づいた。それまでわからなかったが、自分が下着のような簡単な肌着一枚で寝ていることに気づいて、かっと身体がほてった。

女はなだめるようにアトリの肩に手を置き、安心して、と言葉を続けた。

「あなたは指一本ふれられていないわ、ええ、あなたが想像しているような意味ではね。ところで、どこか痛いところや、苦しいところはある？」

全部、と言いたかったが、声が出なかった。わかっていますよ、というように女はうなずいて、仰向けのアトリの服の前を開け、腰につけた小瓶から、何かひんやりしたものを腹と胸に塗りこんだ。早春の草のような強い香りが立ち、ずっとつきまとっていたむかつきと頭痛がほんの少しましになった気がした。

「楽になったかしら？　良ければ、これをお飲みなさい。まだあまりものは食べないほうがいいけれど、栄養はとらなくてはね」

もう一人、少女と言っていい年頃の娘が盆を持って入ってきて、最初の女性を手伝ってアトリをかかえ起こした。

枕にもたれかからせて、匙《さじ》とうつわを手に持たせてくれる。入っていたのは濃いスープで、香草の風味が強く舌を刺激した。薬草なのかもしれない。アトリが食べるのを、二人はにこにこして見守っていた。

「あの……どうも、ありがとう」

やっといくらか声が出るようになって、アトリは二人に目を向けた。

「あなたがたが助けてくださったんでしょうか？」

「いや、残念ながら、それは違うんだ」

外から張りのある声がした。

赤く染めた革服に身を固めた背の高い女が、大股に小屋に入ってきた。地面の上を滑るような、猛獣に似た歩き方をする。

「ご苦労さん、ジャンナ、レネ」

みごとな赤毛を揺らして、女は先にいた二人に笑いかけた。

「ここはいいから、行っておくれ。また、用があったら呼ぶよ」

二人は道具をまとめるとそろって頭を下げ、お大事に、と口々に言ってから、さっと小屋の外へ消えた。

赤毛の女は椅子を一瞥すると足で横へ蹴りのけ、男のようにどっかりと地面に座ってあぐらをかいた。それでちょうどアトリと目の高さが同じになった。

その腰にさがっているのは、普通なら両手で扱うのも難しそうな、おそろしく長くて重そうな大剣だった。そんなものを下げたまま、女は猫のように身軽に動いた。鋭い視線を当てられて、アトリは子供のようにどぎまぎした。

「あの……わたし……？」

「まあ、待つんだね。まずは自己紹介だ」

白くとがった歯を見せて、女は大きく微笑した。

「わたしはファウナ。〈赤い虎〉、〈森の雌虎〉と呼ぶものもいるようだ。いちおう、今のところ、あんたをここに連れてきた〈虎〉たちの首領ということになっているよ」

手荒なまねをするつもりはない、と、赤毛の女盗賊は保証した。

「身代金を取れたら、すぐ帰してあげるよ。あんたを連れてきた男の話によると、なかなかいいところのお嬢さんみたいだしね。故郷はどこだい？　交渉次第で、ひと月もすれば家に帰れるよ。安心しといで」

何を安心すればいいのかしら。

途方にくれて生返事をしながらも、アトリはなかなかこの相手から目を離すことができなかった。

美人ではないが気持ちのいい顔で、高い鼻、幅の広い顔に厚めの唇が派手やかな印象を与える。陽に灼けた肌はきれいな褐色で、たっぷりした髪は燃えるような緋色だった。

首のつまった革の上下を身につけているが、短い袖から出ている二の腕は男のようにみごとな筋肉によろわれている。わきに無造作に置かれた大剣に目をやりながら、アトリはおそるおそる訊いた。

「あの、そうするとわたし、捕まった、ってことになるんでしょうか」

「ま、そうなるだろうね」

ファウナと名乗る女はあっさりとうなずき、けどね、と言葉をつづけた。

「でも、単なる盗賊の集団にかどわかされたなんて思わないでおくれよ。わたしたちは森の〈虎〉、誇りをもって都市を捨てた者なんだ。無用に人を苦しめはしないし、ましてや、あんたみたいなか弱い娘さんを傷つけようなんて思ってないからね」

おずおずとアトリは問い返した。

「でも、船を襲ったのは、あなたたちなんでしょう?」

「あの船は悪事をもって〈虎〉の領域を侵した」

ファウナは剣に手を滑らせてきっぱりと答えた。

「だから襲ったんだ。ああいう奴らは禁制のケシ油を運んだり、時には食いつめた小作人から買いつけた娘を、下流の街へ連れていったりしている。

わたしたちはそういうやつらを見つけては、荷を燃やしたり、娘を取り返して、家族もとも森へ迎え入れたりしてるんだよ。ま、それを盗賊と呼ぶのは勝手だけどね。ほかのこともまあ、いろいろとやってるし」

唇をゆがめ、悪びれない笑いをもらした。

「昨日も、いつもみたいに奇襲をかけたんだけど、あんたみたいなのがいて、正直、こっちも驚いた。はじめは買われた娘のひとりかと思ったんだが、奴らは上流へ行く途中だったから、荷はからのはずだ。

服装からして、小作人の娘とも思えない。ただの町娘にしては、あんないかがわしい船に乗ってた説明がつかない。おまけに、凄腕の護衛までついて。

どうやら、わけありだと見たけど。違うかい？」

「わ、わたし――」

ファウナの眼光は肉体を突き通すようだった。アトリはうつむいた。百もの言葉が頭の中を飛びかったが、どれ一つとして口から出すことはできなかった。

せめて、ロナーがいてくれればいいのに。彼なら、気後れしたりすることなく、言うべきことをするべきことをさっさと示してくれるだろう。

そこまで考えて、顔をしかめた。

（いやだ。わたしったら、あんな男に頼ってるの？）

「いよう。気がついたかい、お嬢ちゃん」

場違いに陽気な声がして、誰かが戸口に垂れた布をはね上げて入ってきた。ファウナが露骨に顔をしかめた。

「あっちへ行け。ここは男子禁制だと言っておいただろう」

「ま、そう言うなよ。この娘を連れてきたのは俺だぜ。ああ、元気みてえだな。よかった、よかった」

身を乗りだしたひょうしに、アトリは寝台から落ちかけた。

「とっとっと。おいおい、足下に気をつけなよ。ぼやぼやしてると、そこの大女に踏みつぶされるぜ――」

間髪容れずに、ファウナの手が動いた。かたわらの剣を目にも留まらぬ早さで取り上げ、入って来かけたダーマットの襟元につきつける。

その場で凍りついたダーマットは、それでも気弱げな笑みを浮かべてつけ加えた。「お嬢ちゃん」

「ダ、ダーマット！」

「ど、どうして、あなたが？　ロナーはどうしたの！」

今の今まで自分を連れてきたのはロナーなのだと勝手に信じていたのに気づいて、アトリはうろたえた。それでは、彼は？　ロナーはどこにいるの？

「ロナーというのは、黒髪の若い男のことかい」

ファウナが代わりに返事をした。

「あの男なら、無事だと思うよ。たぶんね。わたしとしばらくやりあってたんだが、荷の始末がほぼ終わったんで、乗組員ごと船に置いて退散してきた。最後に見たときは、剣をひっさげたまま船室から出てきて、何か叫んでたけど」

「じゃ、わたしを連れてきたのは」

「俺さ。いいかげん、この物騒なのをはずしてくれんかね、ファウナ」

ファウナは動かない。ダーマットは首をすくめると、一歩下がって小屋の外に出て、まだつきつけられている刃を、指でつまんでおそるおそる遠ざけた。アトリは腹部の鈍い痛みに手をあて、その原因に思い当たってかっとした。

「あなた、わたしを殴ったわね」

「あ、いや。それは」

「殴って、気絶させて連れてきたのね。よくもそんなことを！」

いきなり枕元の椀や皿を持ち上げて投げつけだしたアトリに、ダーマットはたじろいで大きく後ろへ飛びすさった。素焼きの灯心皿《とうしんざら》が派手な音をたてて砕けた。

「ま、待てよ。殴ったのは謝る。謝るから、待てって」

「うるさいわね、このいくじなし！」

力いっぱい枕を投げて、アトリは怒鳴った。

「彼は一人で戦ってたのよ、少しは加勢しようって気にならなかったの？　火事場泥棒みたいに女を殴ってつかまえてひっさらって、なによ、このひきょう者！　あんたみたいに根性の腐ったこそ泥、見たことないわ！」

「そうはおっしゃいますがね、お嬢ちゃん」

さすがにむっとしたらしく、受け止めた枕をダーマットは思いきり投げ返した。

「俺は、あんたのためを思ってやってやったんだぜ。さっき、ファウナの言ったのを聴いただろう。あの〈館〉の女主人が金を出す気にさえなれば、間違いなく、あんたはうちに帰れるんだ。それも近いうちに」

帰れる。

もう一度枕を投げつける力を集めていたアトリは、ぎくりとして力を抜いた。

居丈高にダーマットは顎を突きだした。最初は自分もアトリを拉致するつもりだったことは、すっかり忘れてしまったらしい。

「あのままあいつについていったって、帰れる見込みがあるかどうかわからなかったろうが。俺がこっちへ連れてきてやらなきゃ、今でもあいつと喧嘩しながら水の上を漂ってたところだぜ。それとも山の中かな。どっちでもいいが、感謝してほしいね。あいつのことが好きだったわけでもあるまいに」

「そんな……こと」

力なく、アトリは呟いた。いつのまにか、はしがちぎれそうになるほど強く、枕を握りしめていた。

願ってもないことのはずだ。おかしな〈骨牌〉や、怪物や、妙な青年のことなど忘れて、家に帰る。なんてすばらしい。それこそ、この十日間、暗くて臭い船室で、ずっと考えていたことではないか。

好きだったわけではない。もちろん、そうだ、冗談ではない。大嫌い、あんな嘘つき、帰してやるなんておためごかしで人をだまして。

しかし、それでも、他人が自分のために傷ついたり死んだりしていたら、胸が痛むのが自然というものではないか。彼があの船に乗らなければならなかったのが、どうやら、自分が介入したことで予定が狂った結果らしいと思われるなら、なおさら。

（帰れる……）

だから、これは罪悪感なのだ。彼をこういう状況に引きずり込んだ原因の一つとしての、責任感の裏返しなのだ。

そう思いこもうとしたが、あまりうまくいかなかった。急に鼻の奥が痛くなって、やわらかい枕に、アトリは額を押しつけた。無言でことの成り行きを見守っていたファウナがため息をついて、どこからか取りだした清潔な布きれを渡してくれた。

「どうやらほんとにわけありのようだね。とにかく、顔をお拭きよ。かわいい顔が台無しじゃないか」

言われるままに顔をこすり、目尻に涙がたまっていたのを知ってアトリはうろたえた。

どうやらすっかり涙腺がゆるくなってしまっているようだ。ファウナは立ち上がって、厳しい視線をダーマットに向けた。

「それにしても、あんた、最初に聞いていたのとはいささか話が違うようだね。この娘は、あんたの連れじゃなかったのかい？」

「ああ、まあ、それは」

じりじりと後ずさりながら、ダーマットは愛想笑いを顔に貼りつけた。

「まあ、その、いくらか話し合う余地がありそうだな」

「まったくだ。たっぷりと事情を聞かせてもらおうじゃないか」

脅すようにゆっくりと剣を鞘におさめ、ダーマットを追ってファウナは小屋を出た。

戸口の上で立ち止まり、アトリを振り返った表情は、しかし意外なほど優しかった。

「騒がして悪かったね。でも、これだけは覚えておいて。この〈虎〉の居留地で、あんたに害をなすものは一人もいない。安心して、養生しといで」


そして、ファウナの言うようにことは運んだ。

続く日々、アトリはこの数日どころか、これまで一度も経験しなかったような静かな生活を送った。聞こえるものといえば小鳥の声と木の葉のそよぎばかり。うとうとと眠って、起きてはおいしい、栄養のつきそうなものを少し食べ、また眠る。

ときおり、入り口から誰かが覗いているのも感じられるが、いつのまにか積もっていた疲れが頭を上げることもできなくさせていた。

あるいは、食物に入っている薬草がそうさせていたのかもしれない。うつらうつらと眠りつづける日々を幾日か過ごすうちに、アトリはしだいに元気を取り戻してきた。

身の回りの世話をしてくれるのは、最初に目覚めたときにそばにいた二人の女性、ジャンナとレネで、二人は姉妹だということだった。

「あたしたち二人とも、売られていくところをお頭に助けられたんです」

やわらかな少女の口から「お頭」などという言葉が出るのを聞くのは妙なものだった。こういった少女たちはたくさんいるらしく、年若なほうのレネは、傷んだアトリの服をつくろいながら嬉しそうに話してくれた。

「それで、家族もいっしょにここの森に入れてもらって。父さんはここで鍛冶《かじ》仕事をしてます。とても腕がいいんです。母さんと姉さんはみんなの食事を作ってて。あたしはまだあまり仕事ができないけど、お針はとくいだから、ちゃんとシャツが縫えるようになったら、お針子の家に入れてもらうんです」

「そうね。わたしなんかより、うんと上手」

ベッドの上に座って、感心しながらアトリはレネの運針を見ていた。十四だと言ったが、手つきはその倍の年齢の女のように危なげない。こざっぱりした木綿のスカートから、泥にまみれた裸足《はだし》のくるぶしがのぞいている。

「ここにはたくさん人がいるのかしら?」

レネはうなずいた。

「男の人たちはたいてい〈虎〉に入って森を見回ったり、襲撃に出たりしていますけど。でもそうじゃない人は、あたしの家族みたいに、それぞれの身につけた仕事を生かして働くんです。見も知らない誰かのためじゃなくて。すみませんけど、そこのまち針、取ってくださいませんか」

「これ？　はいどうぞ。わたし、盗賊って、森の中の洞穴に住んでて、ひげだらけの汚いならず者ぞろいで、女を手に入れたらすぐ売り飛ばすものなんだって思ってたわ。

あ、ごめんなさい、ここがそうだって言ってるんじゃないの。ただ、あまりにも言われてることと違ってたから、びっくりしてるだけ」

レネはおかしそうだった。

「いいんです。わたしもここに来たときは、そう思いました」

「見張りとかは立てないの？　わたし、いちおう人質なんでしょ、身代金を取る。逃げ出したらどうするの」

「え、そうなんですか？」

かえってあっけにとられたように、レネは目を丸くした。

「あのう、でも、どんな人でも、お頭は閉じこめたり、見張りなんか立てたりしたことはありませんよ？　閉じこめないと悪いことをするかもしれない人は別ですけど」

「でも」

「だって、逃げ出したって、どこへも行くところなんてないじゃないですか」

あたりまえのようにレネは言った。

「まわりは森と、河しかないし、獣が出るし。それに、人里へ行ったって、領主様の巡邏隊《じゅんら》に捕まって、ひどいことをされるだけだわ」

顔をくもらせるレネに、アトリは今さらのように、彼女たちが、領主からは逃亡者とみなされる身であることに思い当たった。

逃げるようにアトリは話題を切り替えた。

「ここにはもう、住んで長いの？」

「そうですね」

レネはそれを、〈虎〉たち全体に対する質問ととらえたようだった。

「この森に人が住んだのは、とても古いことなんです。まだわたしたちの先祖が火をたくことも知らなくて、高地にようやく〈伶人〉たちが都市を築きはじめたころには、もう、中の大地には〈大地の民〉の城砦《じょうさい》が建っていたんです」

「〈大地の民〉？　なあに、それ」

「いちばんはじめに、大地に住んだ人たちのことです」

不思議そうにレネは小首をかしげた。

「〈詞〉も、〈骨牌〉も知らなかったけれど、そんなものを使わなくてもいろんな不思議なことができたとかって話です。あたしたち、小さいころからずっと、〈大地の民〉のお話を聞いて育ちました」

「あら、そんなはずないわ」

思わずアトリは異議を唱えた。

「この世の始まりは、〈樹木〉が〈円環〉と出会ったときからよ。少なくとも、そういう話になってるわ。それ以前に生き物がいたなんて、聞いたことない」

「でも、わたしたちの言い伝えではそうなってるんです」

レネは言い張った。

「〈大地の民〉は天地と一つになってとても栄えたけれど、〈伶人〉たちと違って支配することを好まなかったんです。それで、〈伶人〉たちが勢力を伸ばしてくると、平地からしりぞいて山奥の谷や、森や、遠い離れ小島に身を隠してしまったんです」

　わずかに頬を上気させて、屋根越しにぐるりと周囲を指さす。

「この森もそういう〈大地の民〉の砦のあったところなんですよ。わたしたち、村にいたころは、力のある森だって言って、あがめてました。もちろん、少し怖がってもいましたけど。〈大地の民〉の都市の跡には、いろんな不思議なことが起こるんです。種をまかなくても花が咲いたり、枯れ木が芽を吹いたり、年寄りの山羊が子を産んだり」

　迷信だわね、とアトリは思ったが、口には出さなかった。世話をしてもらっておきながら、他人の信仰をけなすのは失礼の極みというものではないか。

（でも、やっぱり田舎なのね。そんな古い迷信がまだ信じられているなんて）

「〈虎〉っていうのは、〈大地の民〉が南からこの土地に移ってきたときに、いっしょに連れてきた聖なる獣の名前なんです」レネはつづけた。

「姿は猫みたいなんだけど、馬ほどにも大きくて、金色で、鋼鉄の牙と銀の爪を持っていたんですって。最初の〈虎〉がこの森で動き出したときに、周りの領主は〈大地の民〉の獣が復活したっておびえて、その人たちを〈虎〉って呼びました。その呼び名が、今でも続いてるんです。いい名前だと思いません？」

　小首をかしげてアトリを見上げる。

「そうね、なにしろ、聖なる獣の名前ですもの」

あいづちをうつと、レネはうれしそうにこっくりした。

「いつか、森の奥にある〈大地の民〉の砦あとに行ってみられたらどうですか？　古くてあちこち崩れていますけど、壁や天井にはいろいろな彫刻や絵があって、とっても面白いんです。わたしたちには意味はわかりませんけど、骨牌使いのアトリさんになら、見当がつくかも」


アトリはため息をついた。

「ええ、そうするわ。いつかね。でも、先にこの背中の痛いの、なんとかしないと」

「痛みますか？」

たちまちレネが心配そうな顔になる。

「でしたらますます、あの砦に行ってみるといいと思います。あそこはこの森の不思議の中心で、軽い病気なら、あそこの石段にしばらく座っているだけでよくなっちゃうんですよ。あたしの姉なんか、しょっちゅう行ってます。あとひと月ほどのしんぼうなんだけど、なかなかつらいらしくって」

「そういえばお姉さん、結婚してるの？　お腹が大きいみたいだけど」

レネはぽっと頬を赤らめた。

「ええ、ここへ来てからいい人をみつけて。もうすぐ、生まれるんです。生まれたら、アトリさんも赤ちゃんに祝福をあげてくださいね。さあできた」

きれいにつくろった服がふわりと膝に広げられた。

「じゃあ、明日は靴を持ってきますね。お日様のあたる森の中を歩くのって、どんなお薬よりもいちばんよく効くんですよ」


しかし、それから十日近く、レネは姿を見せなかった。

姉のジャンナがくるわけでもなく、日によって違う相手が届けてくる食べ物や薬を口にしながら、アトリは心細さを抑えて身体の回復を待った。

女頭目のファウナも、最初の日以来やってこない。たまにダーマットが現れて無駄口をたたいていくが、まだ彼を許していないアトリは不機嫌な一言二言を返すだけなので、そのうち来なくなった。

寝ていると一日が長い。半分あけた戸口から入ってくる緑のにおいをかぎながら、様々なことについてアトリは考えをめぐらした。

もうファウナの言っていた使者とやらは〈館〉についたのかしら？

（ハイ・キレセスに、帰れる）

喜んでもいいはずなのに、なぜか心は浮き立たなかった。

盗賊にとらわれて送り返されるということは問題ではない。心配させるのは心苦しいにしても、ツィーカ・フローリスはささいなことにはこだわらないし、養女がもどってくるとあらば、身代金ごときはまさにささいなことにすぎないとみなすことだろう。アトリは謎が解かれないままにおかれることへの心配だと取ることにした。正体のわからないそれを、何かが心に引っかかっていた。なのに、

モラン、ロナー、ジェルシダ、〈骨牌〉、〈十三〉。もしこのままハイ・キレセスへ帰ったとしても、身に降りかかったこれらの謎が解決されないかぎり、彼らは何度でもアトリに手をのばしてくるだろう。

自分のせいで、ツィーカ・フローリスやモーウェンナに迷惑をかけたくない。〈館〉の女あるじは力をつくして守ってくれるだろうが、それにも限界がある。ロナーをおそった黒い怪物のことを考えると、胸の奥が凍りつくような恐怖におそわれた。自分をねらっているらしい謎の一派に加えて、もしあれが、〈館〉を襲いでもしたら。

ロナーがどうやら無事でいるらしいことをファウナから聞いて以来、一度も消息を耳にしてはいなかったが、どこへ行こうと、彼は自分を追ってくるに違いないということを、ただ単純な真実としてアトリは受け入れていた。もう二度と会いたくないと口では言い、心の表面でもそう考えていたにせよ、そのずっと奥のほうでは、いつも彼の黒いきつい瞳が、自分を見つめているのを感じていた。

やがて長い間歩いても疲れなくなると、アトリはレネが繕ってくれた服を着て、居留地を歩き回った。

居留地は木々の間に隠れるようにまことにうまくできており、注意しなければ建物と樹木

を見分けることはむつかしかった。張り出した枝の上には見張り台があり、弓を構えた〈虎〉が常に油断なく監視をつづけている。

窪地や木立のかげに、木と木の葉でできた小屋が点在しており、目立たない場所には畑もあって、何羽かの鶏やあひるが餌をついばんでいた。

人々は気さくで人がよく、アトリを客人と見なして、仕事の手を休めておおように挨拶した。子供たちは遠い都市から来た少女に驚きの目を瞠《みは》り、このあたりでは珍しい金茶の髪と瞳にそろって見入った。

彼らのほとんどは黒髪に黒い瞳を持ち、小柄で、浅黒い肌をしていた。自分たちは〈大地の民〉の子孫なのだと彼らは言った。〈骨牌〉を使う民の支配を逃れ、森に隠れた民の末裔だと。違う髪や瞳のものもいたが、それは最近移住してきたり、〈虎〉の活躍によって、よその土地から連れてきた人々なのだろう。

黒い髪に黒い瞳は、つい最近別れた若者を思いださせた。彼は小柄ではないが、同じく黒髪、黒目だ。すっとあがったまなじりや、うすい唇のあたりもよく似ている。肌の浅黒さも、日に灼けたものだと思っていたが、もしかしたら違っていたのかもしれない。

（ばかばかしい。だからどうだっていうの？）

ハイ・キレセスから使いが届きしだい、わたしは家に帰るんだし、彼がここの人たちに似てたからってなによ。わたしには関係ないことだわ。

〈骨牌〉のわざも注目を集めた。骨牌使いは〈骨牌〉で力をふるうというのを知ってか、さすがに本物は与えられなかったが、アトリは硬い木の葉や木の皮を持ってきてもらって、そこへ記号を刻み込んで簡易の骨牌をこしらえた。

それを使って占いをやったり、手品をしたりすると、娯楽の少ない居留地の人々は、大人も子供も夢中になって次をせがんだ。砕けてしまった母の骨牌を思い出し、胸の痛むことは少なくなかったが、そうしていると気分も安らいだので、アトリは言われるままに、つぎつぎと骨牌使いの手わざを見せてやった。

「ねえ、それはどういう意味があるの」

一人の子どもが、一枚の札を指さして訊ねた。

「これ？」アトリは札を取り上げた。

それは本来なら黄金の冠を捧げ持つ巨人が描かれているはずの札で、通常は〈王冠の天使〉、または単に〈王冠〉と呼ばれるものだった。

「そうね、これは強い意志と、責任……深く寛大な愛情、統治と栄光。達成、強い男、父親、それに勝利」

くるりと札を裏返してみて、

「ふだんの占いにはあまり当てはまらないけど、天授の王権、って読まれることもあるわね。運命によって、人の上に立つと定められている人のことよ」

「じゃ、〈冠なきもの〉のことね、それって」

別の小さな女の子がむじゃきに言った。アトリは驚いた。

「あら、どうして？　この札は、ぜんぜん反対の意味の名前なのよ。それに、今のハイランドの王さまの家系は、これを持つことが真の王のあかしになるんですって聞いてるわ。誰、その〈冠なきもの〉って」

「おねえちゃん、知らないの？」

かえってびっくりしたように女の子はアトリを見返すと、黒い髪を額から振り払って頭を上げ、黒い瞳を大きく瞠ってまっすぐ立った。子供とは思えないほど朗々とした声が、小さな唇から流れた。

王はいずこ？　冠をもたぬ王はいずこに？
闇ふかく、地をおおいしも、
汝《なんじ》が剣、かがやきわたらん。
高き樹木のこずえにぞ、
汝が玉座の据えられん。
たぐいなき愛は世にまさり、
こうべに花をいただきて。

「あら、その歌」

聞き覚えのある旋律だった。そうだ、ハイ・キレセスの〈館〉で、あの祭りの日に招かれていた吟い手が奏でていた歌だ。

雄々しきつるぎすすむごと、
あかつきしろく燃えたたん。
闇に生まれてなお暗き、
われ求むるは光のきみ、
冠なきもの！　汝はいずこに？

「その歌って、このあたりのものだったのね」

歌い終わった女の子にアトリは言った。

「なんだ、やっぱり知ってるんじゃない」

「ちょっと聞いたことがあるだけよ。そういえば、南の地方の歌だって言ってたっけ」

「正しく言えば、〈大地の民〉の歌ですよ」

そばから、女の子の母親が言い添えた。

「昔っからあたしたちの間には、ひとつの言い伝えが残されてるんです。〈大地の民〉は、〈骨牌〉を使う〈天空の民〉に逐《お》われて住処を逃れたけれど、いつか時が来たら、〈冠なきもの〉が現れて、天と地とを結びつけ、砕かれることのないまことの玉座に座ることだろう、って」

農婦の恰好をした母親は、目を閉じて深い吐息をついた。

「それが、さっきの歌なの？」

「はい。外の世界じゃ、もうほとんど忘れられてるでしょうけど」

誇らしげに彼女は言った。

「でも、あたしたちは忘れてないんです」

ハイ・キレセスでの最後の夜以来、あの青い夢はアトリを訪れなくなっていた。それもまた、奇妙に不安を誘うことの一つだった。

レネと気安くなるにつれて、アトリは少しずつ自分の身の上を少女に打ち明けるようになった。大きな港町での華やかな生活は、貧しい村の娘にとってはおとぎ話のようにうつるらしい。

目を丸くして聞き入っていたレネは、不吉な〈十三〉や黒い怪物、〈伶人〉、謎めいたロナーという青年の存在をもその一部分として受け入れたようだった。

「じゃあ、アトリさんは世が世ならお姫さまなんじゃないですか？　あたし、すごい人のお世話してるんですね」

「やめてよ」アトリは軽く手を振った。

「先祖がどうあれ、わたしはただのハイ・キレセスの占い師よ。今は一刻も早く、家へ帰りたくてうずうずしてるだけ」

レネが〈十三〉や怪物の話を軽く受け止めてくれたのは嬉しいが、なんともいえない不気味さがぬぐいきれなかった。

ほんとうにおとぎ話ならいい。だが、アトリを襲った怪物は確かに存在し、〈十三〉と呼ばれる骨牌も、ロナーも、ちゃんと実在するのだ。おとぎ話を自分も信じる振りをしたところで、彼らが消えてなくなるわけはない。

「つかまったみたいな気がするのよ。誰に、ってわけじゃないけど。ずっと小さいころから見ている夢だったから、寂しいだけかもしれないわね。たいしていい夢でもないのに、寂しいなんておかしな話だけど」

「いつごろから見てたんですか？」

「そうね、最初は五歳だったかしら。月のものがあるようになってからひんぱんに見るようになったの。始まる前は特にね」

「ああ、それじゃ」

レネは訳知り顔に首を振った。

「そういう時期が過ぎたってことですよ。あたしももっと小さいころは、月のものが始まるたんびにうなされたり、気がたかぶって眠れなかったりしょっちゅうしてましたから。気になさらなくて大丈夫ですよ」

「そうね」

どちらが年上かわからない忠告を受けて、アトリは視線を逸らした。

「きっと、そのせいよね――」

与えられた小屋で、顔を見せないレネを案じながら木の葉の骨牌を整理していると、顔見知りの少女が何人か連れだって駆け込んできた。

「アトリさん、アトリさん、すぐ来てください！」

「ど、どうしたの？　なにかあったの？」

少女たちは上気した顔を見合わせ、笑いくずれるだけで答えない。いぶかりながらついていってみると、彼女らは笑いさざめきながら、森のいちばん奥まったところにある仮づくりの小屋にアトリを導いた。

「アトリさん」

小屋の前で、レネが待っていた。髪の毛をくしゃくしゃにした彼女は、興奮したようすでアトリの両手をとらえ、中に引きこんだ。みずみずしい青葉で葺かれた小屋の中には、さわやかな薬草とかすかな汗のにおいがこもっていた。

積み重ねられた枕の上から、白い顔がアトリを見てほっとしたようにゆるんだ。ジャンナだった。かたわらには真っ赤な色の、手のひらほどに小さい顔がある。

「まあ。生まれたのね」

胸の弾みを抑えきれずに、アトリは叫んだ。

すぐ、大声を出しすぎたことを謝ったが、ジャンナもレネもまったく気にしたようすはなかった。アトリが喜んでいるのを見て、心から嬉しく思っているようだった。

「だれよりも先に、あなたに見ていただきたかったの」

まだ少しかすれた声で、ジャンナが言った。

「ハイ・キレセスの骨牌使いさんなんでしょう、アトリさんは？　ぜひ、この子に縁起のい い〈詞〉を告げてあげてくださいな。ここの人たちも、もちろん祝福はしてくれるでしょう けれど、わたし、生まれが都市だったもので。小さいころから、生まれた子供に骨牌使いの 祝福をあげるのが、ずっと夢だったんです」

「もちろんよ。よろこんで、そうさせていただくわ」

身体の熱くなるような喜びを感じながら、アトリは約束した。

さっきアトリを連れてきた少女たちが、白い花と笛と太鼓、それに新しい産着を持って入ってきた。

産湯を使ったばかりの赤ん坊を白い産着でくるみ、編んだ花輪を母親と子供それぞれにかぶせる。甘い香りが広がった。母子をかこんで、少女たちはきれいな声で歌った。

「王はいずこ？　冠をもたぬ王はいずこに？」

ここでも〈冠なきもの〉なのね、と心ひそかにアトリは思った。どうやら、とても人気のある伝説らしい。でも、冠をもたない王様なんているものかしら。

儀式が終わると、少女らは楽器をしまいこみ、男連中を呼びにいって生まれた子供のための宴を準備するという。アトリが骨牌使いとしてする祝福の儀式は、宴の最大の呼び物となりそうだった。

できればそれには本物の〈骨牌〉を使いたかったので、アトリは彼女たちに同行して、どこかで安物でもいいから〈骨牌〉を手に入れてもらえないか頼んでみることにした。

それにこのままここにいて、愛しげに子供を見やるジャンナを見ているのは辛かった。よりそう母子の姿は、いやおうなしにもう一組の母と娘を思い出させる。引きとめる姉妹を説き伏せて、アトリは少女たちといっしょに産屋を出た。

うきたった雰囲気が全員をおおっていた。おしゃべりしながら森の中を抜けていくと、アトリはもう少しで、自分が身代金のための人質で、ここにいるのはとらわれてきているからだという事実を忘れそうになった。

ファウナの小屋は居留地のもっとも奥まった場所にあった。扉代わりに入り口に下げた茶色いなめし革を引き上げると、ファウナは中で行水を使っているところだった。

「おや、ご苦労さん」

そう言いながらも、ファウナは驚くべき素早さで足下の布を拾い、裸の胸を隠した。

「どうしたんだね。何か用かい？」

「ジャンナが無事に子供を産みました。女の子です」

「こんにちは。お久しぶりね、ファウナさん」

うきうきと報告する少女の声を聞き流して、アトリは小屋の中へ首をつっこんだ。ファウナのような豪快な女盗賊でも、人前で胸をさらすのは恥ずかしいのだと思うとなんとなくおかしかった。白い歯を見せる笑顔がアトリにも向いた。

「おや、あんたも来たのかい。居留地の連中とはうまくやれてるようでよかったね。悪いけれど、ハイ・キレセスへやった使いはまだ戻ってきてないんだ」

「かまわないわ。そのことを聞きにきたわけじゃないの」

子供のために本物の〈骨牌〉がひとそろい欲しいのだというと、ファウナは驚くほどあっさり承諾し、宴の用意をする人々といっしょに行って、自分でいいのを見つくろってくるとよいとまで言ってくれた。

「わたしもいっしょに行ってあげられればいいんだけどね、ちょっと守備隊の男どもと打ち合わせしなきゃならないことがあるから」

「なにかあったの？」

「ああ、なんだかこの居留地のあたりを、変なのがうろちょろしてるらしくてね。いつものことだけど。このごろ詮議がきびしいし、用心に越したことはないから。ま、あんたたちが心配することじゃない。ダニロ！　ダニロ、いるかい？」

「はい、おかしら」

声に応じて、一人のほっそりした少年が小道の向こうから駆けてきた。

森の人々特有の、木々にまぎれる苔色《こけいろ》の服を着ている。弓矢を背負い、成長期特有の長い手足をもてあましているような走り方だった。息せき切って走ってくると、ファウナの前で直立不動の姿勢をとった。

「何かご用で？」

「この娘さんを〈大地の民〉の砦まで案内してあげてくれないかい。たしかあっちで、第二分隊の若いのが修練をやってるはずだ。都市者の娘さんを一人でやって、万一にも間違いがあっちゃならないからね」

「おれ、もうそんな使いっ走りする歳じゃないんですけど」

少年はふくれっ面をしたが、そばでこちらを見つめているアトリの視線に出会うと、もじもじしたようすで口をつぐんだ。ファウナはダニロをアトリのそばへ押しやり、自分の大剣を取って腰に吊るすと、小道を歩いていきかけた。

「そういえば、あんたの連れはずいぶんと見ばえのいい男だったね」

ふと振り向いて、からかうように言った。

「腕前だって、ここの精鋭をそろって一撃で当て落としちまうくらいだし。その上、このわたしと一対一でやりあうなんて、たいしたものさ。あんなのんだくれのごろつきを連れてくるより、あっちを連れてくりゃよかったのに」

頬がほてるのを感じてアトリはかっとなった。

「あんな嘘つき！」

「それにしちゃ、ずいぶん仲良くいちゃついていたようだけど」

「誰がそんな。喧嘩してたのよ。あいつがわたしを誘拐した張本人なんだから」

ファウナは吠えるような笑い声をたてた。

「そりゃ大変だ。じゃ、今度会うことがあったら、わたしがあの坊やをこらしめてあげようか。この胸に抱きしめて、思いきり熱い接吻でも」

「そんな、だめよ！」

さっと青ざめたアトリに、ファウナの豪快な笑いがかぶさった。

「はは、冗談、冗談。わたしの好みはもう少し年上さ。あれはいささかくちばしが黄色すぎる。娘さんには、ま、おにあいだね」

「ファウナ！」

何か言い返そうとしたが、ファウナはげらげら笑いながら、あっという間に木々の間に消えてしまった。少女たちは目配せしながら脇をつつきあっている。

「気にしないでください。いつもああなんです」

弁解するようにダニロという少年が言った。子馬のたてがみめいた髪を後ろでひとつに縛っている。大きなよく動く瞳も、子馬のように明るい。

「こっちです。道、わかりにくいから、気をつけて。ついてこれなくなったら、いつでも言ってくださいね」

道は、獣のそれよりも細い。アトリにはどこが道路なのかわからなかったが、ダニロは自信ありげに枝をかき分けていく。長袖の上着と下履きを貸してもらっていたのでけがをすることはなかったが、髪が枝にもつれて何度も立ち止まった。

「髪なんて、切っちゃえばよかったわ。頭がちぎれちゃいそう」

ダニロに手伝ってもらって髪をほどきながら、情けなそうにアトリは言った。

「そんなこと言わないでくださいよ、アトリさん。あとで俺が紐もらってきますから、束ねるだけにしといてください。こんなきれいな髪の毛なのに、もったいないです」

最後の一筋を枝から外し終え、ダニロはほれぼれとアトリを見つめた。

話している間にわかってきたのだが、彼はダーマットに抱えられたアトリを最初に見つけた少年で、二人のことをファウナに知らせたのもダニロだったらしい。

それ以来、自分のことをアトリを守る騎士と見なしているらしく、実をいえば今までも、なんとかしてアトリに話しかける機会はないものかと思っていたと恥ずかしげに言った。

まっすぐな鼻と高い頬骨は大きくなれば娘たちを騒がせるかもしれないが、今の彼は伸びすぎた手足と背丈を持てあましている、ひとりの少年にすぎなかった。

「アトリさんは骨牌使いなんでしょう、ハイ・キレセスの。すげえなあ。俺、ずっと前から、骨牌使いになってみたいって思ってたんです。ねえ、骨牌使いって自分の姿を変えられるんですよね。それとか、土を金に変えたりとか、空を飛んだりとか」

「姿を変えるというのは、少し違うわね」

少年の熱心さに、ほほえましい思いでアトリは答えた。〈骨牌〉が手元にないことが思い出され、寂しさがかすかに胸をさす。

「骨牌使いは、他人に対する〈自分〉の〈詞〉を語り変えてみせるだけ。〈詞〉そのものを変える力は持たないわ。だから、ほんとうの変身とは違うの。

土を金に変えるなんて言うのも、まやかし。空を飛ぶなんていうのに至ってはね。誤解もいいところよ。中原以外の場所では〈詞〉や〈骨牌〉があまり広まっていないから、そんな風に言われるんだけれど」

「でも、できるんでしょう？　すげえよなあ」ダニロはほっと息をついた。

「俺、一度でいいから、〈寺院〉へ行って勉強してみたいんです。できれば、王都の。これでも俺、村じゃ頭のいいほうだったから」

「あなたはここで生まれた子じゃないの？」

「ええ、そうです。俺、七つか八つくらいの時に、親に連れられてここへ来たんです。父ちゃんと母ちゃんはそのまま死んじゃったんで、俺だけここで育ちました」

そういう子供もここにはたくさんいるのだとダニロは言った。逃亡奴隷の子、災害で土地や家屋を失った農奴の子、売られたりさらわれたりしてきた子供。もし本人が望むなら、ファウナたち〈虎〉は彼らを迎えいれる。

成長した子供はそのまま〈虎〉にとどまることもできるし、森を出て堅気《かたぎ》の生活に戻ることもできる。たいてい森のほうがいいって言いますけどね、とダニロは笑った。

「この二、三年ほどはおかしな天気が続いて、あっちこっちで飢饉が起こってるって話です。見たこともない病気がはやったりね。それで、森に入ってくる人たちも、だんだん数が多くなってきてるんです」

そこまで話して、ダニロの表情は別人のように厳しくなった。

「でも、特に数が増えたのはペレドゥアの代になってからです」

「ペレドゥアって？」

「アシェンデン大公家の今の当主です」

吐き捨てるように、ダニロは口にした。

「この森は大公領でも外れのほうですけど、あいつ、俺たちが目障《めざわ》りでしかたないんだ。去年、前の大公が馬から落ちて死んでから、急に威勢が良くなってさ。何かっていうと、俺たちを潰そうとしかけてくるんだ。

さっきアトリさんとこで遊んでたのは、去年の夏、この近くであった崖崩れで、親や家をなくした子たちなんです。親が納めるはずだった農地代の代わりだって、兵隊がひきずっていこうとしたのを、俺たち、みんなで襲って奪いかえしてやったんだ」

少年の瞳がきらめいた。「あの時は楽しかったなあ！」

「でも、そんなことをするから、よけいに睨まれるのではないの？　船を襲ったり、人をさらったり」

「じゃアトリさんは、あの子たちが公都に連れてかれてこき使われるのを見過ごせっていうんですか」

きっとして、ダニロは言い返した。

「極悪非道な盗賊〈虎〉の噂を広めてるのは、むしろペレドゥアのほうなんだ。俺たちは必要なとき以外には、けっして人や船を襲ったりはしない。それは河ぞいの人に聞いてくれればわかるよ。街の人間や、河を溯《さかのぼ》る船のやつらがなんて言ってるのかは知らないけど、俺たちはぜったい無駄に殺したりはしない」

「ご、ごめんなさい」

「ペレドゥアは、あいつはどんなに作物の出来高が悪くても、家畜に病気がはやっても、貢《こう》納《のう》を手加減しようとしない」

どぎまぎして謝ったアトリに、ダニロはさらに声を高くする。

「労役を免除しようなんて考えもしない。あいつの頭にはどうやって自分の勢力を伸ばすか、領地を大きくするか、邪魔者を潰すか、しかないんだ。

俺たちは盗賊だけど、それならあいつだって盗賊に変わりないじゃないか。しかも、自分は大きな城でぬくぬくとしてて、人に命じて人殺しをやらせるんだ。あいつのほうがよっぽど腹黒い、卑怯者じゃないか。俺たちは――」

自分の声の大きさに驚いたかのように、ぴたりと口を閉じる。息苦しい沈黙に、アトリはそっとダニロに声をかけた。

「ダニロ？」

「いいんです。もしかしたら、アトリさんの言うとおりかもしれないから」

怒ったようにダニロは言った。

「でも、俺たち、昔の自分や、父ちゃん母ちゃんとおんなじような目に、あの子たちがあわされるのを見てられなかったんです。

俺たちは盗賊です。でも、自分の命は自分で守ってる。ペレドゥアみたいに、法律と城と兵隊の中に隠れてるようなやつとは違うんだ」

言うべき言葉をアトリは持たなかった。商人の都市ハイ・キレセスで、支配という言葉とは無縁に暮らしてきた彼女だ。支配されるものが、するものに対して抱く気持ちを、理解できると言ったら嘘になるだろう。しかし、自分や親たちのような目に小さい子供をあわせたくない、というダニロの想いはじゅうぶんわかった。

わかるだけに、心配だった。〈虎〉たちの動機が単なる金目あてなら、大公ペレドゥアはそれほど彼らを目の敵にはしないだろう。だがそれが、彼の支配のもとであえぐ人々への共感と同情から来ているとなると、話は違ってくる。

ペレドゥアが怖れるのは、〈虎〉たちが人々の支持を集め、いつしか自分以上の影響力を持つようになることなのだ。権力者とはそうしたものだと、自由世界で育ったアトリの客観的な目は告げていた。彼らにとっての究極の悪夢は、手にした世界の覇権がいつのまにか他人に奪われてしまうこと、それに尽きる。

すでにこの森には、権力には頼らない民が集まり始めている。望もうと望むまいと、〈虎〉たちが今後も人々の心を集めていく可能性を秘めている以上、ペレドゥアが彼らを放っておくことなどけっしてありはすまい。

ふいに目の前が開けて、明るい空を背景にひとつの崩れ残った建物がそびえるのが見えた。樹木にからみつかれ、苔や生い茂る草に覆われていたが、数千年の時を超えてそこにはしおれた花のような優美さが残り香のように漂っていた。

大事な品や、祝い事などの時に使う食料はこの砦あとに保管してあるという。砦は居留地の人々にとって、聖地であるのと同時に生活の中心でもあるようだ。あそこに置くと酒や肉がなかなか悪くならないんですよ、と少女たちは口をそろえた。

「俺、鍵外してきます。隠してあるもんで」

ダニロが駆けていった。

砦の前はところどころ草の生えた広場になっており、数人の若者が、〈虎〉予備軍らしい少年たち相手に、組み打ちや剣、弓矢など、思い思いに武術の訓練をしていた。

上半身裸になって組み手をしていた男がアトリに気づいた。

「よう、お嬢ちゃん。散歩かい」

「なじんでるのね。まるで十年も前からここにいるみたいよ、ダーマット」

皮肉めかしたアトリの言葉にも動じず、ダーマットはにやりとした。たくましい肩を汗につやつや光らせたようすは、どこから見ても立派な盗賊だった。

「ああ、まったく居心地のいいところだ。なんでもっと早くここを知らなかったかって思うとくやしいね。俺のためにできたような場所だと思ってるよ、正直なところ」

「そうでしょうね。あら、その子」

見覚えのある顔に気づいてアトリは言葉を切った。

「んん？　ああ、ティキか」

腰にしがみつく子供の頭を軽く撫でた。

「その通り、あの船でお嬢ちゃんの世話をしてた子だ。十一だそうだ。いっしょに来ると言ったんでな。

年のわりには小柄だが、まあこれから大きくなると思うよ。どうやら、ろくなものを食べさせてもらってなかったみたいだしな。なあ、坊主」

ティキというらしい少年は、こきつかわれる採石船の下働きよりも、〈虎〉の暮らしを選んだようだ。ぼさぼさの髪を短く切って、ずっとこざっぱりしていた。

飢えたような目つきをやめると、なかなかかわいい顔立ちをしている。恥ずかしそうにアトリに笑いかけてきた。友だちになれるかしら、とアトリはうれしかった。握手すると、少年はくすぐったそうにダーマットの後ろに隠れてしまった。

「お待たせしました」

ダニロが戻ってきた。

「何を運ぶの、ダニロ。手伝いましょうか？」

「いえ、いいんです」

うっすらと頬を染めてダニロは首を振る。

「ええと、何をお探しでしたっけ。〈骨牌〉ですか？」

「ええ、そうよ。だけど、それはあとでもいいの。先にあなたたちの用事をすませてくださいな。なんだったら、わたしも手伝いましょうか」

「いえ、アトリさんにそんなこと、させられないです」

ダニロはあわてて両手を振った。

「仕事が終わったらいっしょに探しますから、その間、日当たりのいいところにでも座っててください。砦の中を見て回ってもいいし。いろんな彫刻が残ってて、きれいですよ。おれたちにはわからないけど、アトリさんなら意味がわかるかも」

「ありがとう、そうするわ。レネにも薦めてもらってるし。親切なのね、ダニロ」

ダニロはいっそう頬を赤くし、そんな、と口ごもった。

「残念だったな。おい坊主、何だったら、俺が手伝ってやってもいいんだぜ」

横からダーマットが口を挟んだ。

「やだよ、おっさん。あんたの腹のうちくらい、こっちはお見通しさ。どうせ鍛錬をさぼって、日なたで昼寝でもしようと思ってんだろ」

「なんだと、おい。俺だって骨牌使いなんだぞ。ちったあ尊敬しねえか」

「『ちったあ』なんてぬかす野郎に払う尊敬なんてねえよ、おっさん」

べえと舌を出して、ダニロは姿を消した。ティキが驚くほど澄んだ声で笑った。

一緒になって、アトリもしばらく存分にくすくす笑った。ダーマットは苦虫を噛んだような顔をしていたが、やけのように腕を振り回して、さあ練習だと怒鳴った。

また子供たちが動き始めた。いっしょにきた少女たちもさんざめきながら、思い思いの作業に散っていく。ひとり手持ちぶさたなアトリはしばらく砦の階段に腰を下ろし、男たちの訓練を眺めていたが、やがて飽きてきた。腰をはたいて立ち上がると、口の両側に手を当てて大声を出した。

「ダーマット！　ダニロが出てきたら、私は砦の中にいるって言ってね！」

ダーマットは片手だけ上げて了解を示した。アトリは服の裾をひるがえして段を飛び降り、青い石の階段を上がった。

一歩踏み込むと、石の通路は思ったよりも明るかった。

ところどころの石組みが崩れているせいで、外光がさしこんでいるのだ。ほこりが金色に輝き、小さな日溜まりには秋の名残りの小さな花も咲いている。

わりあいに広い通路をゆっくりと進んだ。〈虎〉たちが住んでいたと言うだけあって、室内は五百年は昔の建物とは思えないほどきちんと整っていた。先人たちの遺跡に、彼らは十分の注意をはらっていたらしい。

砦、というよりは、貴族が夏の間住む別荘のような造りだ。もともと、砦と呼んだのは後世の〈虎〉たちなのだろうから、本来は別荘でもおかしくはないかもしれない。戦いのための砦に、繊細な柱頭や花の形の飾り窓などは必要ないだろう。

天井が高く、ゆるやかな曲線を描いているところはハイ・キレセスの〈斥候館〉を思い出させる。陽光が糸のように射しこむ部屋部屋をゆっくりまわりながら、つかの間アトリは思い出にふけり、おかしくなった。思い出。まあどうだろう、まだたった十日ほどしかたってはいないというのに、思い出、だなんて。

（いつかまた、あの館を見ることはあるのかしら）

レネが言っていた、彫刻や壁画もそここで見つけた。少しは期待していたのだが、まったく意味のわからないものばかりであった。

アトリの知らない物語や、伝説をもとにしているらしい芸術品の数々。背の高い、優美な人々が美しい衣をまとって身振りをし、音楽を奏し、話し、笑いあっている。

中にひとつ、アトリの心をとらえたものがあった。

それは壁のパネルを飾る薄肉彫りで、一つだけ、壁に着物かけのような形で作られた小室の内部に、ぐるりと刻まれていたものだった。

十二枚の〈骨牌〉の絵柄が全部そろって並んでいる。一枚目の〈樹木〉から、十二枚目の〈円環〉まで。そして六枚目の〈火の獣〉と七枚目の〈月の鎌〉の間に、一筋の道が刻まれ、白と黒、二つの塔が並びたつ間にむかってうねりながら伸びている。

ひざまずいて調べてみたが、結局、意味を読み解くことはアトリの手にはあまった。あきらめて、手をはたきながら立ち上がる。

（〈木の寺院〉に行っていれば、いくらかでも意味がわかるのかしら）

高地人の文字、高地人の物語、高地人の歴史、高地人の〈詞〉そしてわたしにも、彼らの血が流れている。なのに、彼らのことを何一つ知らない。

〈寺院〉に行かなかったことを、はじめてアトリはくやしく思った。もしかして、〈十三〉に関する手がかりを、ここで見つけられるかもしれないと思っていたのだった。本気で期待したわけではなかったが、感じた失望は思いがけず大きかった。

（ダーマットなら、わたしより少しは読めるかしらね）

しかし、歳月の重みに割れ、摩滅していても、それらが保つ精妙さはいまだ圧倒的な力を持っており、見つめるアトリは当惑とともに畏怖《いふ》に近いものを覚えた。

（〈大地の民〉か）

また新しいことがでてきたわ、とアトリは思った。

ツィーカ・フローリスはそれなりの教育をアトリに与えてくれたはずだが、そうしたたぐいの知識はアトリの頭の中にはなかった。それを言うなら、〈骨牌〉の始祖であるというジェルシダたちについての知識も同じことだ。

どうして教えてくれなかったのだろう。〈館〉と街を往復して暮らす占い師の娘に、そんな知識は不必要と思ったのだろうか。教えていてもらったからどうだということはないが、少なくともダーマットのような、骨牌使いとは名ばかりのならず者に偉そうな口を利かれることはなかったはずだ。

そこまで考えてふと、恐ろしい疑問が浮かんだ。

（もしかして、ツィーカ・フローリスは知っていたんじゃないのかしら？）

アトリがジェルシダの血を引いているのを知っていて、かれらの存在を隠したのではないか？ その出生を気取《けど》らせないために？

でも、なぜ？

なんのために？

「ばかね」

声に出してアトリは呟いた。

そんなことあるはずないじゃない。ツィーカ・フローリスがそんな隠し事してなんになるの。もしも知っていて隠したのだとしても、わたしや母さんにいらない心配をさせないためなんだわ。そうよ。そうに決まってるわ。

きっぱりとそこから頭を引き離し、彫刻の鑑賞に戻る。

ちょうど階段を上がりきったところで、広い踊り場にでていた。

正面の壁に、かなり大きな浅肉彫りがある。振り返ってみると、玄関の広い空間が一望の下に見渡せた。すると、この彫刻は、入ってきた人間の目に真っ先に入るように置かれているらしい。

歳月が人物の顔も含めて細部をすっかり削り取ってしまっている。わかるのはその人物が長い髪とふくよかな身体を持つ女性らしき姿をしていて、何か、大きな塔のようなものの前に立っているということだけだ。

塔？

それとも、樹木なのかしら。まるで雲のように葉を茂らせた。

崩れ残った唇がわずかに弓形を描いてそりかえり、時のはてからなぞめいた微笑を送っている。アトリはそっと手を伸ばしてそのゆるい曲線をなぞった。

そのとたん、石が手の下でぬくもりをおびた。

アトリは壁面の上に置かれた自分の手を見つめた。

でも、今は石でできた砦の石の床の上のはず。しかし、土は手のひらに冷たく触れており、周囲では、深紅に咲き誇る薔薇の茂みがさやさやと夜風にそよいでいる。

夜風？

はっとして顔を上げると、そこは光の射し込む暗い空間の中で、正面に、黄金の肌をきらめかせて横たわる男が苦悩に満ちた目でこちらを見ている。

「あなたでさえなければ……わたしでさえなければ！」

そして火の中に立ち、恋人の黒い髪が火の粉の群れとなって舞い上がるのをぼうぜんと眺めている。黒い髪、黒い瞳、ああ、この人はわたしが殺した。

叫び声が喉を裂いてあがる。周囲で世界が砕け散ってゆく。でも、それがどうだというの、わたしのあの人は死んだ、死んでしまった、わたしがこの手で殺してしまった！

（けれど哀れなのはあの娘、ついに生まれることもなかった子）

（ああ、どこにいるの、どこにいるの）

（かわいそうな娘、わたしの、かわいい……）

ひやりとした感触が頬に触れた。アトリははっと目を開いた。

いつのまにか壁に身を寄せ、ぴったりと彫刻にすがりついていたのだった。まだ冷たさの残る頬をなでて、当惑して彫刻を見つめた。わたし、いったい何をしていたの？

今、感じたものは――いったい？

そのときだった。何かのぶつかるような鈍い音がした。ごく小さな音にすぎなかったが、背中を殴られたような気がしてアトリは動きを止めた。せわしなく走り回る音が遠く近く聞こえ、誰かが、砦に走り込んできたらしい足音が反響した。

ひゅっと風を切る音。あの金属音は、まさか、剣同士のぶつかり合う音？

（あれは！）

アトリはばねのように立った。

部屋を走り出て、通路のはしに見えていた階段を駆け上がる。光が見えた。四角く切り取られた外光の中で、動くものがある。

入り口をふさぐように両手を広げた少年が、駆けてくるアトリに気づき、はじかれたように向きを変えた。

「ダニロ？」

「アトリさん！」

狼狽の叫びが届いた。

「来ちゃだめだ、隠れて……！」

言葉は途中で断ち切られた。

少年の身体がぐらりと揺れた。ダニロは前のめりになって倒れ、アトリの腕の中にまっさかさまに崩れ落ちてきた。

「……うそ……」

細い背中に突きたった矢を見つめ、信じられぬ思いでアトリは呻いた。

5

討伐隊の隊長はゴヴァノンという名だった。

黒い髭《ひげ》を生やした謹厳な顔つきの男で、ひどく無口だったが、命令を下す声は遠雷のように低く、腹の底にとどろくようだった。

部下には慕われているらしく、統率力は歴然としていた。正規の兵士が、ざわつく志願者を手際よく列に並べていく。ゴヴァノンは無関心そうに腕組みしているが、その実、自分の指示のゆくえを鋭い目で監視していた。よく統制された兵士たちの動きは、全体が一つの生き物のようだった。

「市場に牽《ひ》かれてく牛どもの群れってとこだね」

前後のものにしきりにこづかれながらドリスが不平を鳴らした。

「待ちかまえてるのが肉屋の裏庭ってんじゃなきゃいいけど」

「やかましい。静かにしてろ」

「ああ、きみときたらそれしか言うことがないのかねえ？　しいっ、うるさい、静かにしろ、黙れ。息がつまっちゃうよ、僕」

ほかに何を言えというのだ、と口の中で毒づいてロナーは頭を上げた。百人あまり集まった討伐隊志願者を、ふるい落とす作業が始まっていた。

結局、この町に足を踏み入れてから、ひと月近い時間がたってしまっていた。しびれをきらして、何度も一人で出発しようとしたのだが、そのたびにどういうわけかドリリスに見つけられて、うるさくさえずられるので抜け出すこともできないでいたのだ。

一列に並べた男たちの前を副官を連れたゴヴァノンが歩いている。時々腕まくりをさせたり、剣の握り方を見たりして、不適格者を列の外へ出していく。

追い出された中には侮辱されたといきりたち、腰に手をやるものもいたが、ゴヴァノンの鋼鉄のような目に一瞥されるとたちまちへなへなとなって引き下がった。ドリリスの言ったとおり、それはどこか家畜のふるい分けに似た光景だった。

選び出されるものの数は半分以下にも満たなかった。ゴヴァノン隊長を上司に戴《いただ》くのは、なまなかなことではないに違いない、とロナーは思った。

「よし、おまえはそっちだ。次」

ゴヴァノンが正面に来た。太い腕を後ろで組み、ロナーの前で足を止めた。うす青い鋼鉄の目がまっすぐこちらに据えられた。

腹の中まで貫き通す視線だった。思わずしり込みし、そのことにロナーは腹を立てた。ぐっとあごを引き、力を込めて挑みかかるように見返した。彼のほうがわずかに背が高かった。後ろでドリリスが小さくなっている。

ゴヴァノンは目を細めた。

つと横を向き、副官に対して合図を送る。副官はわずかに驚きの色を表したが、すぐにロナーに向かって横柄に命じた。

「おい、おまえ。剣を持って前に出ろ」

「なんだと？」

「隊長がおまえの腕を見たいとおっしゃる」

ロナーは身を硬くした。もしや正体を——自分の真の身分を見破られたのではないかという危惧《きぐ》がまっ先に頭に浮かんだ。

だがすぐに思い直した。もう国へは五年以上帰っていないし、アシェンデンの大公に会ったのはごく幼いころだ。もとよりあそこでは数ならぬ身だった。もしこの男が大公について来てかつての自分を見ていたとしても、確信は持てはしないだろう。

「隊長じきじきにお相手くださるそうだ。早くしろ」

ロナーはことさら馬鹿にしたような笑みを浮かべると、一礼し、剣をはらって進み出た。負ける気はしなかった。これまで、何度も同じような局面を切り抜けたことがある。たかが兵士の頭目風情に、勝ちを許す自分ではない。

ゴヴァノンは黙ってざらりと剣を抜いた。優雅なロナーの動作にくらべて、それは木の根を引っこ抜くように無造作なものだった。

腰を落として構えるしぐさに、ロナーはかすかに頰をひきしめた。洗練されてはいないにせよ、構えには隙がなく、戦闘の中で磨きあげられた無骨だが確実な力があった。

「構え、――はじめ！」

猛禽のようにロナーは襲いかかった。

手早く勝負をつけるつもりで、相手の右手首を狙って武器を打ちおろした。はじかれた。身を引いたとたん、まったく思ってもいなかった方向から鋭い一撃が来た。

あやうく避けたが、切っ先が服に引っかかって鉤裂きをつくった。返礼として肩口に突きを繰り出した。剣圧に押されたように相手は下がった。だが十分にではなく、制服につけていた徽章《きしよう》の一つが引きちぎられて落ちた。

「やったあ！」

ドリリスが歓声をあげたが、ロナーはそれどころではなく、転がっていく徽章の行く先を見もしなかった。

（こいつ）

見えない圧力が、ぱっとしない制服の軍人から吹きつけてきていた。

先ほど、構えの中に感じた力が確実な形をとり、きわめて正確に、隙を狙って切り込んでくる。

ロナーが猛禽ならゴヴァノンは蛇だった。作法も、試合で尊重される優美もかけらもないが、その重い一撃一撃は着実にロナーにからみついて体力を削っていく。

双方の顔からは完全に表情が抜け落ちていた。見ているもののほとんどが、これが命をかけた殺しあいではなく、単なる選抜試験の腕試しにすぎないのだということを忘れていた。油断なく隙をうかがいながら、二人はたがいのまわりを回った。けたたましいドリリスでさえいまはおしゃべりを忘れ、決闘のゆくえを息をのんで見守っていた。

ロナーは逆上していた。こんなことがあっていいはずがない。悪夢を見ているような気分だった。あせる心のまま、やみくもに打ち込んだ。ゴヴァノンはするりとかわした。一瞬、ロナーの背後に、ゴヴァノンの影が巨大な山のようにそびえ立った。

ロナーは転がって体勢を立て直した。信じられぬというように、その目は大きく見開かれたまま凍りついていた。

ゴヴァノンは離れたところに立ち、すでに剣を鞘に戻しているところだった。拾い上げた徽章がきらりと光った。

「書類をもらって、あの列に加われ。合格だ」

「待て！　まだ、俺は」

「さっさと行かんか、こいつ」

ゴヴァノンの跡を追おうとしたロナーを、いらだった様子で副官がつかみ止めた。

「隊長はお忙しい身だ。いつまでも貴様ごとき若僧の相手はしておられんのだ」

突き放され、よろめくように合格者の集まっている列のほうへ行った。ゴヴァノンは志願者の列へ戻り、何ごともなかったように選抜をつづけていた。

「びっくりしたねえ！」

ドリリスがするりと列を抜け出してそばへ来た。盾持ちを自称していた彼は、連れが合格したなら自分も自動的に合格と決めこんで、跡を追ってきたのだった。

「まさか一騎打ちをいどまれるなんてさ、僕、どきどきしちゃったよ。だってあんまり緊迫してて、まるでほんとの真剣勝負だったね、違う？　語りぐさだよ！　だけどこれでうまくもぐりこめてまずは万々歳ってことだね、あの隊長の下でいるんじゃちょっとばかりきゅうくつそうだけど、でも――ねえ？」

言葉を切って、ドリリスは気がかりそうに顔をのぞき込んできた。

「どうしたの？　顔色悪いよ」

「……あいつ、剣を引きやがった」

「え？」

ドリリスは目を丸くした。

「なんだって？」

「最後の最後に剣を引いたんだ。とどめをさせたのに、やらなかった。あと一突きで完全に勝てたのに、それを」

「ねえ、どうしたのさ。何を言ってるんだい」

「手加減しやがったんだ。この俺に」

震える声を絞って、ロナーは力まかせに剣を足もとの土に突き立てた。

「畜生！」

まっすぐ土に突き刺さったまま、剣はぶるりと身震いした。


午後には新兵は組に分けられ、それぞれの部隊に編制されていた。

故意か偶然か、ロナーとドリスが組み込まれたのはゴヴァノンの近くにいて、ほぼ直接その指示を受け取ることになる部隊だった。

「あのゴヴァノンって人、すごいね？　ずいぶんみんなに信用されてるみたいだし」

先ほどの惨敗から回復していないロナーが片隅でむっつりしているので、同僚の兵士と言葉を交わすのはもっぱらドリスの役目になった。まわりすぎる口でひたすらロナーをうるさがらせていた彼だが、その気になれば、持ち前の人なつこさと愛想の良さで相手の警戒をあっという間に解いてしまうところがあった。

「すごいなんてものじゃないぜ。あの人はずっと代々アシェンデン大公家に仕えてきた軍人の血筋で、言ってみれば生粋の近衛筋ってやつかね。もちろん大公は王じゃないが、親戚であることは確かだ。知ってるか、先王のお妃で今の王のご生母であられる方は、今のアシェンデン大公の妹君なんだぜ。もう亡くなられたがな」

「へえ、そうなんだ。えらい人なんだね、大公って」

無邪気にドリリスはあいづちをうった。

「それに領民のために盗賊を討伐させるだなんて、とってもいい人だよね」

「さあ。実を言えば、なんで今さらという気がしないわけでもないんだが」

相手は小首をかしげてみせた。

「もちろんこの森に盗賊がいることは以前からわかってたし、被害も出てたんだが、これまで腰も上げなかった大公閣下が、ゴヴァノン隊長まで出して、やっきになって殲滅《せんめつ》にかからなきゃならんような理由は見あたらん。少なくとも、俺にとっちゃな」

「ふうん」

「ま、そこは下々にはわからん上つ方の都合ってもんかもしれんが」

兵士はため息をついた。

「俺としちゃ、隊長について行ければそれでいいのさ。あとは給料さえちゃんと払ってもらえりゃな。どっちにしろ、この仕事はあまり気味がよくないぜ。俺だってもとは、毛布一枚持ってないようなどん底の靴なおしの息子なんだしな」

「あそこにいる奴らは何だ？」

「うわっ、驚いた。いきなり出てこないでよ」

「あいつらは兵士じゃないだろう」

顔をしかめているドリリスにかまわず、ロナーは訊ねた。

指さした先には、兵士たちとは混じらず、仲間たちだけでひっそりとうずくまっている異様な黒い長衣に身を包んだ一団がいた。

男も女もいるようだったが、ほとんど声を立てず、身動きもしないので、はっきりしたことはわからない。まわりで声高に笑ったり、ののしり合ったりしている男たちの中で、その集団は不吉な予感のように、重く黒々と静まりかえっていた。

「ああ、あいつらか」

問われた兵士も、その集団のことはよくは思っていないらしかった。いちおうそちらを見はしたがすぐ視線をそらし、浄めの光明と悪運からの加護を示す〈はばたく光〉のしるしを宙に描いた。

「俺もよくは知らないんだ。誰も知らない。ここへ来る間際になって、大公が部隊に加えるように指示したらしい。骨牌使いなことは確かなようだ。これまでゴヴァノン隊長が、部隊にあえて骨牌使いを加えたことはなかったんだが」

骨牌使いが戦闘に加わるのは禁じられてはいないが、できれば避けるべきだというのは骨牌使いとそうでない者とを通じて暗黙の了解事となっていた。かつて旧ハイランドを壊滅に追いこんだという〈堕ちたる骨牌使い〉の記憶が、いまだに人々の意識に影を落としているのだった。

〈寺院〉で教育を受ける骨牌使いの卵がまっ先にしつけられるのは、直接人を傷つけるような〈骨牌〉の使い方をしないこと、できるかぎり常に権力からは中立を保つこと、自分の欲望のために〈骨牌〉を使用しないこと、の三点だった。

中でも最後の一つに対しては厳しくいましめられ、守れない人間はダーマットのように、組織を離れてはぐれとなるしかない。もちろんその場合はもはや何の保護も身元の保証も受けられず、何かことを起こせば、かつての仲間に全力をもって潰されることになる。

「なんでもあいつらは東の国から来たって噂だぜ。俺も話に聞いただけだが。軍が今までひと月も待機してたのは、やつらの到着を待ってたからだとさ」

「しかし、あっちの人間は〈骨牌〉を信じていない。だいいち東方と旧ハイランドの領地は、昔から土地を取ったり取られたりしてきた仇敵のはずだろう」

「だから、聞いただけだって言ってるだろうが」

いらいらした様子で兵士は遮った。

「別にどうだっていいさ。もしかしたら奴らも思い直して、今さらだが〈詞〉の知恵を学び直そうって気になったのかもしれんしな。誰にわかる？　とにかく奴らが〈骨牌〉を操りまちがえて、こっちの尻に火をつけさえしなけりゃ俺はかまわんよ。近くに寄ってこられるのはごめんこうむるがね」

「いったいどうしたってのさ、さっきから？　あの隊長さんにあしらわれたのが、そんなに腹が立ったわけ?」

「黙れ」頭ごなしに言ったが、ロナーの顔は上の空だった。

「あいつらはおかしい。あの黒衣の集団だ。気になる」

「どうしてさ? 骨牌使いだって言ってたじゃないか」

「それは聞いた。だが、何かがちがう、——ような気がする」

狼のようにロナーは鼻にしわを寄せた。

「どこがどうとは言えないが。何かが」

「そんなことじゃ誰も説得できないよ、ロナー。きみって人はまったくやっかいだねえ。ほら、へんなこと考えてないで、こっちへおいでよ。お昼食べはぐれちゃうよ」


斥候隊から、森の奥の高地人の砦あとで盗賊と接触したという知らせが入ったのは、夕暮れ近くなったころだった。

部隊はすぐさま出立した。しだいに濃くなる黄昏にまぎれて、森を囲むように進軍し、盗賊の逃げ道をふさぐ作戦だった。

「三番隊、五番隊、前へ」

前方でゴヴァノンが低い叱咤をとばす。

「七番隊と十番隊は後ろへ回れ。一番隊は骨牌使い隊の護衛で右翼へ。二番、四番隊、は、おれのあとに続け」

「僕、あいつら嫌いだな」

ドリリスがぼやいた。木々に見え隠れする左手のほうで、黒衣の集団が音もなく並行して進んでいる。

「だってものすごく陰気なんだもの。ねえ、いつまでこんなことやってるのさ。早くアトリを捜しに行こうよ。ぐずぐずしてたら、戦いにまきこまれちゃうよ」

「わかってる」

ゴヴァノン隊長はなぜかほぼいつもロナーの視界に入る場所におり、隊長直属に近い部隊にいるロナーたちは、ほとんど人目から逃れる時間がなかった。

最初考えていたように、目的地だけを聞き出して、混乱にまぎれそっと部隊を離れることなどできそうもない。一度もこちらを見ないにもかかわらず、ゴヴァノンが常に自分の存在を意識していることを感じて、ロナーは歯ぎしりした。

「待って。あいつら、〈骨牌〉を持ってないよ」

ドリリスが不安そうに言った。

「〈骨牌〉なしで、どうやって力を使うつもりなんだろう？」

近くでわっと喚声がおこった。本隊が盗賊たちと激突したらしい。

黒衣の骨牌使いたちが身じろぎし、同時に向きを変えて天を仰いだ。

ぞっとして、ロナーは立ち止まった。

ひっと声を立てた。

「あいた！」
後ろを進んでいたドリリスがぶつかってわめいた。
「まったくもう、いいかげんにしてよ、ロナーってば」
「見ろ」
あえぐようにロナーは言った。
「なんだってのさ、ほんとに」
鼻をなでてぶつぶつ言いながら、ドリリスはのぞき込みかけて、ひっと声を立てた。
黒衣のものどもは一回り大きくなったように見えた。地鳴りのような音がそちらからしてくる。だが次の瞬間、その音は彼らの喉から出ている
のがわかった。音はぐねぐねと渦を巻き、しだいに濃さを増す夕闇の底に、とぐろをまいて
わだかまるように思えた。
黒衣の両手が上がった。地面いっぱいの大鴉の群れがはばたいたかのようだった。生白い
指にはめられた金属の指輪がぎらぎら光った。
いきなり、奇怪な音が、全員の口から流れ出た。およそどんな言語とも呼べぬ音が、いま
だかつて耳にされたことのない旋律と抑揚を持って長々と吐きだされた。十数対の手が、宝
石をぎらつかせながら奇怪な身振りを宙に描く。
みしり、と大気がきしんだ。
「ロ、ロナー、あれ、あれ……！」

しがみついたドリリスが口をぱくぱくさせる。

青く澄みわたった空に、うすく筋が走った。黒い筋は見る間に広がり、水に落とした墨のように、空を汚して暗い門が口を開けた。


凍りつくような冷たい風が全員の顔に吹きつけた。漆黒の空間に、ちらちらと光る星のようなものが見える。それよりもなお暗いものが、ぬるりと動いた。そいつはぬるぬると滑って門を越え、重たげにぼたりとこの世界に落ちてきた。

粘液をしたたらせた不定形の頭が、のろのろともたげられて居留地に向いた。

ロナーがぐいとドリリスの腕をつかんだ。

「来い、ドリリス」

「ま、待ってよ！　どうしたんだい、そんなにあわてて」

「奴らは骨牌使いなんかじゃない、もっと別のものだ」

唸るような返事が返った。

「奴らは〈骨牌〉によらず力を使う。奴らの唱えた言葉は〈異言〉に似ている、奴らは――邪魔をするな！」

前に立ちふさがりかけた男がげっといって倒れる。ゴヴァノンの部下を一撃で叩き伏せ、ロナーは居留地へ向かう黒い異形を追って風のように走り始めた。

「うかつだった、あれは〈異言〉の眷属だ。奴らの狙いはアトリなんだ！」

「アトリ！　ダーマット！」

森の道を敏捷に抜けてくるファウナを見たとき、安心のあまり、アトリは危うく失神しそうになった。

逃れてこられたことが信じられない。まだ剣戟と、血の臭いが鼻にしみついている。ここまでも、ほかの若者たちに抱えられるようにしてやっと走ってきたのだった。

「どれくらいの人数？　怪我は？」

まさしく森林の虎のように、音もなくそばにたどりついてファウナがアトリの手を取る。

赤い胴着を着込み、弓と例の諸刃の大剣で武装を整えた彼女は、〈天秤〉の札に描かれた審判の剣の所持者のようにりりしかった。

「十二人。三人逃した」

ダーマットが簡潔に答えた。後ろには、彼をはじめとする砦周辺にいた若者と子供たちが続いていた。誰もがどこかしら傷ついて血を流しており、ダーマットも例外ではない。背中には、ぐったりと目を閉じたダニロが背負われていた。背中に立った矢は奇跡的に急所を外れていたが、傷は深かった。

裂いた服を応急手当に巻きつけてあるが、とてもそれだけでは出血を止めることはできない。どす黒いしみは不気味にじわじわと広がり続けている。

「たぶん先発隊か、斥候だろう。あっちも俺たちに出くわして驚いているようだった。だが、逃げたやつらがもうすぐ援軍を連れてくる。ぐずぐずできんぞ」

　ファウナはすてばちな笑みを浮かべた。

「わかっているさ。アシェンデンだ。今度こそ本腰を入れてわたしたちを潰す気かね。ダーマット・オディナ」

「なんだ」

「〈骨牌〉が欲しいか？」

「当たり前だ。俺は剣もできるが、本職は骨牌使いだからな。あるんなら貸してくれ。俺は今、むかついてるんだ。ものすごく」

「そう見えるよ」

　ぼそりと言い、ファウナは懐から取り出した革の小袋を投げた。印のない持ち主なしの袋で、中から、簡素な造りの香木製の〈骨牌〉が一組出てきた。

「川岸の関門を頼む。どうやら敵にも骨牌使いがいるらしい。守備兵がそれらしい一隊を見かけたと言ってる。〈骨牌〉の力は〈骨牌〉でしか抑えられない。頼んだぞ」

「任しとけ」

「待って、ダーマット」

〈骨牌〉を滑らせながら駆けだそうとするダーマットにアトリはとりすがった。

「ティキは、ティキはどうしたの？　姿が見えないんだけど」

　ダーマットはじっとアトリを見つめた。それが、すべての答えだった。くるりと向きを変えて骨牌使いは行ってしまい、アトリはふいに膝から力が抜けるのを覚えた。

「しっかり、アトリ」

ファウナが指に力をこめる。アトリはきつくファウナの手を握り返した。そうでもしないと、二度と立ち上がれなくなりそうな気がした。

「笑ってたのよ、あの子」

あやふやな口調でアトリは呟いた。

「わたしにむかって笑ってたのよ、ついさっきまで。なのにどうして？ どうして死ぬなんてことが？ どうして」

「そんなものさ。すぐに死んじまうんだ、人間なんてものはね」

押し殺した声で囁いて、女頭領はにじんだ涙を隠すように横を向いた。

「あんたはちびどもを連れて、武器庫の中に隠れているんだ。あそこは一番扉が硬いし、見つかりにくい場所にあるから。食料も水も運び込ませておいた。まわりが静かになってから三日たつまで出て来ちゃいけない、いいね」

ファウナはどこか悲しげに微笑むと、頰に軽く唇を当てて、軽い足取りで駆けていった。

立ちつくすアトリを、子供たちが取りかこんだ。こうした場合の対応もしつけられているらしく、不安そうではあったが、泣きだしたりするようなものは一人もなかった。

「こっちです、アトリさん」

ダーマットが降ろしていったダニロを、若者の一人が代わりにかつぎ上げた。先に立つ若者のあとに、夢遊病のような足取りでアトリは従った。

子供たちがぞろぞろと続く。人数が多いわりに、奇妙に静かな集団だった。遠くで一度だけ人間の悲鳴が響き、すぐ静かになった。いちばん小さな子がくすんくすんと鼻を鳴らしたが、そばにいた年かさの少年に抱きよせられて黙った。

「ここです。入ったら、外から封印しますから」

武器庫は草の生えた土手の斜面に、くぼみに隠れるような形で作られていた。

中は広く乾いており、埃の臭いがした。武器は運び出されてほとんど空っぽで、古そうな短剣や、矢などがいくらか床に散らばっているだけだ。

干し肉の包みや固パン、水樽などが積み上げてある。若者は馬用の古毛布を取ってきて、ダニロをそっと横たえた。

「ガキどもが迷惑かけるかもしれないけど、すいません。薬と包帯も少しは入れといたんで、できたらこいつの手当て、してやってください」

「あなたは入らないの？　ここには」

「俺、守備隊の構成員に入ってますから。一応」

誇らしさと緊張の入り交じった顔で、若者はにやりとした。

「ここにあいつらを近寄らせたりしませんから、安心してください。それと、ダニロのこと、お願いします。俺、そいつに銅貨五枚分、貸しがあるもんで」

横たわった少年の頭を一度だけ撫でて、若者は外へ出ていった。子供たちに向けた眩しいまでの笑顔が目の裏に残った。

扉が閉まり、かんぬきの刺さる音がした。誰かが手探りで立ち上がり、灯りをつけた。黄色い光に、いくつもの小さな顔が照らしだされた。

その中に見慣れた顔を見つけて、アトリはほっとして手を伸ばした。

「レネ、あなた、レネね。無事だったのね、お姉さんはどこ？」

レネは身を背けると、腕に抱いた小さな包みを隠すようにして後ずさった。包みの布がわずかにずれ、赤みを帯びたおもちゃのようなちっぽけな顔がかすかな泣き声をあげた。思いがけない拒絶にアトリはうろたえて手を引いた。

壁際の急ごしらえの寝台で、身じろぎする気配がした。

「アトリさん……？　俺」

ダニロが目を開けて、まばたきしていた。アトリは急いでそばへ行った。

「しっ、静かに。ちょっと怪我したのよ、あなた。でも今、薬をつけてあげるから、静かにして寝ていなさいね」

「まいっちゃうよなあ。アトリさんにいいとこ見せる機会だったのに」

けだるそうに笑ってまた目を閉じる。

「外。どうなってますか？」

「みんなが戦ってるわ、心配しなくてもいいの」

声が震えるのが怖かった。

「あなたの仲間でしょ。みんな、強いの知ってるでしょう。だから安心なさいな」

「はあい。すげえや、俺、骨牌使いに手当てしてもらってるんだ。アトリさんに」

目を閉じたまま、ダニロはくつくつと喉を鳴らした。

「あとで仲間のやつらに、恨みかっちゃわなきゃいいけど」

かいやしないわよ、そんなのと言いかけて、喉がつまった。急いで咳でごまかしたが、鼻の奥が針でつき刺されたように痛む。

「……ダニロにさわらないで」

単調な声が妙に大きく響いた。アトリはぎくりと後ろを向いた。

うつろな表情のレネが、布にくるんだ赤ん坊を仇のように握りしめてアトリを凝視していた。仮面のようなこわばった顔に、ふたつの目だけがぎらぎらと燃えていた。

「親切ごかしてやさしいふりなんかしないで。あなたがこの災難を居留地に持ち込んだんじゃない。あの兵隊たちは、あなたを捜してここへ来たのよ」

「――え」

とっさに言葉を返すことができなかった。それと同時に、わかっていたはずではないか、と頭のどこかで誰かが叫んだ。彼らが追いついてきたのだ。

襲いかかってきた黒い怪物。身体を包んだ輝く光。ダーマットを雇ったという謎の商人。無事でなんていられるはずがなかった。レネの瞳がアトリを告発した。

「あいつら、あたしに言ったのよ、ハイ・キレセスの娘はどこだ、〈十三〉の娘はどこにいるって。姉さんはまだ起きあがれもしなかったのに。もし、みんなが助けに来てくれなかったら、あたしも、この子も、姉さんみたいに……」

鋭いしゃくり上げがレネの言葉をとぎらせた。目の前が暗くなるのをアトリは感じた。では、ジャンナは殺されたのか？　子供を産んだばかりだったというのに？　あれほど幸福そうに、光り輝いていた矢先に？

「何もかもあんたのせいよ。あんたが悪いんだわ。あんたさえこなければ」

「やめろよ、レネ」

ダニロが驚くほどしっかりした声で叱咤した。

「だからってどうなんだ？　アトリさんは好きこのんでここへ連れてこられたわけじゃないし、俺たちに何も悪いことはしなかったじゃないか。アトリさんを責めるのは筋違いだよ。〈虎〉は間違ったことに対しては徹底的に戦うんだ。〈大地の民〉の裔《すえ》が、こんなことくらいでへたばったりするもんか」

レネは答えず、赤ん坊を抱きしめたまま背を向けた。

ダニロは再び目を閉じ、のどの奥でうめき声を上げた。言葉の剣に胸をずたずたにされながら、アトリは急いであり合わせの薬草と布を引き寄せた。

（わたしに、何ができるの？）

手近な薬草をもんで塗りつけ、包帯を換えたが、その間にもダニロの顔色は悪くなっていく。効いていないようだ。

かも。〈骨牌〉があれば、〈青の王女〉の札で癒しの力を引き出すことができたかも。

ダーマットに一枚だけでも借りてくるのだった。つかの間悔やんだが、アトリの骨牌使いの能力は治療師としてのものではなかったし、自分にあわせて調整していない〈骨牌〉でちゃんと力を使えるかどうかは怪しかった。

(『厄災を呼ぶ〈十三〉』)

やはり、この災いはわたしが呼んだのだろうか？　おそろしい想像に身震いした。現れればすなわち天下を揺るがすという〈十三〉の骨牌の力が、〈虎〉の討伐隊を呼び寄せ、ジャンナとレネや、ティキやダニロにこんな運命を押しつけたのか？

今まで占い師として、何度も争いや怪我、病気、そして死の〈詞〉を語ったことがある。だが、実際に目の当たりにする死と闘争は完全にアトリを圧倒した。自分がどれだけ無知だったかを思い知らされたような気がした。

自分が今まで知っていたのは、〈骨牌〉という大きな書物の中に映し出された幻影にすぎなかった。それを見て、自分を何でも知っている、強い娘だと勘違いしていた。

運命を語り、新たな世界をよびさます〈骨牌〉。だが、真に必要なときに引き出せないのなら、〈骨牌〉にどんな意味がある？　骨牌使いであることに、どんな意味があるというのだ？　使えない〈骨牌〉は物にすぎない。

必要なのは〈詞〉の力。

「アトリさん？」

「しいっ」

ダニロの傷を覆って両手を乗せる。目を閉じ、首を上げ、風の音を聞くかのように、闇の中に意識を澄ました。

（わたしたちはすべて〈詞〉によって語られたもの）

ならば、わたしの中の〈詞〉を動かすことは可能なはず。あるいはダニロの中の〈詞〉を。

〈骨牌〉なんかなくても、骨牌使いのわたしなら。

小夜啼鳥のアトリ、力あるベセスダの娘、遠く〈骨牌〉の始祖たる、ジェルシダたちに連なるというわたしなら。

母さんが認めてくれるような娘であるのなら。

「お願い」

歯を食いしばって呟いた。

「お願い……！」

木の根を飛び越え、茂みをなぎ、樹上からの矢の雨をついて進む。

盗賊どもは森を知りつくし、思いもよらぬ場所から攻撃をしかけてきた。その上、隊を離れたロナーとドリリスを盗賊の仲間と見なしたか、討伐隊の兵士までもが追いかけてくる。四方を敵に囲まれた状態で、二人は混乱する森を駆けた。

踏み出した足の下で綱がぷつりと切れた。木の梢が大きく揺れ、しかけられた槍《やり》ぶすまが落ちてくる。

　ロナーは剣で頭上を払い、身を投げだした。はじかれた槍が折れて飛び、雨のように地面を突いた。同時にいくつものばねのはじける音がし、行く手の木々の上から、同じような槍ぶすまと、ぐったりした男の身体が一つ、落ちてきた。

「わあ、びっくりした。間一髪ってとこだよね」

　ひらりと木から飛び降りてきたドリリスが笑った。手にしているのは、絵の具を練るとき、こて代わりに使う柄つきの小刀だ。

　驚いたのは、ドリリスが外見とは裏腹に、ひどく腕が立つことだった。直接剣を合わせるのは不得手のようだが、小柄な身体を生かして敏捷に動く彼は、狭い森の中ではむしろロナーより多くの敵をほふっている。見る間に、また一人の男が小刀のえじきになって斜面を転がり落ちた。

「いったいおまえは何者だ、ドリリス」

「だから、旅の修復師だってば」

「ごまかすな。ただの修復師が、そんな暗殺者まがいの技を使えるか」

「そう思うなら、ま、それでもいいけどね」

　しゃあしゃあとうそぶいて、いきなり小石をロナーの顔めがけて飛ばした。

　間一髪で避けたロナーの背後で、低い悲鳴が上がる。目をつらぬかれた討伐隊の兵士が、剣を振り上げたままゆっくりと倒れるところだった。つかの間立ちつくすロナーの頭上を、ほがらかな笑い声がカケスのように飛びこえていく。

「そらっ、ぼやぼやしてると、後ろからばっさりだよ！」

舌打ちして、ロナーは足を早めた。ドリリスを追及するのはあとでいい。一刻も早く、アトリのもとにたどりつかねば。

怪物の姿を見失ったのは、森に入ってほとんどすぐのところだった。戦線を離れようとするのを見とがめた討伐隊の兵士や、盗賊たちがしかけたさまざまな罠に足止めされているうちに、巨大な黒い生き物は空中に溶けるように消え去ってしまったのだ。

だが、いなくなったわけではないのをロナーは知っていた。〈異言〉の眷属に、自分の知ることの世の常識などあてはまらないのは承知している。今、この瞬間も、それは〈十三〉たるアトリを目指して確実に進んでいることは疑いない。

（人間によって呼びだされる〈異言〉だと？）

そんな話は聞いたこともない。〈異言〉は〈詞〉によって生まれた生あるすべてにとって、到達すべからざる禁断の地平だ。ハイランドの王の血脈が年々薄まり、それにつれて〈詞〉の力も弱まりつづけているとはいえ。

何の前触れもなく、正面の大木が二つに割れた。中は一種の塹壕《ざんごう》になっており、盗賊の一団が得物をかかげて雄叫びとともに討って出た。

たちまち乱戦となった。駆けつけてきた討伐隊兵士も加わり、二十人近い人数が木立の間に入り乱れる。兵士の一人がロナーの前に立ちふさがった。

「盗賊の間者め！」

血に狂った目をぎらつかせて、剣を振り上げる。

次の瞬間、肩から血を噴いて倒れた。血しぶきの向こうに、それと同じ色をした髪が動いた。返り血と泥に汚れた顔が、目を見開いてロナーに向く。

「あんたは」

「おまえか！」

ロナーは思わず前に出ていた。相手は〈虎〉の女頭目、ファウナだった。驚愕はつかの間だった。両手持ちの剛剣をかまえなおし、不敵に瞳が燃えた。

「そうかい。見損なったよ。一人じゃ取り返す自信がないんで、大公のやつに後ろだてになってもらったってかい。もうちょっとましな男だと思ったのにね」

「それは違う。アトリをどこへやった？　彼女はどこだ！」

「あの娘ならちゃんと安全なところにいるよ。心配しなくても、あんたの所には戻る気はないとさ。だから、安心して――死にな！」

気合とともに、ファウナが剣を突きあげる。ロナーは受けとめた。鋼《はがね》と鋼がぶつかり合い、
ロナーは身をかわし、うなりを上げる刃の下をくぐり抜けた。内ぶところに飛び込み喉を狙うのを、横殴りの一撃ではね返される。

「やるね。いい腕だ。あんたなら上等な〈虎〉になれたろうに、まったく惜しいよ」

「盗賊の仲間などまっぴらごめんだ」

「大公の犬でいるよりはましさ」

「別に手下になったわけじゃない。おまえたちこそ、なぜ法を破る真似をする？」

「ほら、あんたも結局お偉いさんの仲間なんだ。法でパンが買えるかい？　子供の病気が治るかい？　高すぎる土地代が払えるかい？　もしそういうことを全部やってくれるのなら守ってやるさ、だが、できないんなら、みんなまとめてくそくらえだ」

　ファウナはあざ笑った。

「あんたたち上つ方はなんにも知っちゃいない、そのくせ、自分たちにとって邪魔だと決めればすぐさま叩きつぶす。虫けらなみにね。だけど虫にだって、嚙みつく口があることくらいは知っとかなきゃあ！」

「待て！」

　何かを感じたロナーの手が止まる。ファウナは剣を振りかぶった。

　その目前に、突然、光る点が現れた。

光はみるみるふくれ上がり、驚愕に手を止めるファウナの前で、銀髪を長くたらした美貌の青年の姿に結晶した。

　青年はロナーを守るように、両手を広げてファウナを遮った。

「なんだ、おまえはあっ！」

「待て、ユーヴァイル、殺すな！」

ほぼ同時に、ロナーとファウナは叫んでいた。ファウナはロナーに向けていた剣を、青年に向けて飛びかかった。

青年はわずかに眉を寄せ、上げた手をファウナの額にかざした。

指先さえふれられることなく、ファウナの手から剣が落ちた。

「死んだのか」

「いえ。意識を封じただけです」

こともなげに言う。

くずおれたファウナを抱きおこして、ロナーは息をついた。よかった。この女に死なれたら、アトリの居場所を聞き出すあてがなくなる。

青年はあわい色の瞳に、ほとんど何の感情も宿すことなく彼を見た。

「そろそろご自分の立場をわきまえられてはいかがです、アロサール様。あなたはこのような子供じみた冒険に首を突っ込むべきではない」

ロナーは相手をにらみつけただけだった。

「いかに〈樹木〉が許したとしても、あなたが命を落とせば、ハイランドは最後の世継ぎを失うのですよ。そのことの意味がわからぬあなたではないはずでしょう」

「なぜ、ここが？」

問いかけを無視してロナーは訊ねた。

「彼女が呼びました」

「彼女？」

一瞬考え、愕然とした。

「アトリか？　まさか！」

「なぜ『まさか』なのです？　彼女はジェルシダの血族であり、〈十三〉の扉となる宿体だ。ほかの〈骨牌〉たちを引き寄せたところで少しもおかしくはない」

「なんだって？」

「今、彼女は、無意識のうちに〈十三〉の扉を開こうとしている。太古よりの血のささやきに従って」

遠い響きに耳をすますように、青年はかすかに首を傾けていた。

「私たちを呼んだのは、彼女の脈打つ力の響きです。〈異言〉の者もまた、その波動を目指して彼らの昏い〈小径〉を進んでいることでしょう」

「それを知っていながら、こんなところで——」

「わかっています。彼女の所へはエレミヤが向かいました。私の役目は、〈十三〉と〈青の王女〉のもとに不埒な雑魚どもをたどりつかせないこと」

青年はゆらりと兵士たちのほうへ向いた。

奇妙な威圧感に撃たれて、後ずさる者もいないではなかった。だが、ほとんどの者は異常な現れ方をした青年に気圧されつつも、じりじりと包囲を狭めている。

「わが名はユーヴァイル、〈月の鎌〉」

美しい青年の唇が、優しくささやいた。

「心ある者はこの場を逃れよ。そうでなければ、来るがいい。永遠にさめぬ安らぎを、おまえたちに与えてくれよう――」


「何か、音がする」

うす闇の中で、小さな女の子が不安げにささやいた。

アトリはほとんど聞いていなかった。意識と精力のすべては、手の下で、今にも鼓動を止めようとするダニロの心臓にあった。

意識をすませ、肉体を滑り出て、深く深く降下していく。〈詞〉は肉体、肉体は〈詞〉。壊れた肉をつなぎ合わせよ。砕けた旋律をふたたび唄わせよ。

どこ？　砕かれた音の鎖、乱された〈詞〉のかたち。

ああ、ここだ。赤に緑に青に黄に、そのほか、形容しがたいありとあらゆる色彩に輝く精緻なかたちが視える。それは入り組んだ路地と胸壁、高い尖塔と深い谷間めいた闇をあわせもつ巨大な城めいた構築物である。

しかもそれはひっきりなしにかたちを変え、いっときたりとて同じままにいることはない。それこそは、人の心の移り変わり、揺れうごくさま。伸び上がる塔とどこまでものびる路地はたどりきた生涯と成長のあかし、それとともに濃くなりまさる影と闇とは魂に刻まれる苦悩と暗い思いそのまま。

これが人間、これがいのち、これが魂。生きてあるもののなんと美しいこと。栄える都市をはるか雲の上から眺めるように、その美は見るものを打ちのめす。

だがその一点に、みにくい染みがうごめいている。矢の一撃によって打ち抜かれた傷が、このすばらしい構造にいたいたしい暗黒をきざみつけている。

「お姉ちゃん……どうしちゃったの？」

「しっ」

子供たちがささやき交わす。その声も、もはやアトリには届いていない。

目に見えぬ手ならぬ手をのばし、ちぎられた音の連なりをつかむ。

欠けた音を補い、とぎれた響きをつなぐ。手と、癒しの意志と名付けられた〈詞〉のつらなりが、新たな旋律となってえぐられた部分を埋めていく。

触れられた人の〈詞〉はかすかに震えて共鳴し、完璧な対位法でもってアトリに答える。魂の都市はしずかに身震いする。暗い小道をゆききする光がほのかに輝きを増す。

子供たちが徐々に周囲に集まってきた。温かいからだがぴったりと寄り添う。

しかしレネだけは赤ん坊を抱いたまま仲間を離れ、暗いすみへ行って膝を抱えてうずくまったまま動こうとしなかった。

「ああ」

ぼんやりとダニロが目を開いた。

「雨が、降ってるみたいだ……水の——匂いがする……」


「扉が！」

その一声で、静寂の音楽の世界は砕け散った。

見開いたアトリの目に飛び込んできたものは、おびえきって自分にしがみついてくる子供たちの顔と腕、そして、外から今にも破られようとしてきしむ扉の裏側だった。

見守るうちに、扉はついにばらばらになって倒れた。血にまみれた兜がぬっと頭を出し、子供たちが金切り声を上げた。

「やあ、子持ちの牝がいやがったぞ」

ひげづらの顔が、子供を抱えたアトリを見て笑った。臨時雇いのならず者であるらしい男は、殺戮と略奪に酔いしれて、理性をどこかへやってしまったようだった。

「ちょうどいい。おれ一人だ、楽しませてもらうぜ、嬢ちゃん」

アトリは立とうとした。だが、あまりにも〈詞〉の世界に没頭しすぎていたため、身体がきかずにまた座りこんだ。男の影が夜そのもののようにのしかかってきた。

「みんな、下がって！」

それだけ言うのがやっとだった。ダニロの上に身を投げかける。

兵士が何か言っているが、聞こえない。嵐のような耳鳴りが物音を圧する。ぎらつく刃が上がり、落ちてくるのがまるで蜜の中を泳ぐかのようにゆっくりと見える。

(殺される。ダニロが)

「やめて!」

瞬間、頭頂部から足の先まで稲妻が走ったような気がした。

はるか遠くで悲鳴が聞こえ、重いものが倒れる音がしたようだった。

狙いをそれた剣が、そばの地面に不気味な音をたてて突きたつ。

「ダニロ?」

何が起こったのかわかりもせず、アトリは、横たわる少年にただすがりついた。

「ダニロ、ダニロ、大丈夫? しっかりして、ダニ……」

声は途中でかすれて消えた。

触れた頬は、冷たく凍っていた。鼻も、唇も、呼吸が感じられない。

青ざめた瞼を閉じて、ダニロは眠っているように見えた。弱々しく、だがしっかりと打っていた鼓動は、いくらさぐっても、感じることができなくなっていた。

「――そんな……」

そんなことって。

アトリはへたりと手をついた。

今さらのように、手に残る熱い痺《しび》れと、顔に散った生臭い滴に気づいた。はっとして額をさぐる。指先はぬるりと滑り、赤く染まった。

はじめて兵士のことを思いだし、足もとに転がったものを見た。

とたん、こみ上げた吐き気に、ぐっとうめいて口を覆った。

それは上半身をきれいに吹き飛ばされた、人間の腰と両足だった。

誰が、どうやってこれをやったのか、一瞬たりともアトリは疑わなかった。自分がやったのだ。ダニロを守りたい一心で。

この手から投げつけられる、必殺の〈詞〉を思うことができる。致命的な鋭さを持つ槍のような〈詞〉が、兵士の〈詞〉を支配し、粉砕するさまが。手にとるようにやり方が視える。なにもかも自然で簡単だ。呼吸するのと同じように。

（殺した。人を）

そしてダニロも。

「う……そ」

しわがれた声が口から洩《も》れた。

「嘘……嘘よ。こんなの、嘘……嘘よ……！」

「ほう、これは凄い。初めてにしてはなかなかの威力だ」

感心したような声がした。アトリはぱっと振り返った。

「誰？」

「お初にお目に、〈十三〉殿」

砕かれた扉の向こうに、黒い長衣をまとった人影があった。深くおろした頭巾《ずきん》の下で、笑っている口もとが見えた。

「いや、お初、というわけではないな。たしかハイ・キレセスの〈斥候館〉でお会いいたしましたか。あの時はまだあなたも〈十三〉ではなかったし、わたしもこういう顔ではありませんでしたな。では、この顔ならば、思いだしていただけますか」

男は――少なくとも、声は男のものだった――ゆっくりと頭巾をはいだ。

出てきたのはこれといって特徴のない中年男の顔で、アトリにとって特に見覚えのあるものではなかった。

だが顔の皮膚の下で、おびただしい虫が蠢《うごめ》いたように見えた。一瞬ののち、そこには別の男の顔が現れていた。記憶の底から、その男の名が口に上ってきた。

「モリオン・イングローヴ」

「そういう名でしたか。何分、多くの名を使っておりますもので、今一つ覚えきれませんでね。思いだしていただけたところで、ひとつ私とご同道《どうどう》願えますかな」

「お断りよ」

からからに乾いた口をようやく動かす。

「誰が。あんたなんか、と」

「そうおっしゃると思いまして」

いくらか悲しげに、モリオン・イングローヴと名乗っていた男は言った。

「私以外にも、迎えのものを連れてきておりますす」

鳥の羽ばたきめいて、黒い衣が翻った。

空中を掻いた手の軌跡が、膿みくずれた巨大な傷口のようにぱっくりと口を開けた。虚空からどろりと流れ出してきたおぞましい姿に、後ろに固まっていた子供たちが、かすれた悲鳴をあげて抱き合った。

「むさ苦しいものですが、役には立ちますよ。どうあっても、私と来ていただかねばなりませんのでな。多少の手荒は必要悪として、ご理解願いましょうか」

アトリは口もきけなかった。

ロナーを追っていた、あのたえまなく姿を変える異形の生き物だ。悪臭のするなかば霧のような身体、濡れた擬足を引きずり、ぺちゃぺちゃといやらしい音をたてながらこちらへ這いよってこようとしている。

いつのまにか、武器庫の入り口にはモリオン・イングローヴと同じ黒衣に身を固めた一団がいた。ほとんど聞き取れないほど低い声で口を動かしている。身内のきしむような違和感と同時に、なぜかひどく懐かしい響きのような気がして戸惑いを覚えた。

詠唱がひときわ高まったかと思うと、黒い生き物はぐっと身体を持ち上げ、腐った泥の堆積のような影が、抱き合った子供たちとアトリの上に大きくかぶさってきた。

「いやっ！」

嫌悪感と、原始的な恐怖がアトリを突き動かした。

とっさに子供たちをかばって身を伏せた瞬間、全身が炎に包まれたような気がした。下腹に発した炎は頭頂部まで一気に駆けのぼり、噴出した。

ざわめく血がうなりを上げ、先ほどのものとは比較にもならぬ強さでひとつの〈詞〉を発する。あまりにも強力なそれは真紅の翼のようにアトリの背中から広がり、黒い怪物は、まるでろうそくの灯のように、あっけなくその場でかき消されてしまった。

「な、なんと、凄まじい」

余波を受けて、地面に転がったモリオン・イングローヴがようやく身を起こした。ほかの黒衣の者たちは、同じように吹き飛ばされてそちこちに転がっている。

衣の裾がずたずたに裂かれているのはよいほうで、妙な具合に曲がった腕や、短くなった足などを抱えてのたうちまわっている者が見られた。

モリオン・イングローヴ自身は無傷だったが、黒衣の頭巾はなくなり、のっぺりとした顔に汗の粒をにじませていた。

「これはやはり、急いだほうがよいかも知れませんな。これほどまでに薄まっていても、ジェルシダの血とはさすがに荒々しいものだ」

『さがれ。無礼者』

自分の口からもれた、銀のような声にぎくりとした。

身体が勝手に動き出す。伏せていた子供たちの上から身を起こし、アトリは別人のように冷ややかな目つきで、驚いているモリオン・イングローヴをねめつけた。

『そなたごとき弱き札にさしずは受けぬ。わらわを誰と心得おるか。不快じゃ。それより早う、ここから出せ。もはや眠りには飽きはてたわ』

（誰？　誰がしゃべっているの？）

「おお、これは」

モリオン・イングローヴの背がぴんと伸びた。倒れている配下の黒衣どもなど見向きもせず、貴族よろしく胸に手を当てる。

「公女殿下がお出ましとは知らず、まことに失礼いたしました。ならばこの激しさも、なるほど合点がいこうというもの。ではごゆるりと、こちらへ。異言使いどもが、〈小径〉を開いてお待ちしておりますゆえ」

（「わたしは行かないわ、何を言ってるの！」）

だが、アトリは鷹揚にうなずき、ありもしない裳裾《もすそ》を払って立ちあがった。

うやうやしく頭を垂れたモリオン・イングローヴのもとへ堂々と歩を運ぶ。いくら抵抗しても無駄だった。自分の唇が、かつてなく妖艶な微笑を形作っている。身内に渦巻く力をまざまざと感じることができた。その自信、その傲慢、その無慈悲をも。

あまりにも鋭く、冷たいので、触れるだけで指を落とさずにはいない刃のような精神だった。彼女はアトリを圧倒し、アトリを支配した。

完全すぎて、かえって圧倒を圧倒と思わず、支配されることの喜びをすら感じさせるものだった。彼女の強力な意志が、アトリの魂を書き換えていく。それでもいいと思った。これほどまでに力強い〈詞〉の一部になれるのならば、なぜ抵抗する必要があろうか？

支配を破ったのは一人の小さな女の子だった。おびえきったその子は、離れていこうとするアトリの足もとに駆け寄り、泣きながらしがみついたのだ。

「いや！　お姉ちゃん、いや、行かないで！　いや！」

彼女は石ころでも見るような目つきで、女の子を一瞥した。

身体の奥から、〈詞〉が紡《つむ》ぎだされようとしている気配がアトリにはわかった。彼女はこの子を消そうとしている。邪魔な石ころを戯れに池に蹴飛ばすのと同じ感覚で、この小さな子を！

「見なさい、やっぱり殺す気よ、あなたも同じなのよ！」

レネの叫び声が全身に突き刺さる。

（やめて、お願い、やめて……！）

出せない声で、アトリがそう叫んだ時だった。

多くのことが一度に起こった。アトリの足もとから、金色の光の柱が噴出して身体全体をのみこんだ。

公女！　と声をあげて走り寄ろうとしたモリオン・イングローヴは光の中から出てきた何者かに吹き飛ばされ、宙に舞った。

内臓を引きちぎられるような苦痛に神経を焼かれ、アトリは身もだえた。苦しんでいるのはアトリか、それとも彼女なのかわからない。あたたかい手が頬に触れ、いい匂いのするなめらかな絹が唇をこすった。

「落ちついて」

優しい声が、力強く言った。

「今は、わたくしがあなたの力の閂《かんぬき》となっています。気を静め、心を澄ませて、わたくしの波動に同調してください。大丈夫。わたくしは、あなたの味方です」

「はっはあ！　久しぶりだな、エレミヤ、〈青の王女〉」

空中で、モリオン・イングローヴは体勢を立てなおしていた。何も支えるもののない空間にゆうゆうと直立しながら、

「まだあの死にかけた王についているのか？　いいかげんにあきらめて、新しい主人を見つける気はないのかね。おお、頼むよ、そんなおそろしい顔をしないでおくれ。長いつきあいじゃないか、おたがい」

「やはりあなただったのですね、〈傾く天秤〉。スウェルのモラン」

きっとして、エレミヤと呼ばれた女性は空を踏んで立つモランを見上げた。優しげな顔立ちのほっそりした女性で、貴婦人と呼ぶにふさわしいゆるやかな衣装を身につけている。鼻筋の通った横顔が、どことなく母に似ているように思えた。

「恥をお知りなさい。昏き〈異言〉のとりことなり、〈骨牌〉をあざむいた裏切り者。一度は選ばれながら堕落の道をとり、すすんで〈逆位〉となりはてたあなたを、王はどんなに哀しまれたことか」

返ったのはあざ笑う声だけだった。

「まだ良心のかけらでも残っているというなら、今、ただちにこの場を去り、二度とわたくしたちに姿を見せないことです。〈異言〉をあやつるそのような者たちを連れて、いったい何をたくらもうというのですか」

「知れたこと」

モランは歯をむき出した。浅黒い顔にぐるりと白い歯が現れ、まるで顔が二つに裂けたように見えた。

「汚れ、疲れた古きハイランドに、真の世継ぎをもたらそうというのさ」

エレミヤは蒼白になった。

「やめなさい、モラン！　そんなことをしたら」

「どうなるだろうな、いったい。おまえたち、ばか正直な〈正位〉にはわからんことさ。ひっこんでいろ、エレミヤ。黙って結果を見ているがいい。さあ、まずはそこの〈十三〉を渡してもらおうか」

「いいえ、駄目。この娘はわたくしたちが面倒を見ます」

アトリを自らの腕にいっそう深く抱き込む。

「あなたこそ引きさがるのです。ハイランドの王はただ一人、ハイランドの世継ぎもただ一人です。あなたのような背信者に、〈十三〉の力を渡すわけにはいかない」

「いくら話しても無駄のようだな」

モランの顔が凶暴にゆがんだ。黒衣の下の手がさっと上がり、青白い光球が火花を散らして手のひらの上に浮かんだ。投げつける。

光に見えるのは、必殺の意志を練りあげた〈詞〉の嵐だった。相手の肉体と精神を構成する〈詞〉を傷つけ、乱し、うち砕かずにはおかない異形音の群れ。

怖れげもなくエレミヤが顔を上げる。朱色の唇が二言、三言なにかを呟いたかと思うと、純白の輝きがアトリと彼女を取りまいた。光球は竪琴《たてごと》の細い弦のような音とともに、砕けて飛びちった。

「ほう、少しは強くなったか」

嘲笑して、新たな〈詞〉の光球を手の上に作り出す。

「だが、守っているばかりでは、いずれ力つきるぞ、エレミヤ」

「そのようですね」

同じく守りの意志を秘めた〈詞〉の障壁のうちで、エレミヤは微笑んだ。

その視線がちらりとモランの背後に走る。それに気づいたことが勝負を分けた。モランは振り向き、そこに、牙をむいて襲いかかる巨大な火の蛇のあぎとを見た。

とっさに防御したが、衝撃までは殺しきれなかった。身体のつりあいを失って、モランは地上に落下した。

大木のそばでダーマットが、再度ありったけの能力をこめた一撃を放とうと、〈骨牌〉の束に指を走らせていた。傷つき、疲れた様子だったが、双眸に秘めた闘志にはいささかの衰えも見えなかった。

年が、振りぬいた剣のきらめきとともに飛びこんできた。

だが、その横あいから新たな攻撃が加えられた。銀光が走り、黒髪黒目のすらりとした青年が、振りぬいた剣のきらめきとともに飛びこんできた。

あやうく外されたことに舌打ちしながらも、ロナーは切っ先をモランの首に向けて、すっくと立った。

「ロナー、ダーマット！　あなたたち！」

「小賢しい小僧どもがっ！」

モランはロナーの胸めがけて光球を放った。

エレミヤがすかさず障壁を張ったが、ロナーはよろめき、剣は手を離れて宙を飛んだ。ロナーがやられたと思い、アトリは口を押さえたが、彼の顔に、してやったりといった笑みがあるのを見て息を呑んだ。

「ダーマット！」

ロナーは叫んだ。モランはぎょっと首を回したが、すでに、ロナーの手放した剣はダーマットの手に収まっていた。

剣士に気を取られていて、骨牌使いには背を向けていたモランの胸を、身体ごとぶつかったダーマットの剣が深々とつらぬいた。

「最初っから、てめえは気にくわなかったんだ」

腕に力をこめながら、ダーマットは吐き捨てた。

「ティキの仇だ。死にやがれ、くそ野郎」

「これはこれは」

胸板から、血にまみれた剣が不気味に突きだしているにもかかわらず、モランの声はひどくのどかなものだった。最初に姿を見せたときの、商人めいた丁寧な口調に戻って、彼は胸から生えた鋼鉄の刃を軽くこづいた。

「いささか油断したようですな。仕方がない、この度は、これで退散いたしましょう。またお目もじつかまつりますぞ、わが公女殿下、〈十三〉殿」

ふざけた仕草で大げさなおじぎをすると、ダーマットとロナーに寒気のするような笑みを向けて、〈傾く天秤〉はふいとかき消えた。

まったく唐突で、しかも、何の痕跡も残っていなかった。倒れていたはずの黒衣の男女さえ、いつのまにかいなくなっている。

むなしく地面に転がった剣を拾い上げ、ダーマットが啞然としていた。

「そんな馬鹿な。たしかに、急所を突いたはずだってのに」

「アトリ、無事か？　怪我はないのか？」

急ぎ足にやってきたロナーが、肩に手をかけた。

アトリは返事をしなかった。聞きたいことも、言いたいことも、いろいろあるはずだった。

だが、何も言えない。

視線は武器庫の奥に横たわる半分だけの死体、丸く固まった子供たちと、レネと、その輪の中心に横たわる、動かぬ少年だけに向けられていた。

白い、冷たい横顔。血の気をなくした手。二度とほほえまない唇。

(助けようと思った。助けたかった。なのに)

「アトリ?」

「……う」

救えなかった。

「アトリ……おい」

くずれるようにロナーの胸に顔を埋め、アトリはすすり泣き始めた。

三章　〈鷹の王子〉

1

「ああ？　世継ぎ？」

　頓狂な声をあげたのはダーマットである。

「誰が、どこの世継ぎだって？」

「誰がって、ロナーってのがだろ。聞いてなかったのかい」

　座席に広げた鹿の毛皮の上に長い脚を投げ出して、ファウナが言う。

「痛てえ、蹴るなよ。だが、あいつがねえ。そりゃ腕の立つことは認めるし、顔もまあ俺よりはちょっと劣るくらいだが、普通『お世継ぎ』なんてのは、でっかい宮殿の中で、女どもにかしずかれてお上品に暮らしてるもんじゃないかい」

「ロナー様は、あまりそういうことを好まれる方ではありませんから」

　膝の上で手を組んだエレミヤは、困ったように微笑んだ。

　曙《あけぼの》色の長い衣に、兎の毛皮で縁取りをした真紅のマントを羽織り、羽根を詰めたひじ掛けにもの慣れた様子でもたれている。隣では、暖かく装ったアトリが皆に背を向け、氷のような外気に顔をさらして、黙って外を眺めていた。

「それに、お小さいころから活発でいらっしゃいましたし。成人なさってからは、ほとんどこの国の中にいらしたことはありません。特に、フロワサール様が即位なされてからは、今回が最初のご帰郷です。それにしたところで、きっと、今でも不本意でいらっしゃるのでしょうけれど」


エレミヤに導かれて、ロナー、アトリ、ダーマット、そしてアトリの懇願によりファウナが、包囲された〈虎〉たちの森を抜け出し、一瞬のうちに雪に覆われた北の大地まで到達したのが昨日のことだった。

移動したときには気を失っていたファウナは、意識を取り戻すが早いか、仲間たちを求めて大暴れした。アトリの取りなしでようやく落ちついたが、今すぐアシェンデンの大公のもとへ使者をやり、軍をひきあげさせることを約束させるまで動こうとはしなかった。

アトリを見つけたのだから、ロナーたちにとってファウナの価値はなくなっていたわけだが、アトリはこれ以上誰かが傷つけられることに耐えられなかった。〈月の鎌〉ユーヴァイルと名乗ったもう一人の〈骨牌〉は、あっさりとアトリの言葉に従ってファウナを解放したが、もしそうでなければ、なんの躊躇もなく彼女を始末するつもりでいたことを感じ取って、アトリはぞっとした。

「あなたは、私とともに先においでください、ロナー」

迎えによこされた馬車に乗りかけたロナーを、横からユーヴァイルが止めた。

「なぜだ。アトリは取り戻した。俺が急ぐ必要はどこにもないだろう」

「まず、陛下に帰還のご報告をなさるべきです。一刻も早く」

「一介の流浪人に、王に報告などする義務があるのか？」

「ロナー様」叱るように、エレミヤが言った。

「今のあの方には〈骨牌〉などより、あなたのお顔と声こそがはるかに力になるのです。なぜおわかりにならないのですか」

ロナーはエレミヤをじろりと睨んだが、肩をすくめて、無言でユーヴァイルに手を差しだした。ユーヴァイルはその手を取り、小さく何事かを呟いた。やわらかな光のもやが二人を包んだかと思うと、はや、彼らはいなくなっていた。

「ああいうふうにして行くことはできないのかい？　俺たちもさ」

うらやましげにダーマットが尋ねる。エレミヤはかぶりを振った。

「いいえ、残念ですが。このハイランドという国は、外からの敵の侵入を防ぐため、昔からたいへん強い障壁で覆われているのです。この障壁の中では、物理的なものではないどんな力も、ある程度制限を受けます。〈骨牌〉の力も例外ではありません。〈小径〉で運ぶことのできる質量も、ぐっと減ってしまうのです。

ユーヴァイルはロナー様を運んでいきましたが、おそらくわたくしでは、自分一人を運ぶことも難しいでしょう。ここから王城に近づくにつれて、障壁の影響はどんどん強まっていきます。わたくしたちにはまだ調整を受けていない〈骨牌〉もいることですし、無理に〈小径〉を使うより馬車で行ったほうがずっと楽で、安全ですわ」

「で、無理に使うと？」

自身、骨牌使いであるダーマットが挑戦的に問うと、エレミヤは何食わぬ顔でにっこりした。

「そうですわね、運が良ければ、死か〈異言者〉。悪ければ、〈小径〉から出ることができずに、あの暗い空間の中をずっとうろつきまわることになるでしょう」

青ざめたダーマットに追い打ちをかけるように、

「〈小径〉は〈骨牌〉の領域を使った技術で、それぞれの〈骨牌〉の領域どうしを結ぶ、力の流れをたどって移動するものです。あそこには時間の流れが存在しませんから、死によって解放されることもできずに、未来永劫、〈骨牌〉につきまとう幽鬼の影と化していなければならないことになりますわ。

そういう運の悪い人間が、昔はいくらもいました。この技術が、わたくしたち〈真なる骨牌〉を持つものにしか明かされていないのも、そういう事情があるからですのよ」

「わかったよ。乗りゃあいいんだろう、乗りゃあ」

馬車の旅のあいだ、エレミヤはこれから向かうハイランドという国と〈祖なる木の寺院〉、そして、自分たちが何者であるかということについて、少しずつ語って聞かせた。

北の王国ハイランドは、これまで何度か教えられてきたように、かつての大地の覇者、旧ハイランド国の流れを汲み、その統治者であった三公家の一つ、オレアンダ家の血統を王に戴いている国家であるという。

残り二公家のうち、残ったほうのアシェンデン家はアシェンデン大公領を統治し、ハイランドの国王を宗主として臣従している。

商都に育ち、王権の支配を知らずに育ったアトリはあまり実感したことはなかったが、各地に散らばる小王国や封土の所有者もまた、ハイランドをかつての統治者の血筋として、いちおうの敬意を払っているらしい。

「しかし、ハイランドがその名を偉大なる〈骨牌〉の王国から受け継いだのは、けっして統治者の血筋のみを理由とするものではありません」

エレミヤは言った。

「オレアンダの血筋とともに、新たなるハイランドは、旧きハイランドの果たしていた、もっとも大きな義務をも引き継ぎました。それは、唯一無二の〈真なる骨牌〉を保持し、この世を構成する〈詞〉の均衡を保つことです」

この世界は、〈祖なる樹木〉と〈旋転する環〉によって生まれた十二の〈詞〉から語られたもの。それらの〈詞〉は無限に組みあわさり、たがいに響きあいながら、その調和によって世の存在、形あるものとなきものすべてを存続せしめている。

その調和がゆがめられたり失われたりしないように見守り、要《かなめ》として〈詞〉そのものをまとめる役割を果たすのが、〈骨牌〉の王国ハイランドの王であり、その補佐である〈骨牌〉たちである、とエレミヤは誇らしげに語った。

「〈天の伶人〉の直系である王を中心に、わたくしたち〈骨牌〉は、国ができたときからずっとその役割を果たし続けてきました。〈祖なる木の寺院〉に集合し、世界に充ちる〈詞〉の調和に耳をすませて、来る日も来る日も調律をくり返す——そのようにして、世界と〈詞〉は長い年月、保たれてきたのです」

〈骨牌〉たちというのは、〈骨牌〉の王国であるハイランドの王を補佐する者として選ばれたすぐれた骨牌使いであり、王国の至宝として守護される〈天の伶人〉の遺産、〈真なる骨牌〉の一枚を身の裡に宿す者であるという。

常時十二人がそろうわけではなく、現在の〈骨牌〉は全部で六人いるだけだった。エレミヤ自身は神秘の叡知と慈愛を示す札、〈青の王女〉。終末と死の札〈月の鎌〉、これは森でロナーを救ったユーヴァイルが持っている。

そして、彼女とユーヴァイルを〈虎〉たちの森まで送ってくれた、始原の活力と究極の父性の札〈樹木〉アドナイは、すべての〈骨牌〉たちの中でもっとも古く、年老いている。さらに権力と人たる父性の象徴〈鷹の王子〉は、ハイランド王フロワサールその人が所有者だと、エレミヤは指折り数えてみせた。

「あの、モランって男はいったい何者なんだ？　剣で突き刺してもびくともしなかった。どうやら、知り合いだったみたいじゃないか」

柔和なエレミヤの笑顔がかすかにふるえた。

「彼は〈傾く天秤〉の〈逆位〉です」

「なんだい、その〈逆位〉ってのは」

「どんなことにも、物事には裏と表があります」

言いにくそうに、エレミヤは顔を曇らせた。

「光の当たる後ろに影ができるように、どのような美徳も、ひとたび方向を間違えればそれは最悪の害毒となるのです。

〈逆位〉は、〈骨牌〉にあって〈骨牌〉にあらぬ者。〈詞〉の昏い面にとらわれた、愚か者の呼び名です」

耐えきれなくなったように、エレミヤははげしく膝を握り拳で打った。

「彼はかつて、無私の献身と忠誠を体現する札〈傾く天秤〉として、〈骨牌〉たちの一角をなしていました。しかし、札の昏い面が彼をとらえ、王を補佐し、〈詞〉と世界の安定をはかるという〈骨牌〉本来の役割を忘れさせてしまったのです。

数年前に彼は〈寺院〉を抜けだし、その後、ことごとくわたくしたちと敵対しつづけています。昔は、わたくしたちも彼をとりもどす努力もしたのですが、駄目でした。〈逆位〉となるだけならまだしも、〈異言〉をあやつる者たちまで仲間に引き入れているとは」

「その〈異言〉ってのは？　あの黒い服を着た奴らのことかい」

「いいえ」かぶりを振って、

「〈異言者〉というのは、本来、たとえば東の部族のように、まったく違った文化と法則のもとで生きている人々をさす言葉でした。

けれども、旧ハイランドが滅び、世界の〈詞〉の調整を行うものがなくなってから、わたくしたちの〈詞〉の法則でははかれない存在が、出没するようになったのです。〈詞〉ならぬ〈詞〉、言うならば〈詞〉そのものの〈逆位〉とでも言うべきものが」

そっとエレミヤはため息をついた。

「〈詞〉に反逆する者という意味で、わたくしたちは、それをもバルバロイと呼ぶことにしました。ほんとうはもう一つ、別の意味もあるのですけれど、今は関係ありませんからお話はしないことにしますわね」

「なんでまた、アトリを狙ってるんだろうね。あいつらは」

独り言のようにファウナが呟いた。彼女はまだ警戒を解いてはいなかったが、ひとまず生命の危険がないことを悟ると、捕らえられた獣が囲いの中から様子をうかがうような、静かな待機状態に入っていた。

「もちろん、〈十三〉がもっとも強大な札だからですわ」

エレミヤがすかさず、力をこめて答えた。

「彼女の力をわがものにして、自らが〈骨牌〉を統べるものとなろうという魂胆に違いありません。ハイランドの真の世継ぎ――あのような者に玉座を渡すなどと、どんなことがあってもしてはならない。ハイランドの王は、輝かしいオレアンダの血をつぐ、高貴な方にしか許されないものだというのに」

「だが、強いぜ。あいつは」

ふてくされて、ダーマットが指摘した。

「それに、なんだかわけのわからねえ奴らまで味方につけていやがる。〈骨牌〉の力は、〈骨牌〉を持っていなければ使えないはずだ。なのに、あいつらは手ぶらであんな怪物を呼び出しやがった。いったい何者なんだ？」

「わかりません」

くやしげにエレミヤは首を振る。

「ロナー様は、あの部隊は、東方から派遣された骨牌使いとのふれこみとおっしゃっています。あの東の部族はハイランドとは直接の国交はありませんし、何度かの戦争の経験が記録に残っているくらいです。調べてみなければならないでしょうね」

そこまで言うと、話題を変えるように口調を明るいものにした。

「仲間にはあと二人、女性性と母の恵みの〈塔の女王〉、変化と惑わしの〈石の魚〉がおりますの。王都につけば、きっと二人にも会えると思いますわ」

外を眺めたままのアトリの背中に向かって微笑んだ。

「アトリはわたくしたちの七人めの仲間になりますのね。嬉しいこと」

「ちょっとあんた、勝手に決めるんじゃないよ」

ファウナが乱暴に口をはさんだ。

「アトリはハイランドへ行くことを承知しただけだ。まだ、仲間になるなんて言ってない」

「つっかかるなよ、ファウナ。アトリはそれでもいいって言って、自分でここへ来ることにしたんだから。それよりさ」

モランのことが聞き出せないと知って、ダーマットはここにいない無愛想な若者の正体のほうを気にすることにしたようだった。

「じゃあ何かい、エレミヤさんとやら。ロナーだが、あいつはこれから行くところじゃ、王子様ってことになるのかい。もしかして」

「いいえ。今のハイランドの王、フロワサール様は先王ロイサール陛下の正妃、ハルミナ様の御子。アロ……ロナー様は、第三妃モリヤ様の御子」

思い出にふけるように、エレミヤはふと視線を遠いものにした。

「かつては、丈高き氷河の宮のきざはしに、尊い血を引くおおぜいの方々が星のごとくに居並ぶ時代もありました。けれど、オレアンダ正統の王の血を引くお方は、今はもうこのお二人だけになってしまわれた。

フロワサール様は十年前亡くなられた父王のあとを継いで即位され、ロナー様は、フロワサール様にとっては、腹違いの弟君に当たられます」

「弟、ねえ」

　思案げに、ダーマットが首をひねる。

「ははあ、読めた。女の嫉妬に子供可愛さ、ってやつか。正妃の地位と年上、って点だけじゃ、わが子の将来に確信が持てなかった。旦那の心を奪い合う相手の息子、憎さも憎し邪魔者め。で、追い出されちまった、そんなとこだろ」

「ハルミナ様は、母であることよりも、王国の妃であることを優先される方でした」

　遠い日々を見つめるように、エレミヤはわずかに眼を伏せた。

「それはご自身のお子さまに関しても同様でした。フロワサール様はたいそうお体の弱い御子でしたので、フロワサール様より弟君が王として適格ということになれば、ためらわずに弟君を王に推されたはずです。

　けれども、そうはなりませんでした。あの方には、ハイランドの王として必要不可欠な資質の一つが欠けておられたからです。それが、あれほど仲のよかったお二人を引き裂き、ロナー様を国から追い立てることになった原因なのです」

「資質って、どんなだよ」

　しかし、話が語るべきでない部分に触れたと感じたのか、エレミヤは静かに首を振って、それ以上は口を開かなかった。

　気まずい沈黙をふりはらうように、ダーマットが窓から外を見て叫んだ。

「ひょう、見ろよ。なかなかいかす眺めじゃないか」

馬車は岩の多い海岸線を見下ろす、小高い丘を走っていた。眼下を、白く波の砕ける海がうねりつつ走り、それに抱かれるように、白い石造りの美しい都市が、二重三重の城壁に囲まれているのが見えた。

「そうです、あれがハイランドの王都です」

ほっとしたようすで、誇らしげにエレミヤが言った。

「もうすぐつきますよ。長い間、お疲れさまでしたね」

ちょうどその時雲が切れ、鮮やかに赤い夕日が降りそそいだ。

うねる海原がたちまち、朱金の破片に燃え立った。照り返す黄金に染まりつつ、そびえる高い双子の尖塔が一同の目をひいた。優美な曲線をおびたその形は、アトリにとってはどこかなつかしいものだった。

遠く水鳥の声を聞いたと感じたが、それは尖塔のほうから響いてくる、あえかな鐘の音であったかもしれない。雪と同じく白い都市は、残照にしだいにあたたかな薔薇色に、そして暗い葡萄酒色に沈み、やがて藍色の夜のとばりに包まれて、空の星を映したかのごとき小さな明かりに飾られていった。

まばらな林の中を走っていた馬車は、やがて、ゆるく湾曲しながら続く白い石の城壁と、大きな門の前まできて静かに止まった。

門には複雑にからみ合った枝を持つ樹木と円環の紋章、それにはさまれるように、十二の角《かど》を持った星形の紋章が刻みつけられていた。

向こうには先ほど馬車からも見えた高い尖塔が見え、その頂上にはためく青い小旗に、傾きかけた陽が金色に輝いていた。

エレミヤは自分だけ馬車から降りると、門扉の脇の小窓のところへ行って一言二言何か話し、眉をひそめた。それから急いで戻ってきて、

「申しわけありませんが、ご同行できるのはここまでです。わたくしたちが入るために、障壁に開けた穴を閉じにまいらねばなりませんから。ここから先の道は、御者が知っております。また後でお目にかかりましょうね、アトリ」

アトリに向かって微笑むと、手をあげて、城壁に設けた細い階段を急ぎ足に上がって姿を消してしまった。

「なんだい、ありゃ。言うだけ言って、行っちまった」

ダーマットは舌打ちして、馬車の扉を閉めた。

門扉はかすかなきしみ音を立てて開いた。石畳の道にからからと車輪が鳴った。

「アトリ」

無言で座っているアトリに、ファウナがそっと囁きかけた。

「本当にいいのかい、アトリ。行くのがいやなら、わたしに言うんだよ。どうにかして、逃がしてあげるから。何でもしてあげる。あんたは命の恩人だからね」

硬い指がアトリの手をそっと包み込む。

「あんたがいなかったらあのロナーって男は、わたしなんぞアシェンデンの阿呆にまかせて、

さっさとずらしちまうつもりだったよ。もしもあんたがわたしをどうしても王都に護送させるって言い張ってくれなけりゃ、今ごろは手も足もないただの首か、でなきゃ奴の臭い囚人車で鎖につながれてるところさね」

「ううん、いいのよ」

アトリはファウナの剣だこのできた手をさすった。

「あなたはわたしを助けてくれたんですもの、ほんのささやかなお返しよ。お返しともいえないかしら。だってわたしのせいで、あなたの居留地が」

「わたしの居留地ってわけじゃないが。じゃ、あんたはわたしに対するつぐないで行くって決めたのかい？　奴らが襲ってきたのは自分のせいだと？」

「いいえ、わたしが自分で行くってきめたの」

質問に直接答えることをアトリは避けた。

「行かなきゃならないの。わたしはダニロを助けられなかった。親切なジャンナも死んでしまった。それは、わたしの力が足りなかったせいよ。ちゃんとした使い方がわかってさえいたら、彼を助けられたかもしれないのに。

それだけじゃないわ、制御することすらできずに、人間を一人殺してしまった。あんなひどいやり方をしなくても、彼を撃退することはできたはずよ」

「あれは戦いだった。自分の身を守って非難される奴はいないさ」

「強いのね、ファウナは」

「慣れてるだけだよ」

ファウナは言って、どこかすてばちな笑みを返した。

「レネの言ったことはあまり気にするんじゃないよ。もともと、アシェンデンはわたしたちのことを潰す機会をねらっていたんだ。

心配しなくても、たくさんの奴が逃げて森に隠れた。きっとほとぼりがさめたのを見計らって、また〈虎〉を復活させるさ。これまでだってそうだった。〈大地の民〉はしぶといんだ。こんなことくらいで、へこたれるもんか」

「ほんとうかしら」

「ほんとうさ。レネだっていつかわかるよ。あんたはダニロを助けようとしてくれた。身を投げ出してかばってくれた。そのことだけでも、あんたを責める奴はいない」

「いいえ、ここにいるのよ。わたし自身、っていう人間がね」

ファウナは、ファウナらしい言い方をする。〈虎〉の女の手をつかんだまま、肩を抱くようにしてアトリは震えた。

「二度と、あんな思いはしたくない。できることがあるなら、なんでもやってみたいの。なんにもわからずに、ただ周りに引きずられていくのは怖いわ。

彼らはわたしに、ちゃんとした力の使い方を教えてくれるって言った。もしそれができなくても、力を抑えて生きていけるようにしてくれるって。

もしそれが嘘なら、またその時に考えればいいことよ。モラン、異言、ジェルシダ、〈十三〉。わからないことだらけだわ。わたしは強くなりたい、そしてわたしには、彼らに従うしか今は頼りになるものがないの」

「でも、あいつはあんたの友だちを見殺しにしたんだろう」

ドリリスのことを言っているのだった。アトリを捜す途中、ロナーはドリリスと名乗る旅の修復師と連れになったことをアトリに話したのだが、森の戦いの中で、いつの間にか姿が見えなくなってしまったのだという。

あれほど身軽で腕の立つ男がむざむざやられたとは思えない、おそらく、何かの考えがあって身を隠したのだとロナーは主張したが、ドリリスの戦いぶりを知らず、アトリの話でしか彼を知らないファウナが信じないのは無理もなかった。

「足手まといのかわいそうな男を見捨てておいて、平気で嘘をつくような奴さ。あいつは信用できない。それを言うなら、ほかの奴らもね。

貴族はみんな、他人を利用することしか考えちゃいないんだよ。王なんて、その最たるものだ。うまいこと言ってるけど、あいつらがそのモランって男同様、あんたを自分たちの好きなようにしようと思ってないなんて、誰にも言えないんだから」

「そうかもしれない」

アトリは呟いた。

「でも、わたしはロナーが嘘をついているとは思わないの。彼は嘘つきかもしれないけど、自分の得になるような嘘はついたりしないわ」

信じかねるというように、ファウナは難しい顔でかぶりを振る。思わず噴き出して、アトリは励ますように、ファウナの肩に軽く手を置いた。

「それにね、わたしもドリリスがそんなにあっさり死ぬとは信じられないの。少なくとも、死ぬ前にたっぷり半刻、自分が死ぬってことに関してみんなの前で大演説をやらせてもらえるんじゃなきゃ、きっと片眼を閉じもしないでしょうよ、あの人」

「わかった。あんたがそう言うんなら、きっとそうなんだろうね」

しばらく考えた後、ファウナはため息をついてにっと笑った。

「なら、あんたの好きなようにするといい、アトリ。わたしはただついていくだけにする。でも、忘れないでおくれよ。いつでもここには、あんたを護るための牙を持った牝虎が一頭、いるってことをね」

「ありがとう、ファウナ。忘れないわ」

しばらくじっとアトリの眼を見つめて、女頭目はふいににやりとした。

「やっぱりあんたは、わたしの思った通りの娘のようだよ、アトリ」

そうね、とアトリはこっそり呟き、身を震わせた。

(わたし自身もそう信じられたら、どんなにいいかしら)

ファウナは知らない。あの兵士を吹き飛ばしたとき、何か大きな物が自分の中で砕けてしまったことを。そして力とともに、自分の中に流入してきた者の存在を。

屈服させられることを至福にさえ感じさせる、あまりに強大で怒り狂った〈詞〉。自分のロが、自分のものでない声でしゃべった瞬間の恐怖は一生忘れまい。

誰にもわからないように、アトリは眼を閉じた。こんなに怖いのに、わたしはどうして逃げもせずにここにいるんだろう。あれ以上にまだ怖いものがあるというのか。〈彼女〉にくらべたら、死のほうがまだましなほど。

強くなりたいというのは、わたしの決意ではなく、祈り。

(わたしはやっぱりあなたの思っているような娘じゃないのよ、ファウナ)

いつの間にか、ダーマットはいびきをかいて眠っている。

馬車はがたりと揺れて、北国の白い街並みに入った。

2

ハイランドの王都に入ったとき、すぐにアトリの心をとらえたのは、ここにはいつか来たことがあるという感覚だった。

道行く人々のほとんどは背が高く、銀に近いうす色の髪と瞳を持ち、北海の氷のようなすきとおる肌をしていた。それを補うかのように、毛皮や厚地のフェルトの服は色の鮮やかさを競ってたいそう華やかに咲き誇り、たいていは、〈樹木〉や〈円環〉に代表される、〈骨牌〉の図柄を意識した複雑な文様が刺繍されている。

建物はたいてい石と木でできていて、雪の積もりすぎるのを防止するためか、勾配のきつい屋根と丈夫そうな鎧戸《よろいど》を備えつけている。道は広く、よく整備されていて、雪かきもこまめにされているらしく、汚れた雪が両側に山を作っていた。

どういうことかしら。こんなところへ来たことはおろか、来るなんてこと自体考えたこともなかったのに。

そこで浮かんできたのは、もしかして覚えているのは自分ではなく、彼女なのではないか、という疑念だった。あの森の中で、自分の中にとつぜん、有無を言わさず侵入してきたあまりにも異質な力、異質な意識。

〈見えず、聞こえず、語られぬ十三〉。

〈逆位〉、〈傾く天秤〉のモリオン・イングローヴは彼女を『公女』と呼んだ。

その事について、アトリはまだなんの説明をも受けていない。エレミヤに何度か訊ねようとしたが、そのたびに彼女は暗い表情になって、城に着いたらすべてお話ししますから、と言うばかりだった。

自分の中に、自分でない何かが眠っている。アトリはぞっとして自分の両肩を抱いた。

それは人を殺した、と感じたあの時より、もっと深い恐怖だった。

あの――〈公女〉――は、すがりつこうとした幼い子供まで、邪魔なごみと同じように排除しようとした。あれが自分だとは思いたくなかったが、しかし、身体のもっと奥深いところで、アトリはあれもまた自分の一部分であり、長いあいだ隠されていたものが表に出てきただけなのだということを、本能的に感じとっていた。

絶対的な力と、それを振るうためだけの冷酷な意志、〈公女〉にあるのはそれだけだ。彼女を止められる者は誰もいない、いるとしたら、それは〈公女〉を収める殻ともなっているアトリ自身だけだ。

どんなに怖くとも、わたしが、アトリが、自分自身の強さでもって、あの凶暴な力の意志そのものを封じ込めなければ、ほかに途《みち》はないのだ。

しばらく走るうちに、また新たな城壁のそばを通り抜けていた。馬車が停まり、御者が誰《すい》何《か》を受ける声を聞いてやっと、ここがハイランドの王宮なのだと知った。

衛兵が合図をすると、城門をふさぐ頑丈な格子戸ががらがらと音を立ててあがった。馬車はまたしばらく進み、馬場に面した広い大階段の前に横づけになった。

御者が扉を開け、うやうやしく足台を置く。一歩踏み出して、アトリは、初めて味わう北国の大気の冷たさに身をすくめた。

（ああ、そうか）

雪の中にもなお白くそびえる白亜の王宮に、アトリはなぜ、自分がこの場所に来たことがあると感じていたのか理解した。

この建物は、どことなくハイ・キレセスの館に似ているのだ。〈斥候館〉に。

もちろん、規模はこちらのほうがはるかに大きいし、飾りもずっと品のいいものが使われているが、全体の造りに共通した部分が多い。

〈斥候館〉でその名の由来になっていた白鳥のように優美な尖塔もちゃんとある。さっき城壁の外から見た青い小旗は、夕方になって出てきた風に、小さな鳥の翼のように元気よくはばたいている。

道々、街並みに何となく見覚えがあると感じたのも、建物に残る高地人の様式に、〈斥候館〉を思ったからかもしれない。娼館、もとい、姫たちの館と、仮にも一国の王宮が似ていると感じるのは何だか滑稽だったが、こんなに遠い場所で、故郷を思い出させてくれるものに出逢えて、沈みがちな気分がわずかながら晴れた。

（そう、あの館でも、こんな階段がついていた）

まっ白な柱から、裳裾のように広がる裾広がりの階段は、お客の来る前につやが出るまでていねいに磨き上げ、香水をすり込んで仕上げていた。祭りの日には香水の代わりに、生の薔薇で埋めつくされた。そして小さなお姫さまが、自分の姿を見つけるが早いか、靴をはきかえることもせずに駆けおりてきて――

「アトリ！」

ぎょっとして、アトリは立ち止まった。空耳？

だって、あの子がこんなところにいるわけはない。

そう思った目の前で、開いた表門から一人の女の子が飛び出してきた。長い衣をなびかせながら、ぶつかるように腰にすがりつく。

「アトリ、ああ、アトリ。アトリ。アトリ」

その通りだった。

麝香《じゃこう》の匂いのする友だちの小さな身体を、力いっぱいアトリは抱きしめた。あとからダーマットとファウナがきて、抱きあう二人をぽかんと眺めていた。

「いったい、どうしてここに?」

泣き笑いのあいまに、アトリは訊ねた。

「わたしだって、二日前まではここに来るなんて思ってもいなかったのよ。ハイ・キレセスからここまで少なくともひと月半はかかるはずなのに、どうやって」

「王がわれらをお呼びくださったのじゃ。久しいの、愛しい娘」

新たな声がして、長身の、堂々とした婦人がきざはしを下ってきた。

「ツィーカ・フローリス!」

信じられぬ思いで両手を伸ばし、母の親友と抱擁を交わしてアトリは涙をぬぐった。

「本当に、信じられない。王が、どうしてあなたたちを?もしかして――もしかして、モランが〈斥候館〉まで襲ったの? それで、ここへ逃げてきたのね? お願い、教えて、みんなは無事? もしも何かあったら、わたしのせいだわ!」

「落ちついて、アトリ、落ちつくのじゃ」

ツィーカ・フローリスのひんやりした指が目じりを撫でた。

「誰も館を襲いなどせぬよ。いやさ、そのような不埒者がいてなろうか。館は今日も盛況で、ハイ・キレセスの女王とて、丘の上にて君臨しておるわいの」

「でも、だったらどうして」

「〈塔の女王〉殿」

第三の、なめらかな男の声が頭上から降ってきた。

「陛下は〈流氷の塔〉で〈十三〉殿をお待ちですぞ。一刻も早く、ご案内を」

モーウェンナがきっと顔を上げた。つられてアトリも上を見る。

立っていたのは、深い紅色のベルベットに身を包んだ男だった。かなりの年輩で、胸に指の幅ほどもある金の鎖をかけ、秀でた眉の下からアトリとモーウェンナを冷然と眺めている。

ツィーカ・フローリスが進み出て、

「メイゼム・スリス、この方はたいそうな危難をくぐり抜けておいでなのじゃ。茶の一杯も出して休ませてやらねば、ハイランドの王は慈悲も持たぬと」

「しかし何事にも次第というものがございましてな。午後には大事な賓客が王をご訪問なさる予定なので。あまり長く陛下をお起こししておくのは薬師にも止められておりますのを、あなた様とてご存じであられましょうに」

「誰なの？」

低く、アトリは訊ねた。

「メイゼム・スリス。筆頭式部卿じゃ」

唸るようにモーウェンナが答えた。

「王宮の運営と、儀式をすべて任されておる。王が倒れられてからは、おおかた宰相の役も、あれこれな。おいで、アトリ。歩きながら話そう」

先に立って、モーウェンナはじゅうたんを敷き詰めた通路を歩きだした。雪まみれの長靴がじゅうたんのけばにさわる前に、ダーマットとファウナも中へ入ろうとした。

アトリに続いて、メイゼム・スリスが二人の正面に立った。

「おまえたちは門の外で待つのだ。卑《いや》しい低地人が踏みこめるような場所ではないぞ」

「卑しい、だと？」

たちまち二人が気色ばんだ。

「誰が卑しいんだって、この――」

「やめて、ファウナ、ダーマット」

アトリは急いで二人を押しとどめた。メイゼム・スリスに挑むような目を向ける。

「この人たちはわたしの連れよ。通るわ」

メイゼム・スリスはじっとアトリを見つめた。

のっぺりと整った顔立ちで、女のような長い指にたくさんの指輪をはめている。髪をぴっちりと後ろへなでつけ、瞳には鏡のように表情がなかった。彼はほんのわずかに肩をすくめると、ことさらていねいに腰をかがめて脇へよけた。

「では、どうぞ。お好きなように」

背後から突き刺さる視線に、背中がぞくぞくした。振り返らないように努力しながら、モーウェンナと手をつないで歩いた。

前をツィーカ・フローリスの背筋を伸ばした後ろ姿がゆき、後ろで、ダーマットとファウナが低い声で話し合いながらついてくる。不思議な感じだった。まるで〈斥候館〉そのものなのに、〈斥候館〉ではない。

ここは館よりずっと広いことは広いが、その何倍も空虚な気がする。王宮というからには色々な人がいるだろうと思っていたのに、まるで廃屋のような雰囲気だった。広い通路はがらんとしてだれもおらず、たまに、侍女か仕丁《しちょう》らしい人影が反対側の棟の廊下に見えるだけだった。

それとも、ただ人のいない区域を歩いているだけなのだろうか？　どこかで太鼓を叩いているかのような、荒波の音が響いていた。

磨いた水晶をはめた窓の外では、また降り出した雪がちらついている。

「あの人、〈塔の女王〉って言ったわね」

とうとう、アトリは口を開いた。

「それ、誰のことなの、モーウェンナ。まさか、ツィーカ・フローリスのことだなんて、言ったりしないわよね？」

「むろん、そうではない。違うよ、アトリ」

ツィーカ・フローリスは振り向かず、答えたのはモーウェンナだった。

「〈塔の女王〉というのは――モーウェンナじゃ」

少女の黒い瞳がひたとアトリを見据えた。

「この、小さな館の姫の、モーウェンナのことなのじゃ。愛しいアトリ」

しばらく間をおいて、ぽつりとアトリは呟いた。

「……そう」

驚きも、怒りも、感じる気力がどこかへ行ってしまった。思いがけない再会にふくらんだ心がしぼんだあとには、ひどくうつろな、空白だけが残っていた。

「それは、いつそうなったの？　たった今？　それとも、ずっと昔から？」

「ずっと、昔から。聞いておくれ、アトリ」

苦しげに、モーウェンナは答えた。

「あのハイ・キレセスで、集まってくる各地の噂から正しいものを拾い、ゆがみの気配を察知し、真偽を確かめ、遠いハイランドまで報告する。

それがこの〈塔の女王〉の仕事じゃった。〈塔の女王〉は智恵と遠見の札、この世の隠れた物事と隠れぬ物事とを司る札、そして、あの都市に残るジェルシダの血の末裔を見守るのも、〈女王〉の欠かせぬ義務だったのじゃ」

笑い出しそうになった。

「あそこは、間諜《かんちょう》の巣だったっていうの？　ハイランドの？」

〈斥候館〉。その名は伊達ではなかったというわけだ。誰でも、女と寝ているときには無防備になる。寝物語に転がる各国の秘密を聞き出し、集める娼婦という名の斥候たちが集まる館だったのだ、あそこは。

「お願いじゃ、アトリ」

ぎゅっと小さな手がアトリの手を握った。反射的に、アトリは払いのけそうになった。

「ジェルシダの血を見守る。あなた、わたしを監視していたのね。わたしと母さんを」

「モーウェンナを嫌いになったのか？」

汚れた衣服を替える間、モーウェンナは泣きだしそうだった。

「お願いじゃ、嫌わないでおくれ。そなたはジェルシダの血を引いている。そのためにそなたと、そなたの母御に近づいたのはたしかじゃ。しかし、まさかこのようなことが。世継ぎ殿が向こう見ずにも、〈十三〉の探索に館に立ち寄られたときも、こんなことになるとは思わなんだ。そなたが姿を消したときにはどれだけ心配したことか。八方手を尽くして捜させていたのじゃ」

「そうでしょうね。監視の相手が目の届く範囲から消えてしまったんだもの」

「アトリ！」

アトリは黙っていた。

自分のことはいい。しかし、母までも騙していたことが許せなかった。親友の顔をして、仮面の後ろから母を見張っていたのだ。ツィーカ・フローリス、それからモーウェンナ。わたしの運命は、はじめからこの〈骨牌〉の王国に結びつけられていたとでもいうのだろうか。

「では、ではこれだけは信じておくれ」

アトリの足にしがみついて、モーウェンナははげしく身をもんだ。

「モーウェンナはアトリが好きじゃ。そなたの母御も同様に、好きだった。このことには、けっして偽りはない。

モーウェンナはずっとひとりでいた。ずっと、ずっとじゃ。誰も彼もがモーウェンナを置いていく。〈館〉の主として、誰とも深くは関われぬさだめ。

ツィーカ・フローリスは代理になってくれるけれど、でも、それだけじゃ。愛されるのはモーウェンナではない。そなたの母が、そなたがいてくれて、どんなに幸福だったことか。気がねなく話して、笑って——アトリ」

モーウェンナの顔がくしゃくしゃにゆがんだ。

「信じてくれぬのか？」

髪をいじる手を止めて、アトリはモーウェンナを見下ろした。

たった今、アトリ自身よりはるかに年上であることを告白した幼い娼婦は、身につけた仮面をすべてかなぐり捨てて、アトリの足もとに身を投げ出していた。

揺れる背中は弱々しく幼い。ひょっとしたらそれもまた芝居なのかもしれなかったが、アトリはもう、これ以上物事を疑ってかかることに疲れていた。

「負けたわ。モーウェンナ」

ややあってアトリはそう呟き、相手の乱れた髪にやさしく手を乗せた。

「嘘をついていたことは許せないけど、あなたを嫌いにはなれない。考えてみれば、わたし、一度だってあなたの頼みを断りきれたことなんてなかったのよね」

続きを、アトリは口の中で声に出さずに言った。

──それに、わたしも、あなたやツィーカ・フローリスと過ごした日々の楽しさを否定するなんてできはしないのだから。

「おお。ありがとう、ありがとうアトリ」

黒い巻き毛をアトリの膝にこぼして、モーウェンナはすすり泣いた。「ありがとう」

別室で着替えていたダーマットとファウナが入ってくると、四人はまたツィーカ・フローリスに導かれて、じゅうたんの通路を奥へと進んだ。

砕ける波の音がしだいに大きくなり、やがて、空気を震わせるほどに近くなった。

灰色の光がさっと流れ込んできた。まばゆさに目がくらんだ。アトリたちは、空中に掛け渡された、ガラス張りの洞穴のような連絡路を歩いていたのだった。

「うひょお」

こっそりとダーマットが呟く。

「なんか、空の上に立ってるみたいだな」

通路は天井から壁までがすべて透明なガラスでできていて、中にいると、ダーマットの言うとおりまるで空中に立っているかのようだ。ガラスを支える枠には細かい唐草模様が刻まれている。眼下に見える鉛色の海と、ごつごつの黒い岩を噛む白い波濤《はとう》がアトリの足をすくませた。王宮の三階から出た通路は、海のただ中にぽつんと建つ、石造りの塔の中ほどにつながっているのだった。

「流氷の塔じゃ。王はここにいらっしゃる」

ツィーカ・フローリスが教えた。

通路の先には小さな控えの間があり、突き当たりの大きな扉の前に、一組の衛兵が腰掛けて、剣を身体の前に立てていた。

「〈十三〉殿じゃ。陛下に」

ツィーカ・フローリスがそうおとないを入れたとたん、扉が内側から叩きつけられるように開いた。

出てきたのはロナーだった。色がなくなるまできつく唇をかみ、肩を怒らせている。

「ロナー？」

アトリは声をかけようとしたが、そのひまも与えず、彼は駆けるように部屋を横切り、連絡路を通って王宮のほうへ行ってしまった。

「いったいどうしたんだ、あいつ」

ダーマットが唖然と呟いた。扉は大きく開かれたままで、広さのわりにがらんとした室内と大きな窓、その向こうに広がる荒れた冬の北の海の光景がのぞけた。

まごまごしている衛兵の間から、若い男の声がした。

「待ってくれ、アロサール。もう少し、わたしの話を聞いてくれ」

「モーウェンナ」

心細くなって、アトリはモーウェンナを顧みた。

「行こう」

モーウェンナに背中を押されて、アトリはその広い部屋に足を踏み入れた。

たちまち、寒気が足をはい上がってきた。床はむき出しの石で、ひどく寒々としている。

窓の外では風がうなり、流水がぶつかり合っていた。

壁面には、街の家々を飾っていたのと似た複雑な線条文様が細かく彫り込まれている。

床は足音がしないように、毛足の長い白いトナカイの毛皮が敷き詰めてあり、左手の巨大な暖炉の中で小さな炎が心もとない熱を発散している。

暖炉の前に天蓋のついた大寝台が一つ、すえられていた。天蓋から下がったうすい紗幕には、十二の芒を持つ星のハイランドの紋章が銀と白で縫い取られてあった。

かたわらに立っていた美しい青年がまばたかぬ視線を向け、寝台の上で、枕に寄りかかっていたもう一人の青年がさしのべていた手をおろした。

「〈十三〉殿」

立っていた青年が平坦な声で言った。〈月の鎌〉、ユーヴァイルだった。モーウェンナがうなずいて、ツィーカ・フローリス共々わきへ退いた。

「〈十三〉。そうか、あなたが」

最初に見せた、わずかに取り乱した様子はどこにも見られなかった。寝台の青年はアトリの眼を見つめ、水に映る影のような透明なほほえみを向けた。

アトリははっとした。

話しながら、彼の目はアトリを見ていない。

瞳はほとんど透明に見えるほどの、淡い色だった。目線はいつも、アトリの頭の上のどこかをさまよっていて、けっして相手の顔に来ることはなかった。

(見えていないんだわ)

「このような格好でお会いすることをお許し願いたい。わたしがハイランドの王、フロワサール・レリス＝オレアンダだ」続けて、

「そちらのお二人は?」

ダーマットとファウナのことを、実を言うとアトリは少しの間忘れていた。赤面しながら二人を紹介し、二人とも、自分を助けてくれた友人だと説明する。

フロワサール王はうなずいて心のこもった歓迎の言葉を言い、アトリと、その友人たちにも椅子と飲み物を持ってこさせるように言いつけた。

ファウナは驚いているようだった。明らかに、もっと違う扱いを予想していたのだ。玄関口でメイゼム・スリスにされた、ああいうものを。

いつでも十分に無礼な態度をとれるよう用意していたのに、やわらかい椅子と、蒸留酒をたらした熱い茶をうやうやしく渡されて、薄気味悪そうに彼女はアトリに囁いた。

「ちょっと、これ、ほんとに王様かい?」

「正直に言うと、わたしもいくらかそんな気がしてるの」

アトリもこっそりささやき返す。

ハイランドの王は、若かった。王という言葉からはなんとなく、絵物語の挿し絵にあるような、白髪に白い髭をたくわえた威厳ある老人を想像していたのだが、彼には髭はなく、白髪でもなく、むろん、老人でもなかった。

ととのった穏やかな顔立ちは、王という権力の座にあるより、一生を書物の間で暮らす学者に似合いに思える。肩を越える長さの銀髪を軽く束ね、後ろに流している。王らしさを感じさせるのは、広い額にはめられた略式冠の額環だけ。飾り気のない濃緑色のガウンに包まれた肩は、ダーマットやロナーを見慣れた目にはひどく薄い。

顔に血の気がないせいで、高地人の特徴である白い肌がいよいよ白く、青ざめて見えた。だが、細くてまっすぐな鼻、うすい唇はだれかに似ている。

そうだ、ロナーだ。

彼よりもずっと線がやわらかく、穏やかな色彩を持っているけれど。

（この方が、ロナーの）

どう言ったらいいのかわからなかった。〈虎〉たちのこと、監視のこと、母や自分のこと、言ってやりたいことがたくさんあったのに、向かい合った相手は、ばくぜんと想像していた王という人間からはまったくもってかけ離れていた。

「あの、さっき、ロナーのことをアロサールと呼んでおいでてでしたね」

おずおずと、アトリは言ってみた。

「さすらい人。ああ、そうか。彼はそう名乗っているのか、今は」

フロワサールは顔をほころばせた。

おそらくは二十代の後半なのだろうが、笑うと、アトリと同じくらいの年齢に見える。だが、見えない瞳の向こう側から、彼が並ならぬ集中力と洞察力でこちらをおし量っているのを感じて、身のしまる思いがした。

「彼は昔から放浪癖があった。ぴったりの名前かもしれないな。〈十三〉殿、はるばるこのハイランドまで来てくださったことに対して、深くお礼を申し上げる。さまざまな苦難に遭われたそうだな。〈十三〉となられるまでの経緯も聞いている」

瘦せた手を膝の上で組み合わせた。

「この宮の中にいれば、〈逆位〉だろうと〈異言〉を使うものだろうと、手出しはできない。ゆっくりと休まれるがいい。〈樹木〉も、あなたに会うことを楽しみにしている。〈祖なる木の寺院〉で待っているそうだ。彼がすべてを教えてくれるだろう」

「でも、教えてください、王」

我慢できなくなって、アトリは一歩前に出た。

「ロナーはなぜ、ハイ・キレセスに来たのですか。わたしはなぜ、〈十三〉に触れる機会を得たのです。

〈斥候館〉が、わたしと母を監視していたということを聞きました。自分の体内に流れるジエルシダの血を、わたしは知らなかった。ロナーをよこしたのは、あなたの命令だったのですか。教えてください。なんらかの目的のために、〈十三〉の力の受け皿たるわたしを目覚めさせようと、彼を送り出したのですか、あなたは」

「それは違う、〈十三〉殿」

若い王は顔を曇らせた。モーウェンナが何か言おうとしたのを手で制して、

「ロナーの行動に関して、わたしはどんな命令も出してはいない。何も話していないのか、彼は。彼はただ、わたしの病を治す力を見つけるために、隠されし〈十三〉を手にすることを決意しただけなのだよ」

「病？」

この場に漂うかすかな薬湯の匂いを、アトリはかぎ取った。

「そう。三年になる」

首をめぐらせて、自分の横たわる大きな寝台を王は目顔で指した。

「今では、ほとんど寝台を離れることもできなくなってしまった。今日はまだ気分のいいほうなのだよ。もう何度か死にそこなっている。このままではあと一年も保たないだろうと、医師は言っている」

窓からの灰色の光が、青白い王の顔から、いっそう血の気をそぎ取っていた。

アトリは何か否定の言葉を言おうとして、思いとどまった。口先だけのなぐさめを受け入れる相手ではないし、感覚をとぎすませば、病んだ身体の〈詞〉が発する不協和音を聞き分けることもできそうだった。医師の判断が正しいことは一目瞭然だ。

「彼は、〈十三〉を見つけて、その力をわたしに流すことができれば、この弱った身体を立てなおすことができるかもしれないと考えたのだ。そして危険な探索行に出た。知っていたなら、止めていた。なんとしても」

「力を流す？　どうやってですか。他人の〈詞〉に働きかけることはできても、力そのものを流すことなどできないはずです。それに」

あなたの身体は、もうそんな治療も間に合わないところまで来てしまっている。そう言いかけて、はっと口を閉ざした。

しかし、発されなかった言葉を、フロワサールは聞き取ったようだった。王はただ微笑して、片手を宙にさしのべた。

短い韻律がその口から洩れると、青い炎が手のひらから噴出した。炎はみるみる固まって、一羽の猛禽の形となって室内に舞った。はばたくにつれて青い火花が散り、トナカイの毛皮の上に降って、そこを一面の青い花畑に変えた。

「すげえ」

ダーマットが呟いた。

「あんな手品の、何がすごいのさ」

驚愕しつつ、それを素直に表すのがしゃくなファウナは強いて平然としている。

「馬鹿、わかんねえのか――って、あんたは骨牌使いじゃなかったんだっけな」

天井を巡る鳥を追うダーマットの目には、驚嘆とかすかな嫉妬があった。

「ちょっとでも骨牌使いの素質を持ってるものなら、あの鷹がどんなに大きな〈詞〉で織られてるかわかるさ。ありゃあ、尋常な力じゃない。あれだけの力を、あんな小さくてきれいな構成に封じ込めるたあ、さすがは〈骨牌〉の王国の、王だ」

ダーマットの驚愕は、そのままアトリのものでもあった。〈詞〉で作られた鳥の飛翔を見るうちに、穏やかな王の視線の前にいるのが、ひどく恥ずかしくなってきた。

この、一見ささやかに思える王の〈骨牌〉操りに比べたら、自分とダーマットがハイ・キレセスで繰り広げた派手な力比べなど、幼い子供の泥合戦だ。

青い鷹は王の手にもどり、本物そっくりにはばたいて翼を収めた。空中をつかむようにすると、猛禽の姿はこまかな破片になってかき消えた。

「わたしも〈骨牌〉の一人なのだ、〈十三〉殿」

自嘲ともとれるかすかな苦さを声にこめて、王は言った。

「〈鷹の王子〉。それがわたしの札だ。代々、ハイランドの王たるものは全員、王国の至宝たる〈真なる骨牌〉の一枚との合《ごう》を果たすことが条件となっている。

古来、ハイランドの三公家にはその当主たる条件として、必ず特定の〈真なる骨牌〉の一枚を手にするしきたりがある。わたしがこれまで、なんとか死なずに生きながらえてきたのも、この〈鷹の王子〉の札を持ち、その純粋な〈詞〉の力を身に受けていたためにこそ、可能だったのだ。

だが、それではもう追いつかないところまで、この身体は弱ってしまった」

「一人の人間が二枚の札の力を宿すなど、これまで前例のなかったことです」

わきに立っていた〈月の鎌〉ユーヴァイルが、口を開いた。抑揚に乏しい、硬い声だったが、湖底で打ち鳴らす鐘のような、遠い響きを持っていた。

「しかし、ロナー様は、それに賭けてみようとお思いになったのです。

われわれ〈骨牌〉はむろんお止めしました。しかし、われわれの長老である〈樹木〉が彼を送り出しました。〈詞〉を束ねる王の力が弱まっている今、〈骨牌〉の領域をつなぐ〈小径〉は、特に力の強い札の周辺は、〈異言〉のものたちが徘徊する、危険地帯となっているのはわかっていたのに」

「わたしのやくざな肉体を、ほんの少し長く生きながらえさせるためだけにね」

ユーヴァイルのあとを続けて、王は小さく吐息をついた。

「それも、ただの札ではなく、封じられた〈真なる骨牌〉の一枚、しかも、ハイランド三公家の当主の血と親和性を持つ、特定の三枚の中の一枚こそが、彼には望ましかった。うち一枚はわたしが持っている。残るのは二枚。彼はその片方を求めた」

「それが〈十三〉?」

「そうだ。あなたの〈十三〉が、ジェルシダ家の当主の証」

アトリを指さし、

「わたしの〈鷹の王子〉は、旧ハイランドではアシェンデンの当主のものだった。ハイランド王家の血筋、本来のオレアンダ当主の札は、〈王冠の天使〉だ。

しかし、旧ハイランドの滅亡以来、それを手にした人間はまだ出てきていない」

「〈王冠の天使〉を求めなかったのですか？　彼は」

当然の問いだった。フロワサール王がオレアンダの姓を持つのなら、何も血筋の違うジェルシダに和す〈十三〉など捜さなくとも、正統な札を捜せばよい。

「それは――」

しかし、なぜかフロワサールはためらいを見せていいよどんだ。

「それについて、いささか妙なことがございました、王よ」

ツィーカ・フローリスが厳しい口調で割り込んだ。

「アシェンデン公国領内のセオデン森、かつてはベリンシアと呼ばれておりました場所に流浪民が住みついていたのを、領主のアシェンデン大公が軍を送って討伐なされたとのことでございますが、その中に〈異言〉によってあやしの技を行う、奇妙な黒衣の集団が紛れ込んでいたとのこと」

「ああ。そのことは、〈月の鎌〉からも報告を受けている」

フロワサールは頬を引き締めた。

「アロサールも同じようなことを言っていた。〈十三〉殿を追って討伐隊にまぎれこんだ折り、〈骨牌〉もなしに怪しい力を操る一隊が隊に加わっているのを見たと。モランが現れたというのはほんとうか、〈月の鎌〉殿」

ユーヴァイルがうなずいた。

「はい。見たところ、その黒衣の一隊と行動をともにしていたか、前もって示し合わせていたように思われます」

「アシェンデン大公はそのことを知っていただろうか？」

「それはなんとも言えません。もっとも、知っていたところで、彼が自分の口から認めることはありえないでしょうが」

「もし、彼が一国の勢力と結んだとなれば放ってはおけません、王」

低い声でエレミヤが言った。

「彼が愚かな真似をしないうちに、捕らえなければ」

「わかっている。しかし、彼も一度はわれわれの〈骨牌〉だったのだ。先王のそばで、介添えを務めていた彼のことを覚えているよ。できれば戻ってきてほしい」

モーウェンナを顧みて、

「あなたの遠見でわかったことはあるか、〈塔の女王〉殿」

「ただ今調査の手をのばしているところです。しかし、なぜか霞がかかっているようで、うまく見ることができずにおりました。これもおそらくは、〈異言〉の画策かと」

「東の部族か」

小さくフロワサールはため息をついた。

「彼らについては、知らないことが多すぎる。〈骨牌〉の庇護のもとにない国について、これまで無知で来すぎたのかもしれない。たとえ〈骨牌〉操りを知らずとも、〈詞〉によって結ばれたものという意味では、彼らとわれわれは兄弟だ。〈異言〉がそこで勢力を伸ばしているのだとすれば、そうしてしまったのはわれわれの責任だ」

軽くこめかみをもむ。

「引きつづき、調査を続けてくれ、〈塔の女王〉殿。わかったことがあれば、すぐわたしに報せてほしい」

モーウェンナとツィーカ・フローリスがうなずいたとき、

「お話し中失礼いたします、陛下」

扉の外で人声がした。

「謁見《えっけん》をお望みの方がおいでです。ハイランド王にお目通りをと」

「あとにしてくれ。今日の分の謁見は終わったはずだろう」

いささか苛立ったようにフロワサールは応じた。外の声は困惑した様子で、

「しかし、アシェンデン大公殿下が、ご息女と……」

「アシェンデン！」

はげしい音をたてて椅子が吹きとんだ。

「ファウナ⁉」

すでにファウナの姿は扉のところにあった。

両開きの重い扉を、ひと息に蹴り開ける。向こうがわにいた衛兵が、不意をうたれてはじき飛ばされた。

控えの間には、さっきおもてで会った式部卿、メイゼム・スリスと、若い娘、そして、娘の腕をがっちりとつかんでいる、背の高い中年の男がいた。飛び出してきた赤毛の女の形相に、眠たげに降りた分厚い瞼が、ほんの少し引き上げられた。

「なんだ。貴様は」

「ペレドゥア、覚悟っ！」

大剣はこの部屋へはいる前に外させられていたが、ファウナは扉に当たって倒れた衛兵の腰から飾りつきの細剣を奪っていた。走りながら投げ捨てた鞘が、壁にぶつかって止まった。抜きはなった刃が、天井の灯に白く光った。

鋼が鳴った。

彼がどこから出てきたのか、誰にもわからなかった。遅れて部屋を出てきたアトリには男に見覚えがなかったが、もし、ロナーかドリスがここにいれば、軍服に身を固めた厳しい目つきのその男が、ゴヴァノンという名のアシェンデンの衛兵隊長であることを教えることもできたろう。

ゴヴァノンの突きだした剣は、ファウナのやわな装飾剣を受け止め、まっぷたつにしていた。舌打ちしたファウナは柄を投げて後ろへ飛びすさり、まさに牝虎のように身を低くして攻撃を加える機会を狙った。

だが、すばやく近寄ったダーマットが、短い音節で彼女を金縛りにした。抵抗するひまも与えずにはがいじめにする。

「おっと、危ねえ。落ちつけよ、ファウナ」

ファウナはもがいた。

「何をする、ダーマット！　放せ、こいつは！」

「仲間の仇だ。知ってるよ」

そっけなくダーマットは言ったが、放さなかった。

「だが、ここでやるのは得策じゃない。森の中とはわけが違うんだ。味方もいない。武器もない。問答無用でそっ首落とされるぜ、あんた」

「そんなこと知るか、放せ！　放せったら！」

「ファウナ、わたしからもお願いするわ。やめて」

アトリはファウナの腕に手をそえた。

ちぎれそうにかぶりを振るファウナの頰は、濡れていた。抑えるダーマットの目にも、暗い火が燃えている。二人の怒りともどかしさをわがことのように感じる。しかしアトリはいくらか声を強くした。

「今はまだ、あなたの牙をむくときじゃない。お願い。落ちついて、剣を収めて」

ファウナの唇が震えた。

一瞬、見るものを焼きつくしかねない視線をアトリに向けて、ファウナは突き飛ばすようにダーマットの手を逃れ、連絡路を走り去った。

ダーマットもあとを追ったが、彼もまた、アシェンデン大公に剣のような一瞥を加えることを忘れなかった。二人が行ってしまうと、メイゼム・スリスがアトリに向かって、何事もなかったかのようになめらかに言った。

「たいへんにぎやかなお連れですな、〈十三〉殿」

「そうですね」

硬い口調でアトリは応じた。目もくらむほど腹が立って、ほとんどなにも考えられなかった。たいへんにぎやか、ですって？

ファウナのあの表情に対してそんな口しかきけないなら、この男には視力がないのだ。本当はわたしこそ、この偉そうな男の目玉に爪でもつっこんでやりたかったのに。ダニロのことを思い、アトリは夢中で指を手に食い込ませた。

ゴヴァノンは無表情に剣を鞘にもどした。

アシェンデン大公ペレドゥアは広い額にうっすら汗をかいていたが、なんとか威厳を保つ努力をしている。高地人特有の整った顔立ちをしていた。高い鷲鼻《わしばな》が印象的で、濃い眉の下の瞳は自負と自尊に輝き、黒曜石のように黒く冷たかった。

哀れなのはその後ろの娘で、完全に顔色を失い、卒倒しそうにがたがた震えている。きっとアトリと同じぐらいの歳なのだろうが、痩せて小柄なせいでずっと幼く見えた。

ツィーカ・フローリスとモーウェンナが急いで出てきて、娘を支えた。

「よくぞ止めておくれじゃ、アトリ。礼を言う。どうなることかと思ったが」

「どういたしまして。止めなきゃ、あなたたちがファウナをどうにかしてたでしょ」

モーウェンナははっと息を呑んだが、否定しようとはしなかった。

ファウナが動いた瞬間、室内にいた二人の〈骨牌〉の周囲に凝集した〈詞〉の気配を、察知できないアトリではない。ダーマットもそれを感じたからこそ、ファウナを止めに走ったのだ。

意地の悪い喜びを苦く噛みしめて、アトリは室内に戻った。アシェンデン大公は寝台のすそに跪《ひざまず》き、敷布のはしに接吻している。フロワサールは迷惑だったのかもしれないが、そうした内心は巧妙に隠していた。

「何の用か、大公。今日の謁見は終了しているはずだ。あなたは大公領に巣くう盗賊の掃討に奔走していると聞いていたが、さっきの騒ぎは何事だ」

「なに、たいしたことでは。それよりも、お身体の加減はいかがですかな」

ペレドゥアの言い方は、宗主と戴く国の君主に対するにはいささかぶしつけに過ぎるような気がした。

「かなりいい、ありがとう。だが、見舞いに参られるには、少々時間に外れてはいないか。正直に言えば今の時間は、友人とともにか、さもなければ一人でくつろいでいたい。見てのとおり、新しい〈骨牌〉が到着したところだ。話をしていて」

アトリを手でさす。ペレドゥアは肩をすくめて、

「宗主のお身体を気づかうのは、臣下の務めとは申せませんかな。しかし、今日は臣下として参ったのではないのです、陛下」

勝ち誇ったように、

「わたしは叔父として、わが亡き姉の息子を、見舞いに参ったのですよ」

フロワサールは沈黙を守った。

アトリはペレドゥアと王の顔を見比べ、まったく印象の違う二つの顔に、どこか共通点があるかと捜した。

嘘みたい。姉。

フロワサール王の母が、このアシェンデン大公の、ペレドゥアの、姉。

「心遣いに感謝する、大公」

ややあって、フロワサールはあきらめたように軽くうなずいた。

「しかし、たった今、あなたの国で大規模な盗賊の討伐隊が組織されたという報告を〈塔の女王〉から受けたところだ。

どのような被害が出ているかまではまだ聞いてはいないが、大公家の私軍を出すようでは、かなり難儀しているのではないか。そのようなたいへんな時に、私のようなものの見舞いに時間を使っていただいては、いささか心が痛むようだね」

もし動揺したのだとしても、大公はうまくそれを覆い隠した。

「いえ、ご心配には及びませぬ。逃亡奴隷どもが森に逃げ込んで、さびた鋤《すき》だの鍬《くわ》だので武装したというところ。もう完全に鎮圧は終えております。それより」

「そう、たしか、ご息女を伴って参られたのではございませんでしたかな、大公」

絶妙の呼吸でメイゼム・スリスが口をはさんだ。

ペレドゥアは顔をほころばせた。

「おお、そうだった。よく思い出させてくれた、式部卿閣下。アルディル！」

部屋の外へ向かって、大声で怒鳴った。

「そんなところで何をしている。入ってきて、陛下にご挨拶せぬか」

モーウェンナに手を取られて、先ほどの娘がしおれた足取りで入ってきた。

たくさんのひだが滝のように流れる豪奢《ごうしゃ》な衣装を着ていたが、残念ながら、まだ未発達な細い腕と子鹿のような小さな顔には、あまり似合っているとは言えなかった。おずおずと頭を上げ、周りを見回したとたん、寝台の脇に立つ〈月の鎌〉ユーヴァイルの月光の美貌にぶつかった。

うすいはしばみ色の目がこぼれんばかりに丸くなった。

初めて頭をしゃんと上げ、おずおずと、そちらへ行こうとしたとたん、父親のペレドゥアがぐいと肩をつかんで床に引きすえた。

「馬鹿者、どこへ行くつもりだ。陛下はこちらにおられる。さあ、ご挨拶しろ」

「ご……ご機嫌、うるわしゅうございます……陛下」

アルディル、というらしい娘は細い震え声で、棒読みのように言った。

可愛い声だ、でもひび割れてしまっているし、響きがない。それがアトリの印象だった。

緊張しすぎて、舌が動かなくなっているのだ。

公女はスカートをもみくちゃにしながら、追いつめられた兎のように身をちぢめて扇をいじくっている。つっかえつっかえ、型どおりの挨拶を述べたが、それ以上はどうすることもできずにただ立ちすくんでいるばかりだった。

「どうしたのだ、アルディル」

ペレドゥアが娘の脇腹をこづく。

おかげで、喉につまった言葉がますます奥へ引っ込んでしまったようだった。何度か口をぱくぱくさせたが、もう形にならなかった。はしばみ色の目に涙があふれてきた。

「わ――わたし、陛下、あの――わたくし……」

「もうよい、叔父上」

さすがにうんざりした様子で、フロワサールが手を振った。

「お話はあとで改めて聞こう。わたしは疲れた、少し眠りたい。その間に、公女を少しは休ませてやることだ。ようこそ、従姉妹どの」

魂を抜かれたような公女に、フロワサールはやさしく笑いかけた。

「長旅でお疲れだろう。ゆっくり休むといい。誰か、彼女を部屋に」

「私が」

名乗り出たのはユーヴァイルだった。美貌の〈骨牌〉は公女の手を取り、夢見心地の彼女を外へ導いていった。

ペレドゥアはなおもしばらくぐずぐずしていたが、フロワサールがさりげなく退室を勧めると、見切りをつけたのか、礼儀正しく挨拶を述べて引き下がった。

あとからメイゼム・スリスが、音をたてない独特の歩き方でそっとついていった。

つけていって、盗み聞きでもしてやろうかしら、とアトリは思った。扉を閉めたとたん、
あの二人は額をくっつけてひそひそやりだすにちがいない。天鵞絨で着飾ったねずみが二匹。

かりにも王を、こんなさびしい塔に閉じこめて。

それに娘に対する、あの態度。ペレドゥアに対する怒りが新たになるとともに、心の底から、公女がかわいそうになった。

「そんな顔をしないでくれ、〈十三〉殿。この塔は、わたしが自ら選んだ居室なのだ」

アトリの表情を読んで、フロワサールが言った。

「ここにいると、物事がとても単純で、美しいもののように思える。ちょうどあの、流氷同士がぶつかってたてる音のようにね。

アロサール――ロナーがこの国を出ていったとき、王宮には、もうわたしの居場所はなくなったのだから」

昔を懐かしむように、焦点を持たない目が宙を泳いだ。ひっそりと静まりかえった王宮に、かすかな笑い声の残響をたどろうとするかのようだった。

「仲が、およろしかったのですね」

「一心同体だった」

フロワサールの顔にほのかに灯りがともった。

「母はあまり子供をかまいつけない人だったからね。モリヤ妃が、わたしたち二人の母だった。彼女が亡くなってからは、エレミヤが。昔からわたしは身体が弱かったし、目がこんなだから、どこへ行くにも彼がついてきた——心配して……どちらが兄かわからないと、母やエレミヤにはよく笑われたものだ。ねえ、アトリ」

初めてフロワサールはアトリの名を呼び、見えない目で、少年のように笑った。

「あなたは彼の胸にすがって泣いたそうだね？」

「それは……あの……はい。すみません」

アトリは赤くなった。

「あの時は、どうしていいのかわからなくて。ただ、悲しくて」

「よいのだよ。すがるものがあれば、生きていくのはずっと楽になる。地位……権力……王冠……〈骨牌〉」

ゆっくりと広がった笑みが、どこか悲しいものになった。

「時にはそのすべてを持ちながら、どれにもすがらない人間がいる。すがることのできない人間もいる。あなたが彼にすがってくれて、わたしは嬉しい」

しばしの間があいた。つぎつぎと流れてくる流氷が、大気をゆさぶる音を立てて砕けていった。吹き飛ばされた白い泡が、窓の水晶に張りつき、流れ落ちていく。

「アトリ」

　ふいに、フロワサールは口調を真剣なものにした。

「あなたは、彼のそばにいてくれるだろうか？」

　――命短い、わたしの代わりに？

「……わかりません」

　そう答えるしかなかった。知っているのは、初めて会ったときの凶暴な怒り、船上での戦いの生き生きとした活力、それに――不器用に背に回された手と、思いがけない、胸の温かさ。

「まだ、彼のことはほとんど知らないし」

「それでいい」

　フロワサールはにこりとした。

「彼は眠っているのだ、〈十三〉殿。長い、とても長い間。そして、目覚めることから目をそむけ続けている――今も。

　この時期に、彼があなたを見いだし、あなたが彼を見いだしたことは、もしかしたら、とても重要なことかもしれない。動乱を呼ぶ〈十三〉。わたしは、あなたに期待しているのだ、アトリ」

　つかの間、色のない瞳がアトリの上を探るように漂い、ふと外れた。

「ああ、そう言っているうちに、〈寺院〉の迎えが来たようだ」

　ぎょっとして、アトリは後ずさった。

今までモーウェンナたちがいるとばかり思っていた壁際の綴《つづ》れ織《おり》のかげに、橙色《だいだいいろ》の僧衣を頭からかぶった、とても背の高い人物が立っていたのだ。深く下ろした頭巾に隠れて、性別もわからない。長い袖が伸びて、そっとアトリを差し招いた。

迷って、アトリはフロワサールを見返った。

王は元気づけるようにうなずく。

アトリは唇をかみ、僧衣の人物にそろそろと手をのばした。

僧衣の袖をつかんだとたん、足もとの床がかき消えた。

アトリは、青々とした夏の草原のただ中に、一人でぼうぜんと立ちつくしていた。

ゆるやかに起伏する緑の上に、一本の、金色の幹をした大樹が、純白の花をこぼれんばかりに咲き誇らせている。

その木陰に頭をきれいに剃り上げた人物があぐらをかいており、アトリを認めて、かすかに口の両端を引き上げた。耳に下げた金の鈴が音を立てた。

「ようこそ、〈十三〉の姫。〈祖なる木の寺院〉へ」

やわらかな声で、その人は告げた。

「わたしの名は、アドナイ。——もっとも古き〈樹木〉だ」

3

「わたしの名は、アドナイ。もっとも古き〈樹木〉だ」

そう言って、樹下の人物は片手をあげてアトリを招いた。

呼ばれるままに、アトリは丘を登っていった。風が薫った。満開の花は、輝く純白の花弁を微風に散らしながら、清冽《せいれつ》な香りを振りまいている。

見渡す限りの草原と花びら、空と太陽、金色の樹皮をもつ樹、そして〈樹木〉。

彼もまた、金色の肌をしていた。輝く瞳は歳へた琥珀《こはく》、目じりがわずかに上がって、どことなく森で出会った〈虎〉たちの——〈大地の民〉を思わせる。いくぶん厚めの唇は朱く、卵形の頭部を、しわひとつないなめらかな皮膚がぴったりと覆っている。

橙色の僧衣は脱いで、草の上に投げだしてある。ほっそりした体つきだが、むきだしの上《じょう》膊《はく》は戦士のようにたくましかった。

彼はいくつなのだろう、とアトリはいぶかしんだ。もしかしたら彼女、なのかもしれない。年齢も性別も、この〈樹木〉にとっては意味がないかのようだった。見ているうちにも、その黄金色の印象は流れる水のようにとめどなく変じてゆき、また、北の氷のごとく、永劫に不変なのだった。

「驚いているのか」

無造作にアドナイは言った。

「すみません。あなたは、あの――」

上手な表現を捜したが、見つけられなかった。あきらめて、アトリは感じたままを口にした。

「……もっと、歳を取っておられるかと考えていたので」

気を悪くされるかと思ったが、アドナイはかえって興を覚えたようだった。ふっくらした唇を曲げて金色の笑い声を響かせると、彼はちりりと鈴の音をさせてアトリに自分のそばの草の上を指し示した。

「そうでもない。わたしはたいそう老いている、ジェルシダの若き姫よ。座りなさい。立っていては、話がしにくい」

草は現実のものと同じように、しっとり濡れてやわらかかった。用心しないとそれもまた消えてしまうような気がしておそるおそる腰を下ろした。

「あの、ここはどこですか？　どうやって、わたしはここまで来たのですか？」

「ここは、〈祖なる木の寺院〉だ」

前と同じ返事をアドナイは返し、さすがにそれでは不親切だと思ったのか、つけ加えた。

「もう少し詳しく言うなら、世界を構成する〈詞〉の奏でる響きが収斂《しゅうれん》する場所に、それらの総和によって語り出された〈場〉だ。

音が室内に反響するとき、必ず、その波が一点に集中する部分が生まれる。この高地という地方は、大陸において、ちょうどそのような場所なのだ。それが王都がここにおかれた理由の一つでもある」

彼の説明を疑う余地はなかった。これほどまでに涼やかな歌に充ちている場所に、アトリは出会ったことがない。自分を構成する〈詞〉が、大気のすみずみにまで漂う〈詞〉に共鳴して震えるのがわかる。

「どこか、別の場所にある建物だと思っていたんです。各地の〈木の寺院〉の総本山だというから」

「そのとおり、建物も別に王宮の中にある。物質でできた、誰でも入れる地上の建物もな。だが、ここここそが真の〈寺院〉だ。おまえは自分の力で、小さな〈骨牌〉世界を語りだしたことがあるだろう、アトリ」

ハイ・キレセスでのことを思い出し、アトリはうなずいた。

「わたしはただ、おまえをこの大いなる響きによって語られた、〈骨牌〉の、つまり〈詞〉の世界に引き込んだにすぎないのだよ。存在するあらゆる〈詞〉は、ここにおいて調和する。世界にはこのような場所がところどころにあり、アトリ、おまえが、森の砦で入り込んだ〈場〉もその一つだ」

アトリは驚いた。

「どうして、それを？」

「言ったろう、ここでは、存在するあらゆる〈詞〉が調和するのだ」

膝に散った花びらをつまみ上げて、アドナイはまた笑った。

「後ろにあるこの樹木は、その調和によって生まれ、花をつける。おまえたちがとった行動による〈詞〉の揺れは、ここでたちまち花となって咲き乱れる。ほら」

肉厚な白い花びらが目の前に突きだされた。

乳白色に輝くきめこまかな表面に見入るうちに、霧の中からわき出すように、盗賊たちに囲まれて森をゆく自分とダーマットが現れた。

脅えた自分自身の表情があまりに真に迫って見え、つい、アトリは指で触って確かめようとした。とたんに幻影はかき消え、微笑を含んだ〈樹木〉が、花の散る樹木の下に腰掛けているばかりだった。

「おまえたちのことばかりではない。この樹木には、過去と現在に起こり、語られた一切のことが花として開く。

樹木は〈詞〉の響きの中に根を張り、その、もっとも純粋な旋律による物語を咲かせるのだ。わたしはこの〈場〉を見いだしてからずっと、この樹木と花の守人としての務めをつづけている。

たとえばそちらの大輪の花は、二百年前にリースの王ニムロデが空の種族の女王を得るためになした冒険の記憶だ。そして、あそこの紅色のかかった一輪はシェヴランの骨牌使いメーヴが裏切り者の王子アナタスのために流した血の形見にほかならないし、また、このいくぶん小さな花は、紫谷の主レンウェ一族が、コリオヘドロンと呼ばれるある宝玉によって破滅したいきさつを収めている」

花の一つ一つを指し示しながら、アドナイはそこに秘められた現実の、あるいは虚構の、偉大な事象の物語を語って聞かせた。

むかし聞いた覚えのある物語もあれば、まるでなじみのない、遠い夢物語にしか聞こえないものもあった。だがどれも、真実のみがもたらすふしぎなあこがれとおののきを、アトリの心に呼び起こさずにはおかないものばかりだった。

「どれをとっても大いなる物語ばかりだ」

アドナイは愛しげにアトリを見つめた。

「もちろん、ささやかな物語もある。誰でもこの樹木の上に、自分の物語を見つけることができる。〈詞〉で語られたものが生きるということは、すなわち、他の〈詞〉と響きあうこと、つまり花を咲かせるあらたな物語を生み出すことと等しいのだから」

「ジェルシダの公女と〈堕ちたる骨牌使い〉の物語はないのですか？」

思わず、アトリは問いかけていた。たまたま知ることとなったもっとも偉大な悲劇、大地の覇者たる王国の破滅に関する物語が、ここにないわけがない。

それを知ることができれば、自分の巻き込まれた運命に関するすべての謎が解けるのではないのだろうか。だが、アドナイは一瞬沈黙すると、苦痛に耐えているような表情で小さく首を振った。

「あの物語は、まだ花開いてはいないのだ、アトリ」

アトリは唖然とした。

「なぜです？　あれほど大きな事件が――」

「なぜなら、あの物語はまだ語られおわっていないからだ」

琥珀の瞳がわずかに色あせたように思えた。アドナイは目を伏せ、耳に下げた黄金の鈴を神経質に鳴らした。ふっくらとした唇が色を失っていた。

「この樹木に咲くのは、すでに終わりを迎え、完全に固定したもののみ。変動の余地の残されている語られぬ物語は、愛情と憎悪を蛇のようにのたうたせながら、花としてこぼれることもなく、昏い樹液として幹を枝をめぐる。そして」

金色の手が持ち上がり、梢を指した。

「有毒なその樹液こそが、この樹木を枯らそうとしている。見るがいい」

指された梢には、一つのつぼみが今しも開こうとしているところだった。

しかし、アトリの見ている前で、つぼみは少しずつ黒ずんでゆき、切り落とされた首のようにぽとりと草地に転がった。

落ちた花はもう白くはなく、石炭のように黒光りする何かの塊になっていた。そばへ寄って拾い上げようとしたが、触れる前に塊は一筋の煙になって消え、あまい花の香の中に一筋の硫黄の臭いがたちのぼって、アトリを不安にした。

「これは……？」

「〈異言〉だ。その物語は、終わりを迎える前に〈異言〉によって摘みとられてしまった」

アトリはアドナイが涙を流しているのに気づいた。なめらかな金色の頬を、蜜のようなしずくがゆっくりと伝っていく。しずくはぽつりと地面に落ち、小さな黄金色の炎をあげて消えた。

「以前は、こうではなかった。〈異言〉は、〈詞〉に反するものであっても敵対するものではなかった。〈詞〉に〈詞〉の物語があるように、〈異言〉にも〈異言〉の物語があった。溶けあうことはなくとも、両者はうまく棲みわけていた。だが境界は破られ、均衡は失われた。天秤は傾き、〈骨牌〉の一人が〈逆位〉となって失われた」

「モランのことをおっしゃっているのですか？」

「そうでもあるし、ほかのさまざまなもののことでもある」

両手をあげて、アドナイは咲きほこる花を指した。この花びらが、一度だけ手にしたことのある白い骨牌札に酷似していることに、アトリはようやく気づいた。絹のような外見とは裏腹に、花びらはとても重く、固くて冷たかった。

「この異変が始まってから喪われたものの数々を知れば、人々の胸は悲しみに張り裂けるだろう。だが、彼らは知らぬ。〈異言〉が人の〈詞〉をゆがめ、目に覆いをかけているからだ。わたしとて、その例外ではない。すべてが見えるこの木の下にいても、日ごとに、わたしの見ることのできない〈異言〉の領域が増えていることがわかるのだ」

脳裏に暗い空間が広がった。足の下に、光の海があった。人でにぎわう広大な都の夜景を、上空から眺めているような光景だった。

ちかちかとまたたく赤や青、黄、緑、白、いっときたりとて同じ色と形ではいない。遊びたわむれる数限りない色と光と音、歌声、光、そしてまた歌。

ざわめきのように調和と旋律が立ちのぼり、虚空を充たし、アトリは自分が今、世界のうちにある〈詞〉たちの饗宴を目の当たりにしていることを知った。美しさに胸が痛んだ。自分もあの中の一つであることがたとえようもなく嬉しく誇らしいことに思え、両手を広げて、眼下の光景すべてを存分に抱きしめたいと感じた。

しかし、その光の海のそこここを、紙に落とした墨の雫のようにじわじわ浸食している暗黒のしみに気づかないわけにはいかなかった。その内側では光はまったく失われ、濁《にご》った紫色や、灰色や、つやのない緑がなんの秩序もなく渦巻いていた。旋律は失われ、代わりに立ちのぼってくるのは、大勢の人間がてんでんばらばらにしゃべっているようなぶつぶつというめき声だけだった。アドナイの声が響いた。

「わかるだろう、人々は気づいていない。知っているのはわれわれ〈骨牌〉と、おそらくは〈異言〉たちだけだ。警告しても無駄だろう。彼らはあたりを見回し、何も起こってはいないと笑い飛ばすだけだ。〈天の伶人〉の末裔であるはずの、このハイランドの貴族たちでさえそうなのだから」

幻は消え、アトリはまた金色の男と向かい合って花咲く樹の下に座っていた。

「王はご存じだ。が、何もできない。彼だけでは。

たび重なる血族結婚は王家の血をよどませ、玉座の周囲に群がる人々の心を腐らせてしまった。われわれだけでことを起こさねばならなかった。早急に。この事態を打開する、新たな物語の〈詞〉を読みあげねばならぬときになっていたのだ」

　閃光のように理解が訪れた。

「あなたが、ロナーを送り出したのですね。彼とわたしを、出会わせるために」

「未だ語られぬことを、語ることはわたしにはできぬ」

　アドナイは目を伏せ、静かに笑った。

「それは、守人の仕事ではない。わたしはただ〈詞〉を見つめ、終えられた物語を知り、そして、守る」

　アドナイはアトリの手を取った。金色の手は温かく、節くれ立った指は力強かった。

「それをするのはおまえの仕事だ、〈十三〉の姫」

「わたしが……？」

　琥珀の眼がやさしくアトリを映した。

「ジェルシダの血を持つ娘よ、これらのことは、すべてかの公女と骨牌使いの物語に端を発しているのだ。物語は未だ語りつづけられている。おまえがそれを語り終えるのだ。〈詞〉はすでに、おまえの周りに集まっている。立て、そして歩め、物語を続けるために。わたしはそのために、おまえをここへ呼んだのだから」

「わたし……わたし、ここへ来たら、封印されるものだとばかり思っていました」

　つっかえながら、アトリは言った。

「封印じゃなくても、ほかの何かを。たとえば、力を出なくするような」

アドナイの手によって動かされていたのだと知っても、不思議と怒りはわいてこなかった。琥珀の眼と金色の肌はなぜだかひどくなつかしく、ここにいると故郷に帰ったようなやすらぎを覚えた。

「アドナイ、もっとも古き〈骨牌〉、あなたはご存じなのでしょう。教えてください、モランが言った『ハイランドの真の世継ぎ』とはどういう意味なのですか。〈十三〉の力とともに現れる、あの怖ろしいひとは誰なのです。

〈十三〉は――〈十三〉は、ほんとうに厄災を呼ぶ、忌まわしい呪いの札なのですか。どうか教えてください」

「知るのだ、娘よ。知ることが力になる」

アドナイはアトリの額に軽く触れた。

おお、このひとは美しい。アトリの中で小さな声が呟いた。はるか以前に声高く叫ばれた〈詞〉の残響のように、震えを帯びてその声は反響した、幾度となく――おお、このひとは美しい。

「おまえに与えられた〈詞〉を理解し、それを愛することをおまえは学ばねばならぬ。鳥の姫よ、夜の声持つ小夜啼鳥の娘よ、おまえの翼は小さいが、その声は闇をぬってどこまでも広がりゆく歌だ。眠るものは夢に囁くおまえの声で目覚め、おまえの導く暁をめざして、ひとり昏き径《みち》をたどるだろう。

呪わしき〈十三〉は大いなる変革の札、いまだ語られぬ物語のための母なる〈詞〉でもある。〈十三〉を抱き、見つめ、理解せよ、ジェルシダの娘。かつてわが公女が為したごとくになせ。しかして闇にとらわれず、混沌に身を委ねることなく、語れ。最後の〈骨牌〉にしるされた、唯一の〈詞〉を読むのだ」

「その〈詞〉は……」

身をかがめながら、アトリは囁いた。

「〈詞〉は……」

琥珀の瞳が近づいてくる。漆黒の瞳孔を中心に、車軸のような金色の矢が回っていた。太陽でさえ、これほどまでにきらびやかではなかった。目を離すことができず、アトリは見入った。その中心に落ち込んでいくように感じられた。

魂のどこかで青い霧が流れ、ひやりとした重みが羽根のように下腹を押した。そして花の香の指先が接吻のように唇に触れ、黄金の樹木も男も、暗黒に溶けた。


「アトリ？」

そっと肩先に触れる手がある。

アトリは目を開き、自分が眼を閉じていたことを知って驚愕した。どうして？　たった今までアドナイと向かい合っていたはずなのに。

身をよじって見上げると、かたわらに立っていた背の高い女性が、わかっているというように見下ろして、優しくうなずいた。

「そう、アドナイに会ってきたのね。彼はあなたの質問に答えてくれた？」

「エレミヤ」

〈青の王女〉の手に助けられて立ちながら、アトリは呆然としていた。今いるのは、灰色の玄武岩《げんぶがん》で組まれた円形の大広間だった。はるか頭上にガラス張りの天窓が一つあり、澄み渡った星空が、幻視の残り火のように澄んだ光を落としている。

王宮ではどこへ行ってもつきまとう、規則正しい太鼓のような荒波の音がかすかに壁に反響していた。アトリは冷たい床の上に、足を組んで座っていた。しびれてうまく動かない足を持ち上げようとして、走った痛みに顔をしかめる。

「さあ、いらっしゃい。熱いお風呂と、寝床を用意してあるわ。今夜はぐっすりお休みなさい。お連れもそれぞれのお部屋にひきとられてよ」

「わたし、いつのまに。ここは？」

「ここは〈祖なる木の寺院〉よ」

踊るように、エレミヤは周囲を指した。

「アドナイが言わなかった？　この部屋はその奥の院なの。〈骨牌〉以外は、入ることを許されていないわ」

「でも、じゃあ、アドナイは？」

エレミヤは黙って、広間の奥にそびえる大きなものに目を向けた。

アトリもそちらに視線をやり、胸に矢を射こまれたような痛みを覚えた。

それは巨大な樹木の幹だった。大人三人が抱えてもまだあまりある。おそらく数千年の時を経ていたが、火を放たれでもしたのか、黒く焼けこげて見るかげもない。

だが、その根はなおも旺盛な生命力で床を抜けて地中へ伸びており、どうやらこの建物自体が、焼けた木の命を守るために造られたらしいことを推察させた。

大きくえぐれた幹の中ほどに、ちぢかんだ黒いものが埋まっているのが見てとれる。干し固めた木乃伊のようにしわんではいたが、まぎれもない、人の身体。

木に抱かれているかのようにうつむき、黒ずんだそのたくましい骨格には、鮮やかな橙色の長い僧衣が、まとわせてあった。

4

あの男を殺さねばならない。

静かに、素早く、しかも確実に。

剣の重みを手に感じ、影から影へファウナは駆けた。

凍った地面を踏んでゆく足はこそとの音もたてない。尖塔と小塔、いくつもの門と入り組んだ城壁からなるこの王宮も、彼女にとっては森の一種だった。緑の森の牝虎が、一生慣れることのないたぐいの石の森だ。

そこに棲むきらびやかな服を着た獣は、毛皮をまとった獣たちの思いもしない悪辣《あくらつ》な手口で狩りをする。毒の爪を天鵞絨の袖に隠し、かみそりの牙を微笑の仮面で覆って、指一本動かすことなしに。

優美なつくりの噴水の脇にたたずむ。迫る夕闇の中で、彼女の姿は完全に大気にとけ込んでいた。柱楼に囲まれた美しい中庭は何かの術がかけられているのか、外の寒気とは違って春のように暖かい。

暗い色の薔薇や、ファウナの知らないさまざまな花がそこここに咲いており、いちばん目だつ場所には、つやのある緑色の葉を茂らせた木が枝を広げている。木陰には白い石で造られた瀟洒な四阿《あずまや》があり、先刻、二人の人影があいついで、人目をはばかるように中へ消えていくのを見届けたばかりだった。

今、四阿には灯りがともり、低い話し声がきれぎれに聞こえる。ファウナは汗ばんだ手を服にこすりつけ、一歩踏み出した。あそこに敵がいる。そう思うと、いつも感じる快《こころよ》い高揚感が体内を駆けめぐった。

戦いの気配ほど、ファウナの血を熱くさせるものはない。だが、それを分かち合うべき〈虎〉はいない。そのことを改めて思い出し、唇をつよく噛みしめる。

すべて、あそこにいる男が指示を下したせいなのだ。ペレドゥア。

その名が〈異言〉の辺土の、もっとも昏い場所で永遠に忘れ去られればいい。

この王宮に住むような人間はどれもこれも同類だが、あの男は特に致命的な間違いを犯した。〈虎〉たちを、ファウナの仲間を殺したことだ。たとえ実行したのが彼自身でなかったにしても、いや、自らの手を汚さなかった分、その罪は重い。

そしてあの日。

十二年前の、あの日。

ファウナはそっと手をあげて自分の胸をたどった。ごつい革の胸当ての下で息づく曲線をなぞり、痛みに耐えかねたように息を止め、瞼を閉ざす。

再び目を開けたとき、そこにはこれまでとはまったく違った、長い年月によって凝縮されたねばい火がともっていた。

（まさか、こんなところで会えるとはね）

四、五日おとなしくしていたおかげで、ダーマットやアトリは自分がすっかり爪を収めたと思ったようだ。

べつだん、アトリたちが愚かだというわけではない。二人はやはりこの石でできた森の人間で、緑の森の者ではなかっただけだ。

虎は恨みを忘れたりはしない。仲間の血の負債は払われねばならない。血の代価には、血を。それが掟《おきて》だ。

二人への好意は変わらないし、アトリが悲しむことを考えると胸が痛む。襲撃を逃れて生きていられただけではなく、思いがけなくペレドゥアのすぐそばに接近できる機会を得られたのは、彼女のおかげだ。

あの寒々とした塔のてっぺんで会ったこの国の王という人物は、わりにましな人物のように感じてもいる。できればこの先もうまくやっていってもらいたかった。こんなに早く別れることになるのは心外だったが、仕方がない。

やはり本質的に、自分は虎なのだとファウナは思った。誇り高く、狷介《けんかい》で、けして都市の掟に慣れることができない。

森のことを考えると、目の中に炎があふれる。彼らはファウナの父であり、母であり、友人であり兄弟であり、いとしいもののすべてだった。

埋葬もできずに森を去ったことが、アトリには言わなかったが、ひそかな負い目となってファウナを苦しめる。今、その負い目をはらす時がきたのだ。あの廊下では邪魔をされた。今度は、誰もいない。

森の者は森に裁かれねばならない。

そして〈虎〉のファウナがいる場所は、常に森となるのだ。

「それで？　彼は結局失敗しました」

低く話し声が洩れてくる。

「ハイランドは彼女を受け入れています。あなたも、あなたの魔術師たちも、新しい手を考えねばならなくなりましたが」

鼻を鳴らす音がした。

「わかっている。誰があの異端者を送り出したのかは知らぬが、やっかいなことをしてくれたものだ。おかげで札はますます手に入りにくくなってしまった。天秤めは喜んでおるようだが」

「そうでしょうね」

答えた声は若く、ごくやわらかだったが、冷えた刃物のように硬く冷たかった。

「彼は公女に心酔していますから。しかも、あの若者が帰ってきたことで、あなたはますますやりにくくなった。なにしろ、今も、王なきあとのハイランドの王権は彼の上にのみもたらされることになっているのだし」

「言うな」

不機嫌そうに、もう片方がさえぎった。こちらはいくらか年かさで、抑えがちにしてはいるが、嗄《しゃが》れ気味の声に傲慢さがにじみ出ている。

「卑しい混血児のことなど、聞くだけで胸が悪くなる。けがらわしい低地人の息子めが。〈骨牌〉を操れもせぬものに、栄光のハイランドの王冠を戴かせるなど虫酸が走る」

「しかし、あなたにしたところで、〈骨牌〉の力はお持ちでない」

「それがどうした？　わしは誉れある三公家の正統の当主だ。わし自身に力はなくとも、わしの――甥、であるフロワサールは、強い力を持っているではないか。それこそ、わしにも力ある血が流れている証拠。まあよい、奴については考えがある」

（何だ？）

ファウナは眉をひそめ、声のもれてくる下の壁にぴたりと張りついた。

二人はじゅうぶん声をひそめてしゃべっていたが、ファウナの耳は百歩離れたところで落ちる一本の針の音をも聞きわけることができた。

とぎれとぎれの会話をつなぎ合わせてみると、どうやら、話されているのは主にアトリのことと、それから、ロナーというあの青年のことのようだ。

しかし、この国の世継ぎだというロナーのことはいざ知らず、アシェンデン大公が、なぜアトリに用があるのだ？

「娘御のほうはいかがです。少しはお近づきになられたのですか」

「お近づきだと」

腹立たしげに卓を叩くのが聞こえた。

「あのばか娘は、牝ろばのような阿呆づらで回廊をうろつくしか能がない。このごろは王宮にも落ちついていられずに、街の見物と称して馬車で暇つぶしだ。どいつもこいつも、役立たずめが」

「欲深い方だ」

抑揚のない声が言った。

「ご自分の、重ねられた血を玉座に据えることがそれほど大切ですか。濁った血が王国と、姉上にもたらしたものをごらんになるといい。それでもなお、あなたは自らに連なる三重の血に王冠を継がせようとなさる」

「おまえがそれを言うのか」

もう一つの声が冷酷なものになった。

「太古の偉大な王や貴族は、みなそのようにして跡継ぎを得たのだ。もっとも純粋なる血の跡継ぎをな。それなのに、愚か者どもが古代の智恵をあなどり、くだらぬ御託でもっとも正しい途を塗り込めてしまったのだ。だが、おまえならばわしの行為を理解してくれるはずだ。そうだろうが」

返事はなかった。

建物のほうから、酒器の一式を盆に載せた侍女がしずしずとやってきた。階段を上りかけたが躓《つまず》き、舌打ちして足もとを見る。ファウナはすばやく身を隠したが、一瞬遅く、相手とまともに顔を合わせてしまった。

孔雀色に縁取った目が大きく瞠られる。

紅を塗った唇が叫びだす前に、ファウナの口から光るものが飛んだ。

吹き針を首筋に受けて、侍女はよろめいた。塗り込めた眠り草の汁がたちまち体内に回り、力なくくずおれる。

手から落ちた盆が階段の上にぶつかりかけた。あわてて受けとめたが、杯の一つが落ちて草の上に転がった。ごくささやかな音だったが、中の話し声はぴたりとやんだ。

「誰だ！」

まさしく牝虎のうなり声をあげて、ファウナは階段を駆けのぼった。

四阿の中には造りつけの石の卓と椅子があり、二人の人間が腰掛けている。こちらを向いて座っていたアシェンデン大公ペレドゥアが、狼狽して腰を浮かせた。

「き、きさまは」

ファウナはそのままの勢いで剣を振り上げ、振り下ろした。

諸刃の大剣は卓に当たって撥ね返り、火花を散らして空を切った。ペレドゥアは情けない悲鳴をあげて後ろへ飛びのき、腕で頭を覆った。

腰に剣を帯びてはいたが、使う気はまったくないようだった。白い歯をむき出して、ファウナは怖ろしい笑い声をたてた。

「そら、どうした！　その剣は飾りか？　セオデンの森のことを忘れたか。〈虎〉の亡霊が推参したぞ、戦う気はないのか！」

大公はようやく剣を抜いたが、むろん、〈虎〉の女頭目の敵ではなかった。あっという間に剣をはじき飛ばされ、みっともなく床に這う。起きあがろうとしたところを、前に立ちふさがったファウナが、剣をぴたりと喉元にさしつけた。短く言った。

「思い知れ」

ペレドゥアの喉がひきつるような音を立てた瞬間、ファウナの身体は硬直した。全身が鉛で固められでもしたようだった。麻痺した手から落ちた剣が床にぶつかった。

荒い息をしながらペレドゥアが転がってその場を離れ、やっと椅子に座りこんだ。背後で人が立ち上がる気配を感じ、ファウナはほぞをかんだ。

そうだ、もう一人いたのだ、ここには。

だが、なぜだ。標的を叩く障害になるようなものをファウナが見逃すはずはない。もう一人の人物は、ファウナが飛び込んだとき動く気配もみせなかった。そうだ、だから、無視してペレドゥアに襲いかかったのだ、もう一人は——どうせ腰抜けの貴族の一人だ——恐怖のあまりに腰を抜かしているのにちがいないと考えて。

「助けぬつもりかと思ったぞ」

「ご冗談を」

腕に人の手が触れ、とたんに全身から力が抜けた。

立つこともできず倒れかかるのを、手首をつかんで持ち上げられる。屈辱に腸が煮えくり返ったが、声はもちろん、指一本、まつげひとつ動かすことができない。

「私も、自分の目の前で人が殺されるのは見たくはありませんよ、いくら私が……でも。誰なのですか、彼女は」

「〈十三〉の娘が連れてきた女だ。ゴヴァノンの報告によれば、わしの領内で、けちな盗賊の一派を率いておったあばずれらしい」

苦々しげにペレドゥアが言った。怒りに息が詰まった。首をよじってファウナは必死に相手の顔を視界にとらえようとあがいた。

「わたしは〈虎〉の首領だ！　ベレノン・ファニルウッドの娘ファウナ、牝虎のファウナだ！　知らぬとは言わさぬ！」

「ベレノン?」

大公の目が考え込むように細まった。「ベレノンだと?」

「十二年前のことを忘れたか?」

ファウナは歯をむいた。

「あの時貴様に殺されたわたしの家族の、そして森で殺された仲間の恨みを、今こそはらさせてもらう!」

「ほう。〈虎〉か。そういえば、そういう名だったかな。そういうささいなことは家臣に任せているので、とんとわからぬ。家族だと?」

余裕を取り戻し、興味なさげにペレドゥアはファウナを見下ろした。

「そういう名前の知り合いがいたことはいたが、運悪く夜盗の集団に襲われて家族もろとも死に絶えたな。ああ、思い出したぞ、たしかに十二年前だ。

だがそれが、わしと何の関係がある? どうせ貴様の一味のしわざだろうが。自らの悪事を他人に押しつけて恥じぬのは卑しいものどもの特権と言うべきだな」

ファウナは顔をゆがめて相手に唾を吐きかけた。

ペレドゥアはひっと声を上げたが、動作がのろすぎてまともに頬にかかった。火を押しつけられたようにうろたえて袖でぬぐうと、憤怒がその顔をどす黒く染めた。息を切らせながら近寄ってきてファウナの顎をとらえ、音高く平手打ちする。

ファウナの荒々しい笑い声がたたきつけられた。おびえを隠そうとつとめながら大公は身をそらし、ひだ飾りのついた手巾を出してもう一度ていねいに頰をこすった。

「なんと無礼な！」

「なるほど、そうだった。見覚えがある。一度やりそこなったことを、今度こそやりとげようと思ったようですね」

この男は誰だ？　飛びこんだとき、彼はちょうど入り口に背を向けており、ファウナには、ほっそりと背の高い陰影しか見えなかったのだ。手首をつかむ指は鉄のように固くて冷たく、その力は死のように強力で呵責《かしやく》なかった。

「なぜわしに知らせなかった？　貴様は〈骨牌〉だ、この女が近づくよりも早く、感づいていたはずだろうが」

「いささか考えていることがありましてね。逃がさない距離にまで、引きつけておくことが必要でした。彼女は憎悪を身体に巣くわせている。あなたへの」

長身の青年は片手でファウナの剣を拾い上げた。その手はあくまで細く、なめらかで、まるで死人のように青ざめていた。

自分がうかがっていたのではなく、うかがわれていたのを知ったファウナの恐怖と屈辱はおそろしいものだった。

「その心は野の獣のように無垢で、ためらいを知らない。抑制なき憎悪と激情は〈異言〉のよき友だ」

「何をする気だ」

心臓を締めつけられるような不安感に、思わずファウナは口走っていた。たけだけしい森の牝虎が、小娘のように震え上がっていた。そのことに気づいて激しい怒りを覚えたが、それも、忍び寄る冷気と凍るような威圧感に押されて、あっというまに吹き飛んでしまった。

「少々、彼女には役に立ってもらうこととしましょう」

冷たい手が首をつかむ。むりやり顔を上へねじ向けられ、ファウナはその手の持ち主と視線を合わせた。

音のない悲鳴が、牝虎の口を割ってもれた。

「目の前の光を見つめて、それに集中しなさい」

遠くから聞こえてくるようなエレミヤの声がささやく。

「自分を一本の琴の糸だと思いなさい。あなたはこの世のすべてにつながっている、ただ一本の細くてはりつめた糸です。

伝わってくる波動をお聞きなさい。それはあなたを含めた、数多くの〈詞〉によって奏でられる音楽です。世界という名の、大いなる旋律です」

ささやきに促されて、アトリは大きく息を吸った。

暗い部屋の中には光る砂でいくつもの同心円が描かれ、その中心に、足を組んだアトリが座っている。

膝の間に、くぼめた両手を花のつぼみのように上へ向け、ちょうどしべの位置に当たる部分に、子供の握り拳ほどの白い光球が浮いている。

「あなたはその一部ですが、同時にすべてでもあります。琴糸がなければ竪琴ははたらかないように、あなたという一部が欠けても、そのはたらきは大きく狂うのです。その一部である調和を求めなさい。操るのではなく、聞くのです。聞くのではなく、その一部であることを感じるのです。調べに身を任せるのです。さあ」

ゆるゆると息を吐き出しながら、光球の中に目を凝らした。光にふれている部分が、熱い針か熱湯につけられているようなぴりぴりした痛みを持ち始める。

しだいに光がほぐれ、百万もの色彩に染め上げられた数限りない線条がうごめき回っているかに見えてくる。

たえまない色彩の競演は、それ自体が壮大な調和の世界である。からみあう線条はたがいにもつれ、離れてはうねって結び目を作り、姿なき書家の見えない手に動かされているかのように、不可解な線や句読点や、あるいはまったくの空白を描き出すかに見える。

もう少しでその意味がわかるような気がして目を凝らしたとたん、アトリは一瞬、教えられた呼吸法を忘れた。

規則正しい律動が崩れるのと同時に、光球は水に映った月のようにぶれた。

豊かな色彩はたちまちうすれて宙に溶け、あたりはほの暗い闇に沈んだ。

エレミヤのため息が聞こえた。

「ごめんなさい」

小さな声でアトリは謝った。

「いいのよ」

灯りがついた。

無限の広がりを持っていた暗黒は、今や三人ばかりが手を広げたほどの大きさの石造りの小部屋に縮んでいた。灯をともした小さな燭台を手にして、微笑みながらエレミヤが近づいてきた。

「今日はこれまでにしましょうか。疲れたでしょう?」

「すこし」

アトリは乾いた目をこすった。気がつくと、肩と首がすっかりこわばって、鉄板を入れられてでもいるような感じがする。

「夢中になるとどうしても呼吸を忘れてしまうの。どうしてかしら? ダニロの時みたいな感じが少しもしないのよ。自分の身体を離れていくような感じが」

エレミヤは笑った。

「あなたはよくやっているわ。訓練を始めてまだ十日じゃないの。どんなことにしたって、そんなに早く、うまくなれる人はいない。焦らなくていいのよ、アトリ」

壁に向かって小さく呟くと、ちょうど人一人通れるほどの穴が口を開いた。

外へ出ると、晩秋の冷たい空気が心地よく頰を冷やした。

あたりには、今までアトリが入っていたのと同じような煉瓦《れんが》造りの、天井の円い円錐形をした訓練房が、地面に伏せた帽子の森の様相を見せてならんでいる。

アトリは今、王との面会以外の時間のほとんどを、〈青の王女〉エレミヤを教師にして、骨牌使いとしての本格的訓練に明け暮れているのだった。

〈真なる骨牌〉を身に受けたものは、〈骨牌〉なしでも〈詞〉を操ることができるようになる。〈寺院〉に入ったことがないにしては、アトリは高度な訓練を受けているとエレミヤは言ったが、やはり、王の〈骨牌〉として、ありあまる力を操るには不十分だ。

ましてや、アトリの〈十三〉という札は非常に特別なもので、はたして通常の訓練のみで制御ができるのかどうかもおぼつかない。

アトリがセオデンの森で力を暴走させたとき、現れた〈彼女〉のことを話すと、エレミヤはしばらく黙っていたが、やがて低く、

「そのことについては、わたくしにもわかりません。でも、〈骨牌〉には、時々以前の所有者の〈つながり〉の残滓《ざんし》が残っていて、力とともに現れることがあります。あなたの札が〈十三〉である以上、それはジェルシダの最後の公女、つまりあなたの前の、最後の所有者、ファーハ・ナ・ムール＝ジェルシダのものに間違いないでしょう」

「彼女は怒っていたわ、とても」

考えこみながらアトリは言った。

「とても怖ろしかった。あれは何なの？　何が彼女に起こったというの」

「さあ、そこまでは。でも、〈彼女〉は、あなたの感情に影響されたのだということは言えるでしょうね。〈つながり〉の残滓というのはたいへん不安定な上に、理性がないぶん、純粋ですから。あなたが侵入者に対して怒ったり恐怖したりしたのにひきずられて、見境のない怒りにかられたということも考えられます。

いずれにしても心配ありませんよ、アトリ。以前の所有者の影響は、〈骨牌〉が新しい所有者になじんでくるにつれて、しだいに消えていくものです。あまり気にしないで、がんばって訓練をお続けなさいな。ここにいれば、あなたを〈逆位〉たちに襲わせるようなことはけっしてさせませんからね」

でも、モランは、わたしが公女その人であるかのような態度をとったわ、とアトリは思ったが、言うのはやめにした。言っても、モラン憎しにこり固まっているエレミヤには、それは〈逆位〉がゆがんでいるからだと答えられるのが目に見えている。

それに、〈彼女〉が、たかが自分ごときの感情に引きずられるような弱い存在だとも思えない。あれはもっと強い、実体のある何かだ。アトリごとき、火の前のひとひらの雪片のように溶かし去ってしまう何か。考えていると、底なしの深い穴に落ちていくようで、アトリは考えるのをやめにした。

代わりに、訓練に打ちこんだ。〈寺院〉の暗い涼しい小部屋で瞑想していると、自分を構成する〈詞〉の宇宙がしだいに見えてくる。

いつかダニロの内部に手をのばしたとき見えたような、ひらめく銀線でできた生きた迷路だ。それを手でつかみ、引っぱったり、のばしたり、弾いたりすることを覚える。欠けているところがあれば、自らの裡から〈詞〉の響きを編み出し、修復する。ゆがんでいるところがあれば直し、自分自身を、この世でもっとも高く、もっとも直ぐい塔のように、そそり立たせるのが目標だ。

普通の骨牌使いはこの作業を、〈骨牌〉の札が象徴するような、普通の言葉を媒体にして行っているのだとエレミヤは教えた。

言葉が示す象徴は、真の〈詞〉が持つ響きに相似したものを術者の内面に描き出す。いわば、手袋をして熱い炭をつかむようなもので、安全だが、正確さには欠ける。アトリはそれを素手で、しかも、完全に正確にできるようにならなければならない。それでなければ、奔馬のような〈真なる骨牌〉を制御しきることはできないのである。

それはアトリにとって、力を制御する意味とは別に、ダニロを救えなかったようなあやまちをくり返さないための訓練でもあった。

動かぬ少年のおもかげは、今も夜の枕もとに浮かんできてアトリを苦しめる。二度とあんな気持ちにはなりたくない。〈彼女〉に振り回されるようなことが二度とないようにするのはむろんのこと。

同じように房から出てきた教師と生徒の二人連れが、エレミヤを目にしてあわてて頭を下げた。エレミヤはにっこり笑って会釈すると、アトリを促して訓練房の庭を抜け、建物の三階に位置する自室へアトリを伴った。

「わたくしはもうすぐ陛下のところへ行かなくてはならないけれど、いっしょにお茶を一杯飲むくらいの時間はあるでしょう。焼き菓子はいかが？」

「いただきます」

アトリはいきおいこんで答えた。ここへ来てはじめて口にした指のかたちの細長い菓子は、軽い泡立てクリームをつけて食べるととろけるように美味しい。

「ずいぶん上達したわ」

しばしのち、用意された茶器を前にエレミヤは言った。

「三日前と比べると、とても長い間光を保っておけるようになったわね。あとは、呼吸法を完全に覚え込んで、意識しなくてもできるようになるのが肝心よ。そうすれば、ほかのことに気を取られても調子を崩したりしなくなるわ」

「わかってるんだけど、難しくて」

濃いお茶を一口含んで、アトリは椅子に沈み込んだ。

「でも、そうも言っていられないんだわ。あれを覚えないと、いつまで経ってもわたしはこの寺院と、王宮の敷地内から出られないのよね？」

「そう。気の毒だけれど」

エレミヤは顔をくもらせた。アトリの裡に沈む〈十三〉と呼ばれる〈骨牌〉は、〈骨牌〉の王国と称されるハイランドにしても未知のものである。

不吉な噂のまつわりつく〈十三〉を受け入れるなど危険きわまりない、どこかへ監禁するのが最善の途と主張するものも重臣の中には多かったのだが、それにはフロワサール王自身が強硬な反対を述べた。

たとい閉じこめたところで、問題の根本的な解決にはならない。それに、彼女は長い間行方不明とされていた世継ぎの王子を伴ってきた。

加えて、彼女は外国人でもある。王国の支配を受けておらず、南の商都として強い力を持つハイ・キレセスのギルド構成員を監禁したと知れれば、不都合なことも起こりうるかもしれないと指摘したのだ。

日頃、あまり発言しない病弱な王の強硬さに気圧されたこともあったが、表向きには王を第一の権力者としている宮廷は、王の命には従わねばならなかった。

重臣たちが代わりに出した案は、アトリに行動の自由を与えるのとひきかえに、その自由を骨牌使いの城である〈寺院〉と、王宮内にのみ限定することだった。あるいは、彼女が自分でその力を制御できる保証がもたらされること。

むろん、アトリはまだ力をあやつるにはほど遠く、そもそもそれを教えるべき〈寺院〉の教師たちさえ、〈十三〉の力がどういうものかを理解していないのだ。

白い〈骨牌〉を受けたアトリは、立場上はエレミヤと同じ、王の〈骨牌〉として宮廷の枢軸の一角《いっかく》をなすこととなる。しかしそのような地位は紙の上のことでしかない。これは、事実上の軟禁と言えた。

「面倒見てくれてありがとう、エレミヤ。ごめんなさい、できの悪い生徒で」

熱い茶の湯気に力づけられて、思い切ってアトリは言った。

心底驚いたようにエレミヤは目を丸くした。

「まあ。どうして？」

「だってわたし、十七歳にもなって、ちっとものを知らないんですもの」

うつむいて、アトリはこぼれた茶の滴を指でぬぐい取った。

「これまで仮にも〈骨牌使い〉なんて名乗ってたのが恥ずかしいわ。ここにいる十歳の子どもだって知ってるようなことを、わたしは知らないのよ」

教師たちは礼儀正しく押し隠しているが、それでも時々、アトリがあまりにものを知らないのに狼狽しているのがはっきりと伝わってくる。時には、かなりあからさまな軽蔑も。〈十三〉の宿りなどにならなければ、このような小娘が王都の〈寺院〉の門をくぐることなどあり得なかったと考えているのだ。

「それなのに、れっきとした〈骨牌〉のあなたが、直々に教えてくれるんですもの。見てるとずいぶんいらいらするでしょう、わたしのこと」

「それはそうかもしれないけれど」

小卓ごしに、エレミヤはアトリの手にそっと自分の手を重ねた。

「ねえアトリ、最初からなにもかもうまくできるようになる必要はないのよ？　こんな状況にいきなり投げ込まれたことを考えれば、とてもよくやれていてよ。あなたはいい子だし、わたくしはあなたが好きだわ。課題ができないからってけっして嫌いになったりしないのに、どうしてそんなに不安そうな顔をするのかしら」

「不安ってわけじゃないの」

どきっとして、アトリは赤くなった。

「ただ、あきれてるだろうって、思ってるだけ」

「まあ確かに、びっくりすることはあるわね」

エレミヤは認めた。

「あなたの技術はそれなりのものがあるのに、〈詞〉そのものの知識に関してはどうしてこれほど何も知らされていなかったのかしら。不思議なくらいよ。お母さまに教えを受けたと言っていたわね？」

アトリはうなずいた。

「彼女の――ベセスダのことはわたくしも知っています。あんなに優秀な女《ひと》だったのに、とても残念だった。誰よりも賢明で誇り高かった彼女が、娘を〈寺院〉にも行かせず、きちんとした知識も伝えられなかったなんて信じられない」

「きっとわたしが覚えられないだろうって、思ったからだわ」

硬い声でアトリは言った。物知らずは母のせいではない、アトリのせいだ。母ほど、アトリの力量を知っている人はいなかったのだから。〈寺院〉に入れなかったのも、ほかの生徒の力を見て、自己嫌悪に陥るのを気遣ってのこと。

エレミヤは眉をひそめた。

「でも、物知らずというけれど、あなただって、わたくしたちの知らないことをたくさん知っているでしょう。わたくしたち、北の土地に閉じこもりきりの人間にはとうてい知りようのない、いろいろなことをね。陛下はとても喜んでおいでよ、あなたがよく、いろいろな話をしてくれるとおっしゃって」

「ほんとう？　だと、嬉しいわ」

話題が変わったことでほっとして、アトリはもうひとつお菓子を口にした。

「ねえエレミヤ、陛下って、とてもいい方ね。ロナーの兄上とは思えないくらいだわ。優しくて、礼儀正しくて。あら、でもこういう言い方をすると、メイゼム・スリスに睨まれるから、やめなくちゃいけないわね」

アトリは小さく舌を出す。

「かまわないのよ。あなたのそういうところが、あの方はお気に召しているの」

ころころとエレミヤは笑った。

「それにもちろん、わたくしもね」

最初の会見からあと、アトリは何度かフロワサール王との会見を重ねている。

しかし、〈骨牌〉と国王としてではなく、たいていは単なる友人として、気のおけない会話を交わすためだった。沿海州育ちのアトリと、この北国を一歩も出たことのないフロワサールには、たがいに教えあうことがたくさんあった。

商人の都市で暮らしてきた人間と、古代から続く格式と身分の中で生きている人間として、考えをぶつけ合うのは楽しかった。骨牌使いとして、また学者として、アトリが王から学ぶことのできた知識は、ハイ・キレセスにいては思いもよらない深いものだった。

時にはごく注意深く、双方の私的なことがらを交換しあうこともあった。それぞれがロナー、あるいはアロサールとして知る人間のことも話した。

どんな遊びをしたか、どんな話をしたか、どんな風に笑ったか。時には王がみずから小さな力を使って、昔していたというたわいもない〈骨牌〉遊びの一つを、布団の上に顕《あらわ》してみせることもあった。そんな時には、フロワサールの見えない瞳にも、少年のような輝きが戻るかに見えた。

式部卿のメイゼム・スリスは、そうしたアトリの行動は〈骨牌〉としての立場も、国王としての格式もくずすものだと考えて気に入らないようだったが、アトリと会うたびに、王の頬がわずかに生気を取り戻すことは事実だった。

それがアトリに眠る〈十三〉の力の影響なのかどうかはわからない。アトリとしては、自分の話が沈みがちな王の心をいくらかなりと慰めているのだと思いたかった。海と風と、氷の砕ける音しか聞こえない塔の頂上の、病める王を。

数日を王宮で過ごすうちに、こうした世界には慣れないアトリにも、若く虚弱な王が廷臣たちに軽んじられていることがわかってきた。

真に力を持っているのは王の叔父でもあるアシェンデン大公ペレドゥア、ついで、式部卿メイゼム・スリス。

実質、廷臣たちが王より王の叔父を重んじているのは新参者であるアトリの目にも明らかだった。塔の上の王の居室には、定められた謁見の時間以外に訪れるものもなく、反対に、客として逗留《とうりゅう》している大公の居室には毎日あふれるほどの人間が出入りしている。どこからわいて出てくるのかと思うほどだ。

ひょっとしたら、宮廷の人間というのは蟻のようなものなのかもしれない。いつもは穴の底に隠れていて、権力や富のにおいをかぎつけるとのこのこ出てきてたかるのだ。人間とはそうしたものだと知ってはいたが、ここまであからさまにされると、いやな気分にならずにはいられなかった。

メイゼム・スリスはそんな大公にべったりくっついて、あちこちちょこちょこ歩き回っている。彼は骨牌使いでもあるが、〈骨牌〉たちの属する〈祖なる木の寺院〉には加わっておらず、逆に〈寺院〉を抑える側に回っているらしい。

その力は〈骨牌〉の王国ハイランドの高位の貴族であるという証でしかなく、真に力に伴う責務であるはずの〈詞〉の安定を保つことや、それを操って人の役に立てるなどということには、さらさら関心がない。

数日前にもアトリは、あまりに頻繁に王を訪問しすぎることについて、彼とやり合ったばかりだった。そのことを王に告げると、深い吐息をついて、

「彼のような貴族のほうが、ここでは尊ばれるのだ。悲しいことだが」

岸壁に波濤の砕ける午後、静かな声でフロワサールは言った。

「あなたのような方は尊ばれないと？」

「わたしは何もそんなことは言っていないよ、アトリ」

「でも、そういうふうに聞こえます」

「賢い娘だな、あなたは」

枕の上から、王はアトリをじっと見つめた。奇妙な表情がその目を走り抜けた。

「これが、〈天使〉のもたらす宿命というものかな」

それからすぐ話題が変わってしまったので、それ以上この話を追及することはできなかった。

そんなことを思い出してエレミヤに話してみると、エレミヤは思案するように、顎を片手で支えて頬杖をついた。

「そうね。健康に欠けたところのある王は、調和を最高の状態とする〈骨牌〉を統べるものとしてふさわしくないという風潮は、むかしからあるの」

「そんな――」

「この王国でもいくつもの紛争が、もっとささいな理由から起こっているわ」

エレミヤは悲しげに肩をすくめ、それでね、と先を続けた。

「それはともかく、先代の陛下はたくさんのお妃をお持ちだったけれど、フロワサール様とアロサール様、あなたのいうロナーね。そのお二人のほかはみんな姫か、生まれてもすぐに死んでしまったの。

もしもほかに王子がいれば、フロワサール様が玉座に座られることはなかったでしょうね。でも、アロサール様の母上は低地の豪族の姫でいらしたから、どんなに丈夫な、賢いお子でも、アロサール様を玉座にすえることは貴族たちが許さなかった。

ましてや、骨牌あやつりの力もないお子では。もし、どちらかが〈天使〉を身に受けることでもありさえすれば、もっと別な道もとりえたかもしれないのに」

当時を思い出すように、エレミヤの目がつかの間閉じられた。

「フロワサール様がご結婚なされて、そのお子さまが健康でいらっしゃればいいのだけれど。王家の血は、もう濃くなりすぎているのかもしれないわね。王国が建国されてからというもの、ほとんど高地人の間だけで婚姻を繰り返してきたのですもの。

昔、大地を統べた〈天の伶人〉たちは、兄と妹、母と息子で結婚したこともあるというわ。今でも、いとこ同士の結婚が尊ばれるのはその名残。〈骨牌〉の民は、〈骨牌〉の民しか愛することができないのよ」

驚いて口もきけないアトリの茶碗に、茶をつぎ足す。

「でも、アロサール様がご健康なのは、母上が、遠い森のなかから来たお方だからじゃないかとわたくしは思っているのよ。あの黒い髪と瞳をあなたも見たでしょう。あれこそが、王国に新しい風を持ち込むものなのでしょうに、だれも、そう思ってはくれないわ」

アロサール様ご自身でさえね、とつけ加えて、首を振った。あまりに立ち入った内情を明かされて、アトリはどう反応すべきなのかわからなかった。

「わたしにそんなことを話していいの？　そんな、王家の」

「アトリ」

エレミヤのつぶやきはほとんどため息のようだった。

「でも、あなたも、こういうことはいつか知っておかなければならないのよ。あなただって、いずれは王の〈骨牌〉として、数代の王の治世にわたって、国事の決定に関わることになるんですからね」

不意打ちに近い指摘だった。動揺して、アトリは口を閉ざした。これまで一度も、話されたことが自分の身にかかわってくるなどとは考えてもみなかったのだ。

話がとぎれたのを機に、エレミヤはからになった茶瓶を満たさせようと呼び鈴に手を伸ばしかけた。

そのとき、部屋の脇の通用口から黒い服の修練生が現れて、胸の前に手を当てて一礼した。エレミヤの耳に口を寄せ、何事かささやく。

「ええ。そう、わかったわ。アトリ」

茶器を置いてエレミヤは立ち上がった。

「すまないけれど、ちょっと失礼するわね。よかったら、このままここで休んでいらっしゃいな。そんなに遅くはならないと思うから。もしかしたら、あなたにいいことを教えてあげられるかもしれないわ」

「いいことって、何？」

「さあ、何かしら。とにかく、ひとつは今教えてあげられるわ。あの森の〈虎〉たちのことなのだけれど、今日、王の名前で恩赦と追討停止命令が出されたわ」

「えっ？」

「もう捕まっている人たちは別だけれど、今、森に隠れている人たちが捕らえられる危険性はなくなったわ。王の名において、骨牌使いの監視と呪縛を置かせたから、誰も命令違反はできないはずよ。だから、安心しなさい」

「ああ、ありがとう、エレミヤ。わたし、わたし嬉しい」

胸を弾ませて、アトリはエレミヤに抱きついた。

エレミヤはそっとアトリを抱きかかえて髪をさすった。

「かわいそうに、ずっと気にしていたのね。捕まっている人たちも、大公に命じてなんとかしてあげると陛下はおっしゃっていたわ。だからお礼は、わたくしではなくて陛下においいなさいな。きっと、とても喜ばれるから」

「そうね、そうする。でも、頼んでくれたのはあなたなんでしょう、エレミヤ。感謝します、ほんとにありがとう」

「いいえ、違うわ。頼んだのは、アロサール様。ロナーよ」

エレミヤは出ていった。アトリはぼんやりしたまま椅子のそばに立ちつくしていた。

ロナーが？　恩赦を？

「嘘でしょ？」

呟いてみたが、むろん返事をする相手はいない。

とたんに、エレミヤに伝言を持ってきた修練生がまだ立ったままでいるのに気づいた。

独り言を聞かれたかと思うと妙に居心地が悪く、アトリは再び椅子に腰を下ろして茶碗を取ったが、修練生は出ていかない。どうやらここにいて、アトリの相手をつとめるよう言われているらしい。

それにしては口をきかず、無遠慮な視線でアトリをじろじろ眺め回している。もしかしたら監視役かしらね、といくらか皮肉にアトリは考えた。エレミヤのことは好きだが、この宮廷の全員を同じように好きになれるわけではない。

ここでは〈寺院〉の骨牌使いたちだろうとなんだろうと、宮廷の連中と代わり映えしないということを、短い期間にアトリは学ぶに至っていた。それを言うなら貴族たちのほとんども、先祖伝来の〈骨牌〉とあやつりの力を誇る、強力な骨牌使いぞろいなのだ。

「ねえ、すみません」

むっつりした修練生に声をかける。

「この部屋は〈骨牌〉専用なの？　それとも、エレミヤの持ち物？」

「この部屋は、王の〈骨牌〉となることが決定したときに、王から下賜《かし》されるものです」

挑みかかるように修練生は答えた。

「それまでは誰でも皆、あの西側の棟の宿舎に寝起きしているんです。王の〈骨牌〉となるのは、われわれ全員の最高の名誉なんです」

アトリはほとんど聞いていなかった。つと椅子を立って、窓を開ける。

そこからだと、王宮からのびる灌木《かんぼく》に囲まれた美しい小道がよく見えた。吟唱の授業を受けている幼い生徒たちが、澄んだ声をそろえていた。森でも聞かされた、里人たちの素朴な古歌だった。単純なその旋律には、骨牌を使う上での〈詞〉の〈場〉をととのえる働きがあるのだと、背の高い教師が説明している。

「身分の低いものの間ではやっている呪歌だな。まあ、内容はたわいない伝説にすぎないが、その効果は、複雑なあやつりのわざに負けないくらい有用だ。使わない手はないぞ。さあ、やってごらん」

(母さんも、あんな風にあそこで歌っていたのかしら)

王の〈骨牌〉に下賜される部屋。その言葉が、まったく別の意味を持って聞こえていた。自分に関わることではなく、過去。十七年前、もしかしたら、この部屋を与えられていたかもしれない女性のことが、いやおうなくまた頭に浮かんできた。

「あの、もしかして、ベセスダ、という名前を聞いたことはありませんか」

振り向いて、まだそこに突っ立っていた修練生に、おそるおそるアトリは問いかけた。

「十七、八年前に、この〈寺院〉にいたはずなんですけど。もう少しで、王の〈骨牌〉に推挙されるところだったらしいんです。ご存じありませんか」

「いいえ、知りません」

そっけない答えが返ってきた。だが、相手が王の〈骨牌〉の気に入りであることを思い出したらしく、少し考えて、

「でも、十何年か前に、とても期待されていた女性の骨牌使いが、〈骨牌〉への試練の儀式を前にして、重い病気で祖国へ帰ってしまったという話は聞いたことがあります。そのときの女性が、そういう名前だったかもしれません。

で、それが何か？」

「いえ。いいんです」

胸にあいた穴を、冷たい風が吹き抜けていくようだった。

病気。わたしをはらんだことは、母にとっていまわしい病気でしかなかったのだろうか。治さなければならない、追い払わなければならない病魔。それがわたし。見知らぬ男に押しつけられた、要りもしない娘。

不安になってしまうのは、母の顔を思い出すからかもしれない。娘に訓練をほどこすとき、母はけっして叱ったりすることはなかった。ただ、娘の失敗を黙って見つめ、冷ややかに後片づけを命じるだけだった。

いつもと変わらぬその声が、アトリにとってはどんな罰より怖ろしかった。底に流れる娘への失望が彼女をおびえさせた。

いつもどこか遠くを、娘の自分にははかりしれない遠くを見ている、美しい母。もしも彼女を本当に失望させてしまったら、母は自分を捨てて、一人でどこか遠くへ行ってしまうか

もしれないと、幼いアトリはなかば以上、本気で信じていたのだった。

いまにして思えばたわいない子供の夢想にすぎないが、夢を見て目が覚めたいくつもの夜、アトリはそっと寝台を抜け出して、別室で眠る母をのぞき見たものだった。母がまだそこにいるかどうか、出来の悪い娘を見捨てて、もっといい弟子を捜しに出ていってしまっていないかどうか、確かめるために。

その母が見ていたかもしれないものが、いま目の前にある。

暗い目で、アトリは豪華な室内を見回した。

わたしがこれを、母さんから取り上げてしまったのだろうか。曲線を描く優美な机も、天鵞絨貼りの椅子も。どれもこれも、しがない港町の骨牌使いにはけっして手の届かないものばかりだ。

(あんなに優秀な女《ひと》だったのに、とても残念。誰よりも賢明で誇り高かった彼女が)

賢くて自信に充ちたエレミヤ。誰からも愛され、尊敬されている王の〈骨牌〉。

——わたしさえ生まれなかったら、母さんは、あんな風になれていたのかしら。

庭では吟唱の授業が終わりを告げていた。

ため息をついて窓を閉めようとすると、目の下の小道を、王宮のほうから大股にやってくる人影を見つけた。なんだか見覚えがある。

誰かしら、と思うと同時に、それがロナーであることがわかった。

怒ったような顔をして、わき目もふらず歩いてくる。国に帰ったというのに、いまだに旅の途上のままの古ぼけた毛織りの外套と、黒っぽい胴着を身につけていた。

「ロナ……」

反射的に声をかけかけたが、声が届くには少し遠すぎる距離だった。

しかも、後ろから、息のつまりそうな修練生の視線がじっと首筋に当たっている。だいたい、呼び止めても話す話題などありはしないのだ。

迷っていると、ロナーのあとから、もう一人誰かが小走りにやってきた。

長いドレスの裾を持ち上げて追いかけてくるのは、驚いたことに、ツィーカ・フローリスだった。

アトリは意外に感じたが、考えてみれば、モーウェンナが〈骨牌〉であるのなら、その補佐役であるツィーカ・フローリスが世継ぎのロナーを知らないとは考えにくい。二人とも、よく演技していたものねとアトリは思った。

ツィーカ・フローリスはロナーに追いつくと、腕をつかんでひきとめた。内容まではわからないが、せっぱ詰まった口調で何か訴えかけている。

ロナーは腕を振り払うと後ずさりし、一言二言、あざけるような調子でなにか答えた。

ツィーカ・フローリスは首を振った。声の調子が哀願するようなものになり、アトリは耳を疑った。

「何を見ていらっしゃるんです？」

後ろで修練生のいらいらした声がしたが、それどころではなかった。

アトリはその場に釘付けになったままぴくりともできなかった。ロナーがいきなり腕を伸ばすと、ツィーカ・フローリスを引き寄せ、身体の下にねじこむようにしたのだ。ツィーカ・フローリスの長い腕が、宙をかくのをアトリは魅せられたように見ていた。

やがてその腕はゆるやかな曲線を描いて舞い降り、ロナーの黒い髪のまわりに蛇のようにまとわりついた。白い細い指が、何かの木の根か触手のように髪の毛の中を這い進んでいく情景が脳裏に浮かんだ。

アトリは戸を閉めて、椅子に戻った。

茶碗を手に取ってみて、冷めた茶の表面にゆらりと波が広がっていくのをぼんやり見ていた。茶碗をおろすと、ふれあった磁器が鈴のような音を立てて鳴った。

ばかみたい、何震えてるのよ、とアトリは思った。

何が世継ぎよ。ただのごろつきじゃない。ダーマットと変わりないわ、あんなところで、あんな、……あんな――……。

結局、それ以上茶は減らなかった。しばらくたってエレミヤが戻ってきて、石像になったように座りこんでいるアトリに心配そうな顔をした。

「どうしたの、アトリ。気分でも悪いの？　わたくし、無理をさせすぎたかしら。少し顔が赤いんじゃなくて？」

「なんでもないわ。お茶を飲み過ぎて、暑くなったの。おいしいわね、これ」

ようやくアトリは笑顔を作った。

　エレミヤは少し眉をひそめたが、わかったしるしにうなずくと、いたずらっぽい表情でアトリの顔をのぞき込んだ。

「アトリ。外に行きたくない？」

　いましがたのことで頭がいっぱいだったので、返事が遅れた。

「ええ？」

「外へ散歩にでてみたくないかしらと訊いたのよ。本当にだいじょうぶ？　どうしたの、ぼんやりした目つきで」

「ああ。いえ、ごめんなさい。そうね、ちょっとのぼせてるのかも。外へ、ですって？」

　ようやく理解がやってきて、アトリはつい聞き返した。

「でも、いいの？　わたしの〈十三〉の力は、この〈寺院〉で、王宮で、〈骨牌〉たちのそばにいるからこそ抑えられているんでしょう。ここを出たら」

「手を出して」

　言われたとおり、アトリは手を出した。

　エレミヤは服のどこかから、深い紅紫の天鵞絨にくるまれた小さな包みを出した。中から出てきたのは、絹糸のように細い金の鎖だった。乳白色のつやのある、固い絹のような材質でできた半月形の飾りがついている。かすかに甘い香りがした。

「これは、アドナイからあなたへ」

　そう言って、エレミヤは鎖を載せたアトリの手を包むようにした。

「たった今、もらってきたところよ。アドナイが、彼の木の一部に力を込めて作ったの。それをつけていれば、しばらくは平気のはずだわ。アドナイは、あなたに会ったときからずっとこれにかかりきりだったのよ。

もっとも古き〈骨牌〉の力が織り込まれているのだもの、少なくとも、一日街で楽しむ間くらいは、あの……力が不用意に出ることはないはず」

アトリはうなずき、ぎゅっと飾りを握りしめて、その快い冷たさを味わった。そこからじわじわと快さが広がり、たった今目にしたことで波立っていた心を静めていった。ほんの数呼吸のうちにアトリはとても安らいだ気分になっており、そのことに驚いた。

「ありがとう、もらっていくわ。でも、ほんとうにいいの？　その、わたしが出歩くことだけど」

ためらいがちにアトリはエレミヤを見上げた。

「陛下からの伝言よ。〝わたしにも、弟の友人にわが国を案内してさしあげる権利はあるはずだ〟ですって」

青い瞳が楽しげにきらめいた。

「どうするの？　行く？」

「行くわ」

アトリは叫んだ。まったく突然に、自分がこのきゅうくつな宮廷と〈寺院〉の暗い建物に閉じこめられていたことでどれだけ気を腐らせていたかに気づいたのだ。

「いつ行けるの？　今日？　それとも明日？」

「いつでもいいわよ」

楽しげにエレミヤは保証した。

「あなたさえよければ、今からでも。ちょうど今、都の中央広場で、定例の市場が開かれているころよ」

「行くわ」

断固としてアトリは言った。エレミヤはわがことのようにうれしそうだった。

「じゃあ、馬車を用意させましょうね。〈骨牌〉のだれかがいっしょに行くから、万が一にも危害が加えられることはないわ。わたくしはこれから、陛下の補佐をして閣議に出なくてはならないからいっしょには行けないけれど、楽しんでいらっしゃいな」

「ありがとう」

心からアトリは礼を言った。

「アドナイにもお礼を言っておいてね。そうだ、ついでだから、何か買ってきてほしいものでもある、エレミヤ？」

「買ってきてほしい、というのではないのだけれど」

とまどったようにエレミヤは声を低めた。

「アロサール様のところをお訪ねしてみてくれないかしら。南大路の広場に面した、〈黄金の竪琴〉という宿屋にいらっしゃるはずよ」

「アロサ……ロナーね？」

つかの間不快感がよみがえり、アトリは口をへの字にした。あの女ったらし！

「彼、この王宮にいるんじゃなかったの？」

「あの方は王宮に泊まったりなさらないの。たとえ、天が落ちてきたって」

そのことに関しては、エレミヤもさんざん悩んで努力したらしい。おだやかな茶色の目にあきらめの色が浮かんでいた。

「できれば連れてもどってほしいけれど、無理でしょうね。三日以上王都に滞在なさってることからして、奇跡だわ。自分は流れ者だから、王宮なんかに部屋を取るわけにはいかないって言い張られるのよ。〈骨牌〉で様子を見るのは礼儀にはずれているし、アドナイは絶対に教えてなんかくれないし。あの方のことだから、きちんとやっているだろうとは思うけれど」

「いいわ、わかった。南大路の〈黄金の竪琴〉ね」

この力ある〈青の王女〉が、まるで小さな弟を心配する姉の顔をしているのが何だかほほえましかった。産みの母のモリヤ妃なきあと、彼女がフロワサールとロナーの兄弟を養育したことは聞いている。

「よかった。お願いね」

このひとは、〈骨牌〉にならなければどんな女性になっただろうか。

親切でかしこい彼女は、持ったことのない優しい姉のように思える。フロワサールとロナーにとってそうだったように。

ついまた母のことが頭に浮かび、アトリは急いで考えをほかのことに向けた。

「それじゃ、行ってきます。王にお話しする種を、たくさん集めてくるわね」

5

出かけるにあたっては、ダーマットも誘った。彼もまた、きゅうくつな宮廷暮らしに骨の髄《ずい》から腐りかけているくちだったのだ。これ幸いと、喜び勇んで馬車に乗るダーマットを見て、アトリはふと気がかりになった。

「ねえ、ダーマット。ファウナはどうしたの？」

「ああ？　ファウナか。いや、そういえば見ないな」

馬車の昇降段に片足をかけて、ダーマットはきょろきょろする。

「一応、呼んではみたんだが。そのへん少し捜してみるかい」

「いえ、いいの。ちょっと気になって」

不安がちくりと胸の奥でうずいた。フロワサール王の居室で騒ぎを起こしてからというもの、ファウナはひどく口数が少なくなり、アトリと視線を合わせるのを避けるようになってしまっている。

仕方がない、自分は彼女の復讐を邪魔したのだと我慢していたが、最近はようやく屈託のない笑顔を見せてくれるようになって安心していた。今日は久しぶりに彼女の豪快な笑い声が聞けるかと思っていたのに、どこへ行ってしまったのだろう。

(早まったことをしてなきゃいいけど)

しかし、王宮は何も事件の気配はないし、今朝、おともを引き連れて回廊を歩いているアシェンデン大公を見かけたので、最悪の事態は起きていないはずだ。

それでも不安は消えず、やはり、ちょっと捜してみようかと馬車を降りかけたとき、黒髪をなびかせた少女がきざはしを駆け下りてきた。

「アトリ、出かけるのか？　それなら、モーウェンナも行く」

「あら、でも、〈館〉のお仕事はいいの、モーウェンナ。ハイ・キレセスの。報告を受けなきゃならないんでしょう、〈寺院〉にいて」

「それはツィーカ・フローリスがやってくれる。どのみち、表向きの〈館〉の主はツィーカ・フローリスなのじゃもの。小さなモーウェンナではなく」

馬車に飛び乗った〈塔の女王〉モーウェンナは口を手で覆ってくすくす笑った。

〈斥候館〉にいたときの刺激的な衣装はさすがに身につけていない。貴族の子女風の裾長な子供服に、髪を葡萄酒色のリボンでまとめ、磨いた黒い革の靴の踵《かかと》を鳴らしている。ダーマットが不平たらたらで唇を突きだした。

「なんだよ、コブつきかい。せっかくお嬢ちゃんと二人きりになれると思ったのに」

「そなたのような不逞の輩とアトリを二人きりにさせるわけにはいかぬわ、愚か者」

ダーマットに向かってぴしりと決めつけておき、御者に向かってもの慣れた調子で命じる。

「出しておくれ」

馬車はすべるように動きだし、ファウナを捜しに行く機会も去った。

仕方がない。足をぶらつかせているモーウェンナの肩に手を置き、アトリは座席に身を沈めた。

王宮の警備の堅固さを信じることにしよう。冷静にさえなれば、ひとりで復讐を考えることがどれだけ無謀か気づくに決まっている。そう信じたい。大公に非道を思い知らせてやりたいのは、けして彼女だけではないのだ。

「〈寺院〉の修行はどうだえ、アトリ。エレミヤは上手に教えておくれかえ」

モーウェンナはまだ自分を監視しているのだろうかとちらっと考え、アトリはすぐに後悔した。それは意地悪な考えだ。今のところ、知られて困るようなことは何もないのだから、素直に答えてやるべきだ。

それに、ここへ来てからモーウェンナとは、友だちらしい話もしていないのだし。少し考えて、アトリは肩をすくめた。

「まあまあね。でも、瞑想ばかりしているのには参っちゃうわ。退屈で」

気軽な返事をもらって、モーウェンナの表情がぱっと明るくなった。

「つい途中で眠ってしまって、エレミヤに叱られるの。彼女、普段はあんなに優しいのに、教師役になったらどうしてあんなに怖いのかしら」

「生真面目じゃからな、〈青の王女〉は」

ふふとモーウェンナは笑った。

「エレミヤが来たときには、今いる〈骨牌〉はまだ二人しかおらなんだのじゃ。つまりエレミヤは、われわれの中では三番目に古い。たしか、三代前のコーレン王が即位のときにここへ来たのではなかったかの。〈骨牌〉たちが入れ替わっていく中、智恵あるエレミヤはいつも、皆のやさしくも厳しい導き手であったよ」

二人の王子たちにとっても、とつけ加えてモーウェンナはまた笑った。

「三代前！　すると、五十年は昔ってことか」

ダーマットが目をむいた。

「せいぜい三十くらいにしか見えないぜ、彼女は」

「まれにそういうものがいるのじゃ。あまりに〈骨牌〉と適合する資質を持っていたために、老いと死が遠ざけられてしまう。アロサール殿が、兄君の命を延ばすために〈骨牌〉を捜そうとしたのは、そういう理由もある」

柳眉《りゅうび》がわずかに曇ったと見たのはアトリの錯覚だったろうか。

「今いる〈骨牌〉の中では、三番目に古いって——一番はアドナイよね。じゃ、二番は？」

アトリの問いに、モーウェンナは首をめぐらせて窓の外を見つめた。長い間があき、聞こえなかったのではないかとアトリが心配になり始めたころ、低い答えが返った。

「エレミヤは二十七で〈骨牌〉となったよ」

一見、問いとは関係のないように聞こえる返事だった。

「それ以来、一日たりとて歳を取っておらぬ。少なくとも、外見の上では」

しかし、とモーウェンナは言った。

時が降りつもるのは、なにも肉体の上だけではない。精神の上にも、時は流れる。老いや成長といった、目に見える置きみやげを残すこともなく、ただ過ぎていく永い刻が。

アトリはようやく悟り、同時に、同情と後悔が波のように襲ってくるのを感じた。

「あなたなのね、モーウェンナ。二番目は」

「五人の王が通りすぎるのを見送った」

アトリは友人を抱き寄せた。細い肩の小ささが、ひどく哀しかった。アトリの胸に顔を埋めて、かわいた声でモーウェンナは呟いた。

「そして、もうすぐ六人目を見送ろうとしているよ。これから先も、見送るにちがいない。何人も、何人も、何人も」

むろんそれは、この〈詞〉の揺れが何事もなく収まればの話じゃが、と自嘲するように肩をすくめる。アトリはなにも言えず、ただ友だちを抱きしめた。

「わたしもエレミヤのようになるのかしら。あるいは、あなたのように？」

「わからぬ。だれも知らぬ」

モーウェンナはかぶりを振る。

「〈骨牌〉を受けたもの皆がこのような身体になるとはかぎらぬのじゃ。その上、アトリ、そなたは〈十三〉の身。〈十三〉を受けた〈骨牌〉はいまだかつてなく、知られておるかぎりで最後の〈十三〉であったジェルシダの公女ファーハ・ナ・ムールについての記録は、その一切が破棄されておる」

不老不死を望むものは世の中には多いだろうが、自分にその可能性ができたと聞かされても、アトリは嬉しくなかった。身内に、いつ暴発するかわからない火種を抱えた状態で、不老不死を囁かれてもなにが嬉しいものか。

加えて、永い時を生きるということがどのような意味を持つのか、教えてくれる相手が目の前にいる。モーウェンナの黒い瞳は、ハイ・キレセスにいたころは見せたことのない、底なしの翳りを帯びていた。

「ユーヴァイル。〈月の鎌〉、あのひとはどうなの？　あの人も歳を？」

「ユーヴァイルは三年前に来たばかりじゃ。確か、没落した貴族の子弟であったと聞いているが、くわしいことはモーウェンナも知らぬ。しかし、あれもどうなるかはわからぬて。あれは……あれはいささか、特殊なものじゃから」

「特殊って、なにが？」

言葉をにごしたモーウェンナに、アトリはつい先をうながした。

「ユーヴァイルはな」

話してもよいものかどうか、モーウェンナは少し迷った様子をした。

「あれは――一時期、〈異言者〉だったことがあるから」

「ええ？」

どういうことなの？　王の〈骨牌〉が、もと〈異言者〉？

もっと問いただそうとしたとき、いきなりダーマットが両手の拳をぶつけて「しまった！」と怒鳴った。

何事か、と二人が視線を向けた先で、ダーマットはぶつぶつと、

「二十七。五十年前に二十七、すると、八十も近いってことになるじゃねえか！　まいったなあ、ちっと年増だが、いい女だと思ってたのに。あそこの女どもときたら、そろいもそろって冷感症ときてやがるからな。こうなりゃ歳には目をつぶることにして、外見で勝負するしか、って、おい」

まじまじと観察している女性二人に向かって、不機嫌そうに口をつきだした。

「なに見てんだよ、おまえら」

先に、モーウェンナが笑い出した。

アトリも遅れて噴き出し、〈館〉でやっていたように、二人は互いの肩にもたれて笑いに笑った。ダーマットはひとりむくれ顔で、

「おい、なんだってんだよ、いったい。何がそんなにおかしいってんだよ。まったく女ってのはどいつもこいつも、くそ」

笑っているうちに、馬車は都市の中心街に入った。

市場はすぐに見つかった。石畳のしかれた円形の広場で、真ん中には雪をかぶった高い石柱が立っている。〈骨牌〉の模様が彫り込まれた石柱は噴水になっていて、凍りついた水が、レース細工のような繊細な氷の柱を作っていた。

まわりでは、子供たちが雪をとって、珍妙な格好の雪の人形をたくさんこしらえている。周囲にはどっしりとした造りの宿屋や商店が並び、小屋掛けの小売商も店を出していて、たまの晴れ間に外に出てきた人々で、沸き立つような活気だった。

〈黄金の竪琴〉亭はそこの一隅にあった。古い看板には金箔《きんぱく》の剝げかけた竪琴の彫刻があり、すすけた梁《はり》は煙で燻《いぶ》された艶が出て、いかにも歴史を感じさせる建物だ。

帳場でロナーの所在を訊いてみると、そのような風体の人物はたしかに泊まっているが、朝からどこかへ出かけてまだ帰ってこないという返事である。

「仕方ないわね。しばらく帰りを待っていましょうよ。せっかくエレミヤに頼まれたんだから、会わずに帰るのもしゃくだし、それに、ここ、面白そうだもの」

「賛成じゃ」

モーウェンナが喜んで手を引っぱった。

「あっちに木の実菓子の屋台が出ていた。アトリ、ひとつ買ってみようではないか」

「げっ、菓子かよ。俺はもっとこう、きゅうっと一杯やれるもののほうがいいね」

「きゅうでも十でも好きなようにしてくるがよいわ。アトリ、行こう」

ダーマットは喜々として宿屋の長い木の椅子に座りこみ、アトリはモーウェンナと手をつないで外の寒風の中に出た。

陽が出たとはいえ、北国の弱い太陽は大気を暖めるにはとても及ばない。それでも人々は白い息を吐きながら、声高に話し合ったり笑ったり、時にはののしったりして日々の糧《かて》を稼いでいる。

甘い湯気を上げる屋台の人垣にもぐりこんで、アトリとモーウェンナは揚げた木の実入りの麦粉に砂糖蜜をからめた菓子をほおばった。それを手始めに、並んだ店をかたっぱしから冷やかして歩く。食べ物があれば味見する。エレミヤは十分な小遣いを持たせてくれていたので、資金には不自由しなかった。

「どうしたの、それ、欲しいの？」

熱心に品物をながめているモーウェンナに気づいて、アトリは声をかけた。

「いや」

モーウェンナはすばやすぎるくらいに手にしていたものを下に置いた。赤い縁のついた小さな手鏡で、モーウェンナはそれを、鏡の裏まで突き通さんばかりの目つきで、食い入るように見つめていたのだった。

「別に欲しゅうはない。それより、ごらん、アトリ。アトリの鳥じゃ」

ごまかすように、モーウェンナは真鍮《しんちゅう》の小さな鳥をさしあげて見せた。

「ふうん、そうね」

アトリは、隣の屋台でこのあたりの人が着ている暖かそうな毛織りの上着を物色している最中だった。

「でもそれ、小夜啼鳥じゃなくてたぶんツグミだと思うわよ。ねえ、こっちの灰色のと、赤いのと、どっちがいい？」

議論の末、灰色のがいいと決まった。そちらのほうが値引きがよかったのだ。

「信じられぬ娘じゃな」

買い物を抱えて人混みを離れながら、モーウェンナはさかんにぶつぶつ言った。

「使える金はたっぷりあるのじゃから、なぜわざわざ安いほうなど買わねばならぬか。いっそ両方買ったところで、空になるような財布ではないに」

「だって、こっちのほうが毛が上等だし、縫いも丈夫よ。わあ、暖かい」

買った上着にさっそく袖を通して、アトリは嘆声をあげた。

「身体は一つしかないんだから、二着も買うなんて意味ないわよ。家から離れてるし、寒いところにいるんだから、とりあえずは暖かくて、着まわしできて長持ちしそうなのを選ぶのが賢い買い物ってものでしょ」

「またそういう。ツィーカ・フローリスの躾《しつけ》も行き届いておらぬか。嘆かわしい」

額を押さえて、モーウェンナが首を振る。アトリは忍び笑いをもらし、はっとした。

今のような会話を、何度となく交わしていたことが生き生きと蘇ってきたのだ。ハイ・キレセスの〈斥候館〉、あの木のある中庭で。

モーウェンナもまた、同じことを考えているのがわかった。二人はたがいの目をのぞき込み、同じ思いを認めた。しかし、館の庭はすでに遠く、いっしょに過ごしたたくさんの午後も、さまざまな嘘と思惑の向こうに去ってしまった。

「ハイ・キレセスにいるようじゃ」

静かにモーウェンナが言った。

「こんなふうな話をしていたな。いつも二人で」

「そうだったわね」

「帰りたいか？」

思いきったように、モーウェンナが尋ねた。

アトリは黙って雑踏を眺めた。短い問いを反芻《はんすう》する――帰りたい？

そう、もちろん。心が叫んだ。今すぐにでも。

「帰れたらどんなにいいだろう、とは、思うわ」

しかし、ややあって、自分でも驚いたことに、アトリは答えた。

「でも、帰らない。決めたの、そう」

「そうか。帰らない、か」

ぽつりと、モーウェンナは呟いた。一瞬、この幼い少女が過ごしてきたすべての年月が、小さな顔にのしかかるように思えた。

「忘れていた。そなたは、ほかの誰よりも、頑固な娘であったの」

それでもう、その話は切りにすることに決めたらしい。もたれていた屋台の柱からぱっと離れて、陽気にモーウェンナはアトリに呼びかけた。

「どうじゃ、アトリ、占いをしてみる気はないかえ。久しぶりに」

「占い？　だってわたし、〈骨牌〉を持ってないけど。え、それ？」

モーウェンナが自慢げに取り出してみせたものを見て、アトリは瞬いた。

「〈骨牌〉じゃない！　どこから持ってきたの？」

「むろん、王宮から、と言いたいところじゃが、違う。さっきの店で、店主がおまけじゃといってつけてくれた。これといっしょにな」

「なあんだ。それ、買ったの？」

「よい音がするであろうが」

いつのまにか、モーウェンナの拳には真鍮製の鳥笛がちんまりと握られていた。唇に当てて吹くと、本物の鳥の鳴き声のような涼しいさえずりが流れた。

「モーウェンナがこれで客引きをしてやる。いっぱい客が来るぞ。王の〈骨牌〉たる〈塔の女王〉に客引きしてもらうなど、余人にはできぬ贅沢じゃえ」

「でも、大丈夫かしら。わたし、〈十三〉を」

「しっ！　それを大声で言うでない。心配無用じゃ。アドナイのこしらえた封印ならば、占い程度のことではびくともすまい。

それにこれは、せいぜいが初心者用のおそまつな安物。こんなものに惹かれて出てくるような札ではないよ、あれは」

しばらくためらったあと、とうとう説得されてアトリは〈骨牌〉を手にとった。

袋越しの札の感触に心が静まるのを感じ、びっくりすると同時に嬉しくなった。やはり、自分は〈骨牌使い〉の、小夜啼鳥のアトリなのだ。

今まで、〈十三〉の力が暴発するのが怖くて、〈骨牌〉を遠ざけていたことがばからしく思えた。無くしてしまった母の〈骨牌〉のことを考えながら、慣れた手つきで札を並べる。

台は、早じまいするという野菜商の男に頼んで貸してもらうことにした。

始めてみると、占いをするというのはなかなかいい考えだったことがわかった。

札を並べて筋道を考えていると心の中のもやもやは薄れたし、その上、お金まで入ってきた。モーウェンナの連れてくる客たちは、いいと言っているのにきちんと礼金を置いていき、やがて、アトリの買ったばかりの上着の裾は、硬貨でずっしり重くなった。

「商売繁盛じゃの、アトリ」

ツィーカ・フローリスそっくりに言って、けらけらとモーウェンナは笑う。

鳥笛を鳴らしながら、可愛らしく飛びまわる彼女も繁盛に一役買っているのはまちがいない。いつの世も、人は子供に弱いものであり、それに、なんといってもモーウェンナは驚くほどの美少女だ。〈斥候館〉一の姫の名は伊達ではない。それに、占い師のほうもなかなかの美形とくれば、人気の出ないのがおかしいくらいだった。

広場にはほかにも骨牌使いが占いの台を出していたが、さすがに〈骨牌〉の王国に住まう骨牌使いだけあって、新参者の少女の客引きをしている女の子が誰なのか、知っているものがいたらしい。敵意のこもった視線がときどき投げられてきたが、文句をつける勇気のあるものはなかった。

十四、五人も立てつづけに占っただろうか。しゃべり詰めでのどが渇いてきて、そろそろモーウェンナを呼んで休憩しようかと思ったとき、彼を見た。

アトリは思わず骨牌札を投げ出した。早口に客にわびて、広場から延びる通りの入り口まで駆けだす。驚いたモーウェンナが走ってきた。

「どうしたのじゃ、アトリ」

「ドリリスがいたの。あそこよ」

「誰もおらぬではないか」

手を目の上に当てて、モーウェンナが背伸びをする。

溶けかけた雪のかたまりを避けて忙しく行き交う人々の中には、あの木の人形めいた小柄な修復師の姿はない。

「見間違いであろ。このようなところに、あのでくの坊のいるはずがないではないか」

「それは、そうだけど。でも」

でも、たしかに、いたと思ったのに。

あきらめきれずに周囲を見回していると、声もかけずに、いきなり後ろから肩に手を置くものがあった。

「ドリリス？」

満面を輝かせて振り返ったアトリだったが、笑顔はあっという間にしぼんだ。後ろに立っていたのは立派な身なりをした貴族らしい女で、ドリリスとは似ても似つかない、酸い果物をかんだような顔をしていた。アトリの態度が気に入らなかったのか、じろりとにらみつけてくる。

アトリはうろたえた。

「あ、すみません。知り合いかと思って」

「鳥笛を吹きながら回っていたのはそなたらですか」

何の前置きもなく、高飛車に女は言った。

「そうじゃ」

モーウェンナが子供っぽく答えて、笛を口に当てて鳴らした。

「恋愛に人捜し、金運に人生相談、どんなことでも良き〈骨牌〉を語ってみせるぞよ」

「では、お嬢様がそなたに占いをお望みです。わたくしについておいで、骨牌使い」

アトリの返事を確かめもせずに、くるりと後ろを向いてどんどん歩いていく。

案の定モーウェンナが憤慨して、どんと足を踏み鳴らした。

「なんじゃ、あれは。われらを誰と心得ておるか。待たぬか、無礼者！」

「待ってよ、モーウェンナ。まさか〈骨牌〉がこんなところで占いをやってるなんて、彼女が知ってるわけないじゃないの」

アトリはあわててモーウェンナを止めた。

「誰だか知らないけど、行ってみましょうよ。そのお嬢様っていう人に会ってから、正体をばらしてやるのも面白いじゃない」

「アトリがそう言うなら」

不承不承、モーウェンナは矛先を引っこめて、女についていくアトリの後に従った。

ぬかるみを踏まないように気をつけて歩きながら、アトリはもう一度、ドリスがいたあたりを振り返らずにはいられなかった。

人違いだったのだろうか？　でも確かに、木の人形みたいなひょろっとした背中を、あそこで見たと思ったのに。

考えにふけるアトリは、モーウェンナもまた同じようにドリスのいたほうを見ているのを知らなかった。無邪気な子供とはかけ離れた、考え深い表情を彼女はしていた。

「どういうことじゃ」

こっそり呟いたモーウェンナの声は、アトリの耳には届かなかった。

「あの男が、標的に姿を見せるようなへまはせぬはずじゃが」

貴族の女は、広場の片隅にひっそりと停められた一台の馬車にアトリたちを導いた。

窓には覆いがかけられ、車体に刻まれているはずの紋章も布で隠されているが、全体の造りはたいへん贅沢で、身分の高い人間のもののようだ。

「お嬢様はこの中にいらっしゃいます」

切り口上で言うと、女はふんと鼻から息を噴きだしてわきに寄った。たとえどのような気まぐれであろうと、このような卑しい身分のものを身近に寄せるべきではないのだと全身で主張している。

アトリはモーウェンナと目配せを交わし、いかにも畏れ入った風を装って、馬車の昇降段をあがった。

「あの、もしもし？」

扉をそっと叩いて、声をかける。

「わたしたちをお呼びかしら？　鳥笛を吹いてた、広場の占い師よ」

扉はほんの少し、開いた。

高価な香料の匂いがかすかにもれ出てきた。誰かが、息を殺してこちらを窺っている。耳をすましてやっと聞き取れるほどの、か細い声がした。

「……本当に、どんなことでも、占ってくれるの？」

「ええ、もちろんよ。明日の運勢、失せもの捜し、恋しい人の胸のうち。善きことは善きままに、悪しきことは善きことに。あなたの未来の物語を、語ってしんぜましょう」

ハイ・キレセスでしていたとおりの口上を述べ、アトリは細いすき間から中を透かし見た。

なんだか変だ。初めて聞くような感じがしない。いつだったか、こんな声で、こんな風にしゃべる相手を見た覚えがある。あれはたしか……たしか――

「じゃあ、あの……わたくし……」

おずおずと、中で人が動いた。

射し込んださささやかな外光に、声の主の細い顔の形がぼんやりと照らしだされた。

そのとたんに、誰だかわかった。

相手が扉を開ける前に、アトリは取っ手をつかんでさっとひき開けた。

「もしかして、あなた、アルディル公女？　アシェンデン大公のつれてきた」

中にいた少女は悲鳴をあげて顔をおおった。

「ぶ、無礼な！」

おつきの女官があわてて飛んできたが、この時とばかりにモーウェンナが鋭い声をあげ、束縛された彼女は棒を呑んだように直立するはめになった。

「やっぱりそうね、声で気がつくべきだったわ。ここへはなにしに来たの？」

「わたくし……あの……ごめんなさい」

ふわふわの毛皮で頭を隠して、アルディルはそれしか言わない。

「どうしてあやまるの？　ほら、わたしよ。フロワサール王の居室で会ったでしょう。お話はできなかったけど。わたし、アトリよ。新しい〈骨牌〉の」

「そしてこれは〈塔の女王〉、モーウェンナじゃ」

胸を張ってモーウェンナが名乗り、硬直したおつきの顔色が変わるようすに、小気味よさげに目を細めた。

それから真顔になり、公女に向かって問いつめるように眉をひそめてみせた。

「しかし、なぜお一人でここに？　見たところ、お忍びのようじゃが。護衛もないとはぶっそうな。お父君の大公は、このことをご存じでおいでかえ」

しかしアルディルは青ざめて震えるばかりで、口もきけない。

アトリはため息をついてモーウェンナと馬車に乗り込み、扉をばたんと閉めた。おつきは外へ置き去りにして。

「ねえ、お願い、こっちを向いて。これじゃ話もできないわ。わたしたちに占いをしてほしいんでしょう？　それならまず、何が訊きたいか言ってくれなきゃ」

「われらは気晴らしの遊びに来ているだけじゃ。公女のお忍びを他にもらして欲しゅうないなら、そうしよう。だから顔を隠さずと、話しておくれ」

モーウェンナの口添えで、いくらか警戒も解けたらしい。相変わらず、外の光に触れたら死んでしまうとでもいうように身をちぢめていたが、少しだけ頭を上げた。風にもおびえて茂みにもぐる、また、アトリは公女に生まれたばかりの子鹿を連想した。

茶色の小さな、かぼそい脚の子鹿だ。

「あの……本当なのですか。あなたたちが、陛下の……〈骨牌〉……？」

「ええ、そう。でも今は占い師なの。さ、何を占ってほしい？」

アトリはわざと気軽に骨牌をくってみせた。

「いえ、あの、もう、それはよいのです。それより、あの、〈骨牌〉様」

おずおずとアルディルはアトリを見上げた。

「あのう、もしかして、あなた方はアロサール様のいらっしゃる宿屋の名前を、ご存じではないでしょうか？」

「アロサール？　ああ、ロナーのことね。知っているけど、彼に何か？」

「お願いをしたくて……」

「どのような願いかによるじゃろうな。あの若君は、貴族と王宮にかかわることには一切近づかぬようにしておるから」

いくぶん意地悪く、モーウェンナが言った。

「して、願いとは？」

「あの……」

公女はしばらく言いよどむ。つぶらな茶色い瞳に、じわりと涙がにじんだ。せきを切ったように、言葉が口をあふれ出た。

「父は、わたくしをフロワサール陛下と結婚させるつもりでいるのです。どうか、わたくしを王妃に選んだりはなさらないでくださいましと——あの方から、兄上であられる陛下に……そう、お話ししていただきたくて、わたくし」

「結婚、ですって？」

思わずアトリがおうむがえしにしたとき、広場のほうで、わっと歓声があがった。

「何じゃ」

扉の窓をおおった布を、モーウェンナがあげた。

広場の一隅に、黒山の人だかりができている。競技場のように真ん中が広く空いて、そこで二人の人間が剣を戦わせていた。

足踏みするもの、拳を突き上げるもの、声援や罵声を飛ばすものでたいへんな騒ぎである。双方とも、なかなかの使い手らしく、勝負は拮抗していた。攻撃が身体をかすめるたびに、悲鳴とため息がいっせいにもれる。

「なんと、あれは王弟どのではないか」

モーウェンナが唸った。

「いったいどういうつもりじゃ、このような場所で騒ぎを――ダーマット！　相手はダーマットじゃな！　あの大うつけめが、あ奴の首をへし折ってくれる！」

「違うわよ、モーウェンナ。どうやらあの二人、わたしたちの真似を始めたらしいわ」

憤慨するモーウェンナに、アトリは笑いを抑えられなかった。

「わからない？　二人とも、本気じゃないの。ただの腕比べよ。まわりの人がお金を手に持って振ってるのが見えるでしょう。どっちかの勝ちに賭けてるのよ、あれ」

見ているうちに、ロナーがダーマットのあばらに鋭い突きを放った。

ダーマットはみごとに受け流し、巻き込むように剣を奪おうとしたが、ロナーはすばやく後ろへ下がって相手の意図をくじいた。

二度、三度と踏み込み、一瞬のすきを狙って肩から胸へと切り下げる。だが、すでに予測していたダーマットに下から刃をすくい上げられて弾かれた。

アトリは扉に手をかけた。

「見に行きましょ。あなたもいらっしゃいな、アルディル」

「え？　でも、わたくし」

「ロナーに会いに来たんでしょう？　わたしたちもよ。だったら、いっしょに来なきゃ。ほら」

ためらうアルディルを引きずるように馬車から連れだし、人混みへ引っぱっていく。硬直したままの女官の前を通るのは、痛快でないこともなかった。

「さ、このお金を賭けるのよ」

アルディルの手に何枚かの小銭を押しつける。

「あなたはロナーに賭けてちょうだいね。わたしはダーマットに賭けるから」

アルディルはおどおどしながらも目を丸くした。

「あの、あなたが世継ぎ様にお賭けになるのではないのですか？」

「いいの」

アトリは即席の賭け屋に自分の分の賭け金をきっぱりと渡した。

「こてんぱんに叩きのめされちゃえばいいんだわ、あの馬鹿」

何度かの休憩をはさんで、試合は続けられた。ロナーはときどきちらりとこちらに目を向けたが、そのまま戦いに没頭していた。

モーウェンナは怒ったように口を引き結び、アトリが賭けを勧めても応じない。アルディルの方は、初めのうちこそおろおろと右を向いたり左を向いたりしていたが、三本目、四本目と試合が進むうち、周りの熱狂が伝染したのか、ほんのりと顔を紅潮させて剣のわざに見入るようになった。

結局のところ二対三でロナーが勝利し、即席の剣術試合は幕を閉じた。

めいめいの損得をぼやきあいながら、見物人が散っていく。モーウェンナとアトリとおどした大公女は、手に入れたなにがしかのお金を持って〈黄金の竪琴〉亭にもどった。

帳場の前の卓に座って飲み物を頼んでいると、先にロナーが帰ってきた。健康な汗を額に浮かべ、黒い瞳は運動のあとの充実感と興奮に輝いている。後から入ってきたダーマットが遠慮会釈ない大声で笑って、力任せに肩をたたいた。

「いやあ、いい試合だったな。こんなおもしろい金儲けをしたのは久しぶりだぜ。あんた、王子様にしちゃあ、なかなか悪くない腕してるよ」

王子、という単語に何人かの客がぎょっと頭を上げたが、ほとんどの者にとっては周知の事実らしく、それぞれの仕事を黙々と続けている。ロナーのほうも上機嫌に相手の肩をたたき返した。

「そっちこそ、盗賊まがいのごろつきにしてはやるじゃないか。どうだ、これが終わったら、南の沿海州へいっしょに行かないか。時に応じて海賊船になる輸送船が何隻もあるらしい。乗り込めば、島々を回ってどこまでも旅を続けられる」

「なるほど、それも悪かないが、俺としちゃああんたが王様になったとき、将軍にでもやってもらえるほうが魅力だね。どうだい、アロサール王子」

「残念ながらそれは無理だな。アロサール？　誰だ、そいつは」

よほど楽しかったのか、卓に座っているアトリたちを見ても、片眉をはね上げただけで皮肉めいたことは何も口にしなかった。

「何の用だ？　居場所さえ報せておけば、あとは放っておいてくれる約束だろう」

「一言言わせていただく、アロサール殿」

卓上に背伸びして、モーウェンナがロナーに指を突きつけた。

「二度とあのようなことはお控え願おう。おん身はご自分の身体が、おのれ独りのものでないことをお忘れになる傾向がある。しかも、あのような盗賊やら何やらわからぬならず者と。〈骨牌〉探索の折り、われらがどれほど気をもんだかおわかりでないようじゃ」

つくづくうんざりしたように、ロナーは手を振って抗議を払いのけた。

「まったくうるさいな。こんなことでいちいち目くじらを立てるなよ」

――なんだ、おまえか。こんなところで何してる」

「わたしで悪かったわね。何よ」

顎をつきだしてアトリは一気に並べたてた。

「気に入らなきゃあっちへ行けばいいでしょ。わたしだって好きで来たわけじゃないわよ。あなたのおかげで銅貨を三枚損したじゃないの、どうしてくれるのよ」

ロナーは目を細めてアトリを窺った。

「何を怒ってる」

「ご自分の胸に訊いてごらんになれば？」

ロナーはさらに目を細めたが、小娘のかんしゃくにつきあっている暇はないと判断したようだった。肩をすくめただけであっさりと横を向いた。

「で、そちらは？　こんなところに来るような人間ではなさそうだが」

アルディルはまた殴られたように身をすくめた。

不承不承、アトリはアルディルを紹介し、ここに来た理由を話してきかせた。アシェンデン大公の娘、という部分でロナーはかすかに頬を動かしたが、口をはさむことなく最後まで聞いた。

「話はわかった」

ロナーは言った。

「しかし、悪いが、俺が役に立てることはどうやらないようだ、公女殿下。気の毒には思うが、ほかを当たってくれ。見ての通り、俺は王家の枠をはずれた身だし、〈骨牌〉の力のない世継ぎなど認めない貴族もおおぜいいる。あなたが王と結婚し、ちゃんとした〈骨牌〉操りのできる世継ぎをもうけてくれれば、それに越したことはない」

「でも、あなたは陛下の弟君ですわ」

か細い声でアルディルは主張した。話の間じゅう、彼女はほとんど黙りっぱなしで、事情の説明も大半はアトリ任せにしてうつむいていたのだ。

「陛下はこの国の主でいらっしゃいますもの。ほかの方々が何をおっしゃっても、陛下が否とおっしゃれば、誰も反対はできないと――そうではございませんの」

「国王の結婚というのはさほど単純なものではないのじゃ、アルディル殿」

哀れむようにモーウェンナがさとした。

「それは常に国のことを視野に入れて考えねばならぬものなのじゃ。普通の人間の結婚とは違う。アシェンデン大公家は、オレアンダと同じく〈骨牌〉のハイランドの血筋。そして従兄妹同士の結婚は、古来よくあることじゃ。力あるものも生まれやすい。

現在の王のお身体が弱く、アロサール殿に〈骨牌〉の能力がない以上、それが最善の道と考えることはけっして間違ってはおらぬ。アロサール殿や、たとい王ご自身が反対されたところで、この話をないものとするは難しかろうよ」

「ちょっと待って。じゃあ、アルディルや、フロワサールの意志はこのさい関係ないってことなの？」

アトリは口をはさんだ。モーウェンナは無表情にアトリに目をやった。

「ハイ・キレセスで育ったそなたにはわからぬかもしれぬ。しかし、これが、ここの現実なのじゃ、アトリ」

「ひどいわ、そんなの」

憤然とアトリは立ち上がった。アルディルはもうものも言えずに泣いている。

もともと馴染めなかった王宮や貴族の世界が、ますます気に入らなくなった。なんてひどいところなんだろう！　まだほんの十五か六で結婚を決められて、しかも、当事者の気持なんてお構いなしですって？

ハイ・キレセスでは貧しさや家にしいたげられていた娘たちをよく援助してやっていたモーウェンナが、どうしてそんなことが言えるのか。この少女とあの女の子たちとに、いったいどれだけの違いがあるというのだ。

それにこの風にも堪えぬ子鹿めいた少女が、父にも内緒で王宮を抜け出すにはいったいどれほどの勇気が要ったことか。その結果がこれだなんて、可哀相すぎる。

ロナーもロナーだ、せめて、一度話してみるくらい言ってあげてもいいだろうに。腕を組んで公女を見ている視線の鋭さは、まるで犯罪の疑いをかけられたものを見るそれだ。いったい、彼女が何をしたというのだろう？

「ロナー！　おい、来てくれ、ロナー！」

ダーマットの叫び声がした。ただならぬ調子だった。

「どうした？」

ロナーは椅子を蹴って立ち、大股に外へ走り出ていった。

躊躇せず、モーウェンナがあとに続く。アトリは迷ったが、決心してアルディルに「ここにいるのよ、いいわね」と言いおき、二人に続いて表へ出た。

その時、さっと陽が陰った。

人々はまた雪が来るのだろうかと空を見上げたが、天を覆っていたものは、雪を降らせる雲とはまったく違った何かだった。

外へ出たアトリは、皮膚がひきつるような感じがして思わず両肩を抱いた。

空を覆った何かは、のたくる蛇か、動物の内臓を思わせる動きでゆっくりと渦を巻いていた。

色こそ雪雲に似た灰色だが、その何十倍も暗く、まがまがしく、人の生気を萎えさせる──巨大な魔物のように、それは王都の上空にうずくまっていた。

「〈異言〉の臭いじゃ」

息を殺してモーウェンナが言った。

「混沌の気配がする」

彼女の言葉が合図であったかのように、灰色の何かはどろどろと動いて、今にも地上に垂れ落ちてきそうにこり固まった。

灰色の幕が重たげに下がってくる。形を整えたそれが何を作り出したのかを見て、広場の人々の間から恐怖と嫌悪の声が上がった。

巨大な唇が、空の真ん中に生まれていた。死人の傷口のように色がなく、不気味にふくれ上がった、灰色の、人間の唇だけが。

「なんだ、ありゃ」

今にも吐きそうなのを、ダーマットは懸命に耐えているらしい。

「あれも、〈異言〉とかのしろものなのか。ファウナたちの森で、俺たちがやりあったみたいな」

「そうだ」

ロナーの声も緊張で硬い。

「だが、あれはいったい」

天空の唇はわななき、開いた。雷鳴よりもなお怖ろしい声が、とどろいた。

――〈骨牌〉の民よ。王を畏れよ。

人々は唇の中で舌がひらめくのを見た。巨大な歯が輝くのを見た。灰色の、光とも呼べぬ光の粘液が、ぬめぬめとその奥に燃えている。

――新たなる王を畏れよ。混沌の支配者を畏れよ。

畏れよ、〈異言の王〉を。

畏れよ、畏れよ、畏れよ。

かぼそい悲鳴が聞こえた。

魂を抜かれたように空の唇に見入っていたアトリは、殴られたような衝撃を感じて我に返った。いつの間にか戸口まで出てきていたアルディルが、血抜きされたような顔色になって敷居の上に倒れている。

風が吹き始め、強く、そしてさらに強く、強くなった。

みぞれ交じりの雨は、やがて豆粒ほどの雹《ひょう》を交えた嵐となって吹きあれた。考えられないほどの速度で暗闇がたれこめ、昼は隠れて見えなくなった。

空からの氷のつぶてに打ちすえられ、広場に集ったものはあるいは自分の商品を、金を、あるいは子供を、自分の頭を抱えて逃げまどった。

「公女を中へ」

モーウェンナが言った。彼女自身、その場に卒倒しておかしくない顔色をしている。

「〈異言〉にあてられたのじゃ。この娘もまた三公家の血筋」

「モーウェンナ、あれは何？　このハイランドには、〈異言〉は入れないんじゃなかったの？　〈異言の王〉って何なの」

「わからぬ――わかるものか、モーウェンナに！　少し静かにしておくれ」

アルディルの額に手を当て、癒しをほどこしながらモーウェンナは叫んだ。髪をかき上げる指がひどく震えている。

「あんな……あのようなものは見たことがない。聞いたことも。いったい、何が」

アルディルが身じろぎし、うめき声を上げた。

よかった、気がついた。アトリがほっとする間もなく、駆けるようにやってきたロナーが、まだ完全には覚醒していないアルディルの上に覆いかぶさるようにかがみ込んだ。

「答えろ、公女殿下。あれはいったい何だ」

「やめて、ロナー。アルディルがそんなこと知ってるわけないじゃないの」

反射的に押しのけようとしたアトリの抗議をも意に介さず、ロナーは続けた。

「あの盗賊の森で一つ、ここでまた一つ。考えられないことばかりが起こっている。アシェンデン、東の部族、〈逆位〉とその眷属。おまえの父の大公は、〈異言〉の者と組んで、いったい何をたくらんでいる？」

アトリと初めて会ったときの、かたくなで容赦のない若者がまた戻ってきていた。アトリは無理やりロナーを押しのけ、アルディルの上に覆いかぶさった。

「やめて、ロナー。アルディルが死にそうに驚いてるのはわかるでしょ。何を訊きたいんだか知らないけど、彼女がちゃんとしゃべれるようになるまで待ちなさいよ」

ロナーの目がきらりと光った。

「俺に指図する気か？」

「ええ」

船であやうく首を絞められそうになったことを思い出し、アトリはごくりと唾を呑んだ。

「そうよ」

ロナーは光る目をじっとアトリに注いだ。

その底に流れる怒りがびりびりと肌を突き刺し、ほとんど気が遠くなりそうだった。アトリは力を奮い起こして、しっかりと相手の瞳を見つめ返した。

彼は自分のために怒っているのではないんだわ、とアトリは思った。兄を助けたいのに、助けられないもどかしさに、自分自身に対して怒っているのだ。

「くそっ」

やがて、短く吐き捨て、ロナーはアルディルのそばを離れた。戸口のところへ行って人影のなくなった広場と向かい合った。

先ほどのにぎわいが嘘のように、広場は陰気に変貌していた。人々はほとんど手近な家か木の下に避難し、誰もいなくなった市場を、ごうごうと風が吹きすさんでいる。

子供たちの造っていた雪像が、首の取れたまま放置されていた。果物を使った目が吹き落とされてしまって口ばかりが残り、目のない雪人形は、うす暗がりの中で異様なにやにや笑いを浮かべてこの情景を楽しんでいるかに見えた。

『アロサール殿!』

どこかから声がし、虚空からの光が宿屋の天井を明るく照らした。

銀髪をなびかせた美貌の青年がふわりと床に降り立つ。避難所を求めて宿屋に入ってきていた人が驚きの目を向ける中、〈小径〉から出てきた〈月の鎌〉ユーヴァイルは、振り向いたロナーに滑るように歩み寄った。

「アロサール殿、すぐに王宮にご帰還を。兄君が倒れられました」

「フロワサール王が?」

アトリは思わず声を立てた。モーウェンナがしっ、と叱る。

「皆に聞こえたらどうする。今より人を動揺させたいのかえ、そなたは」

しかし彼女も色を失っているのは同じだ。ロナーは呆然と立ちつくしたままでいる。弱い光でも、彼がみるみる蒼白になるのははっきりとわかった。

「あの人が？　まさか、さっきの」

「そうです。エレミヤと私がお隠し申しあげたのですが、間に合いませんでした。今は塔の部屋で、お休みになられています。

しかし、状態はけして好くありません。重臣の方々がお待ちです。一刻を争います。今すぐ、私と王宮へお帰りください、世継ぎ殿」

6

会議が始まり、夜遅くまで続いた。

王宮でもっとも広い謁見の間に椅子が並べられ、そこにメイゼム・スリスを始め、ハイランド宮廷の貴顕《きけん》が全員顔をそろえた。

意識を回復した王は死人のごとき顔に気迫のみをみなぎらせて座についていた。玉座の後ろには、このハイランドが今のような北の高地に押し込められる前、偉大なる旧ハイランドから受け継がれたという、さまざまな色の水晶片を複雑に組み合わせた、巨大な窓があった。すきとおる水晶は七色の光線をやつれた王の額に投げ、そばには肉体なきアドナイと、いまだ現れぬ〈石の魚〉をのぞいた四人の〈骨牌〉が並んだ。むろん、アトリもその中にいた。

王の隣の席は伝統的に世継ぎのための席と定められていたが、今日、その椅子は空だった。列席の目はしばしば玉座の王を離れ、扉を入ったところに、席につかずにたたずむ黒髪黒目の人影に向けられた。

彼が誰であるか知らぬ者はこの場にはいなかったが、それゆえにこそ、彼に声をかける者もなかった。彼はただ無言でいた。立ちのぼる恐怖と逡巡の雲の中に、彼の放射する怒りは燃える稲妻のように輝いていた。

嵐はいまだやまず、かえって勢いを増してごうごうと吹き荒れている。暖炉の温気とふすべられた香料の匂いで、室内は蒸されたようになっていた。

「みな、そろったな。では始めよう」

ぐったりと目を閉じていたフロワサールは、頭を持ち上げ、血走った目で会議場を見渡すと、大扉のそばに灯りを逃れて立つ若者に哀しげな一瞥を向けた。

それから気を取り直したように、静かな声で会議の始まりを宣した。

「先ほど、わが都の上空に現れた怪異を目にした者は多いと思う。見たのならば、その時起こったことを詳しく述べてもらいたい。見なかったのであっても、ほかに変わったことがなかったかどうかを報告してほしい。

昔の記録でこのような事件を目にしたことがあるというのでもかまわぬ。今はとにかく、情報が欲しい。あの――ものを作り出した存在と〈異言の王〉について、われわれは、いささかなりとも知らねばならぬのだ」

落ちつかぬ雰囲気があたりを支配した。誰もがあの空中の口を目撃しており、その発した言葉を耳にしていたのだった。特に〈骨牌〉の能力を強く持っていると自称するものは、王のように失神せぬよう、気付けのために香り高い薔薇水をしませた布を、いっそうせわしく口もとに運んだ。

「高地の支配者にして〈詞〉の主であられる陛下」

メイゼム・スリスがなめらかに口を開いた。

「われらのうちだれ一人として、かの怪異を見ず、それに対して怒りを感じぬものなどおりませぬ。あの時間には、ほとんどの者が王宮にて執務に就いておりました。また、そうでない者も、ひとしく外に飛び出してかの怪異に向かい合っておりまする。

となれば、同じことをくだくだしくくり返し、陛下やここに居られる方々の尊い耳をくたびれさせまするは、貴重な時間の浪費のみならず、あるいは事態そのものの放置と悪化を招き寄せることとなるやもしれませぬ」

きれいに整えた眉の下から、冷然たる視線が王と〈骨牌〉たちをなめて過ぎた。

「よって、陛下におかれてはそのようなことに心を砕かれるよりも、まず、領国内の土地や都市、臣民のようすをご覧になるが先決。また、記録についてのお訊ねでございますが、その点につきましては王立文書館の書記、また学生と骨牌使いらに命じ、類似の事件を捜させておるところでございます。

しかし、もし陛下が、もっとも古き〈骨牌〉、守護者〈樹木〉殿にお問いになれば、事はもっと容易く運ぶのではございませぬかな」

「アドナイにはもう問うた」

王は簡単に答えた。

「彼が言うには、この事件はいまだ語られぬ物語に属することがらなのだそうだ。彼が司るのは、もはや終わった物語のみ。この件に関して、彼の助力は得られぬ」

羽毛入りの布団を重ねた背もたれによりかかり、力なく王は微笑んだ。かたわらに立つエレミヤが気づかうようにのばした手を、そっと払う。

「だが、第二の提案についてはもっともだ。〈塔の女王〉よ、頼めるか」

こわばった表情でモーウェンナがうなずいた。握っていたアトリの手をぎゅっと握りしめてから、進み出る。壁際に控えていたツィーカ・フローリスが彼女を迎え、いっしょに会議場の真ん中に立った。

モーウェンナはすらりとした貴婦人の身体に身を寄せ、背伸びするように両手を天へとのばす。しなやかに伸びるツィーカ・フローリスの腕の動きに、アトリはさっき、三階の窓から見た光景を思い出して、思わず目をそむけた。

(ばかね、こんなときに、いったい何を考えてるの？)

一人の人間であるかのように完全に身体を重ねたモーウェンナたちの前で、空気がかげろうのごとく揺らめいた。

モーウェンナの口から不可思議な〈詞〉がもれると、たちまちそこに、一場の幻が呼びだされた。幻とはいえ細部まではっきりとし、手をつっこめば砕けた煉瓦の残骸を指にすくうことも可能かと思われた。

「ヴァレロンが！」

貴族の一人が机を倒さんばかりに立ちあがった。薔薇水の布を持ち上げることも忘れて、映像の中に映し出される都市に歩み寄る。

「ヴァレロンが！　わが父祖伝来の土地が！　なぜこんなことになった？」

映像が移るにつれて、彼の衝撃は驚愕に、憤怒に、そして身も世もない悲嘆に変わった。それほど、破壊は徹底したものだった。雪におおわれた丘は崩れて雪崩を起こし、凍った小川は凍ったままに干上がって、黒い土の上に銀色の小魚が散らばっていた。

寒さに耐える林はことごとく吹き倒されるか、落雷のために黒く焦げて、放牧のトナカイが、番をする犬といっしょにむざんな死骸をさらしていた。

都市もまた、破滅を免れてはいなかった。石造りの塔は花の茎のように摘み取られ、土台は雹と暴風のためにがれきと化していた。

飾りアーチのある美しい街が、氷と雪に埋まっているのをアトリは悲痛な思いで見た。通りには生きるものの姿とてなく、街角には、災厄から逃げおくれたらしい小児や老人、女たちのなきがらが見受けられた。必ずしもそれは嵐や雹のしわざではなく、れっきとした人間の手によっておこなわれたように見えることもしばしばであった。

それが間違いでないことはやがてわかった。乱れた髪の下から瞳をぎらつかせた若い男が、死者の身体から衣服をはぎ取って歩くのを一同は目にした。身なりや顔つきからして、そのようなことをする人間ではなさそうなのに。

雹と嵐は物だけではなく、人の精神までも破壊していったようだった。よだれを垂らし、豚のように鼻を鳴らすその男の顔が大写しになったとき、その土地の領主らしい貴族はもはや耐えられず、頭を抱えて床に伏せ、すすり泣いた。

「やめろ、もうやめろ！　その絵を消すのだ！」

「ハイ・キレセスはどうなの？　お願い、ハイ・キレセスを見せて！」

騒然となる中、無我夢中でアトリは叫んでいた。モーウェンナはぴくりと眉を動かしたが、すばやく何事かを口にした。

映像は流れて色を変え、懐かしいアトリの故郷、遠い港町の、ハイ・キレセスの現在のようすを、アトリの前に映しだした。灰色の光がアトリのこわばった顔を照らしだした。

「もう、いいわ。消して」

しばらく、食い入るように眺めたのち、絞り出すようにアトリは言った。

とめどなく、涙が頰を伝った。膝がくずれて、椅子に腰を落とす。信じられなかった。信じたくなかった。母と暮らした街が、母の眠る街が、あんな――姿に。

「〈塔の女王〉よ。今の映像は、一部だけのことか？　それとも」

　フロワサールも動揺を隠しきることができないでいた。静まり返った議場に、ヴァレロンの領主のすすり泣きがむなしく響いた。

「すべて、じゃ。王よ」

　硬い声でモーウェンナは答えた。どよめきがわき起こるのを無視して、

「ヴァレロンのみならず、この高地に存するほぼすべての都市や森、田畑が、多かれ少なかれ、同様の被害を受けておる。ヴァレロンを選んだのは、たまたまこの王都に近かったこと、もっとも典型的な被害をお見せすることができると思ってのこと。

　また、〈十三〉殿のお求めに応じて」

　とアトリを心配げに見やり、

「お見せ致した、南部の港湾都市、ハイ・キレセスの状況により、被害がハイランドとその統治下の国々におさまらぬことも、おそらくおわかりいただけたことと存ずる。

　破壊はひとつの例外なく、あの空の唇が現れて禍《まが》つ〈詞〉を発した、そのあとに起こった。このあたりで見られたような嵐と雹に襲われたところもあれば、炎の雨に見舞われたところ、毒の雲におおわれたところ、雷の鞭に打ちすえられたところ。枚挙にいとまはないが、いきつくところはみな、あのようじゃ」

「いったい誰が？　〈異言の王〉と名乗る者のしわざなのか」

「このハイランドにも破壊が来るのか？　答えられよ、〈骨牌〉！」

矢つぎばやの質問に、モーウェンナはあくまで淡々と、

「現在のところ、王都にはあれほどの破壊は起こっておらぬ。これからも起こらぬ、とは言えぬが。〈鷹の王子〉たる王の御力に守られておるのか、あるいはここが、世界を成す〈詞〉の共鳴の中心地であるからか。いずれにせよ」

はじめて、〈塔の女王〉は怖れを表に現し、ごくりと唾をのんだ。

「備えをするにこしたことはあるまい。敵は強大であり、疑いもなくわれらに、戦いを宣してきておる」

「この災厄を連れてきたのは貴様か、〈十三〉の女」

友人に支えられて、頭をもたげたヴァレロンの領主が怒鳴った。

憎しみのためにその金髪はもつれ、青い目は陰火のように光って、たったいま、映像の中で見た彼の領民さながらに、猪《いのしし》のような息が高い鼻からもれた。

「呪われた〈十三〉！　ジェルシダの血筋など、失われたままでよかったのだ。なぜのこのこと現れたりした？　かつて栄光の古きハイランドを闇に堕としたように、今度もわれらに破滅をもたらす気か！」

「さがれ、アルノルト。わが〈骨牌〉に危害を加えることは許さぬ」

フロワサールの鋭い叱声がとんだ。

だが、それも耳に入らぬようすで、領主は友人の制止を振り払って起きあがった。腰から走った手に、白刃がきらりと光った。口のはしに白い泡をため、うなり声を上げてアトリに

向かって突進した。

アトリは動けなかった。若い領主の放った非難は、そのままアトリの心にあった自問でもあったからだ。わたしがあそこで、白い札に手を触れたりしなければこんなことにはならなかったのだろうか。望んだ結果ではなかったとはいえ。

呪われた〈十三〉。あまりの力の大きさゆえに、世界を震撼させずにはおかぬという。

「アトリ！」

フロワサール王が叫び、小さな苦鳴をもらして胸を押さえた。

モーウェンナが何かしようとしたが、各地の画像を紡いでいた消耗のために動作が遅れた。ようやくエレミヤのかけた束縛の〈詞〉が効力を発したが、その寸前に、領主は剣を投げた。切っ先はまっしぐらにアトリの胸へと向かった。

剣は、叩きおとされて床に転がった。アトリの視界を広い背中がおおった。

ロナー、とアトリは呟いた。ロナーは一度だけ肩越しにアトリを見、向きなおって、構えた剣を領主の鼻先につきつけた。

「なぜ邪魔をする、世継ぎ殿」

毒のしたたるような声で領主は言った。

「その女こそ、われらに破滅を運ぶ張本人なのだぞ」

「アトリを引きずりこんだのは俺だ」

剣先は微動だにしなかった。

「その俺が見ている前で、おまえに彼女を殺させるわけにはいかない」

「よくも吐《ぬ》かした」

ロナーの足もとに、領主の吐いた唾がぴちゃりと跳ねた。

「ほだされたか、その女に。〈堕ちたる骨牌使い〉役をかって出ようというのだな、〈骨牌〉の力も持たぬ半端者が。

その黒い髪と瞳を、自分でよく見るがいい。貴様のどこに、〈伶人〉たちの尊い青い血が流れているというのだ。貴様の母親は、自分の兄弟と通じて貴様を産んだという噂を、俺が知らんとでも思うか」

会議場の空気が凍りついた。

明らかに、口にしてはならぬ事が口にされたのだ。蒼白になったのは、ロナーよりもむしろフロワサールのほうだった。玉座から身を乗りだすと、彼はそばで唯一、何もせずに立ちつづけていたユーヴァイルの袖をつかんで、はげしく言った。

「ユーヴァイル。彼を殺せ」

ユーヴァイルはゆっくりと首を動かして王を見た。

「よろしいのですか、王よ」

「彼は王の世継ぎを侮辱し、ひいては王をも侮辱した。死に値する罪だ」

「そんな、だめよ！　やめて！」

アトリは驚いてフロワサールの手首をとらえた。

温厚な彼とも思えない、どうしてそんな？　変わり果てた故郷に、魂を砕かれた者の言うことではないか。ハイ・キレセスの荒廃を見たアトリには、彼の悲しみも、錯乱もよくわかる。フロワサールの冷酷な命令が理解できなかった。

ロナーは玉座を見上げ、ほんのわずか首を左右に振った。

「——連れていけ」

フロワサールは頬をゆがめ、玉座のひじ掛けに指を食い込ませていたが、ややあって、投げ捨てるように言った。

「二度とその者を、わたしの前に出さぬように」

衛兵に両手をとられて領主は退出した。わけのわからぬ事をわめき、笑い声をあげる彼はすでに正気とは思われなかった。不安げなざわめきがなかなかやまなかった。布団にもたれて荒い息をついているフロワサールに、エレミヤが心配そうに手を触れた。

「お顔の色が、陛下。一度、お部屋にお戻りになったほうが」

「よいのだ、エレミヤ。放っておいてくれ。わたしは大丈夫だ」

払うように手を打ち振って、脂汗に濡れた顔を上げる。

「さあ、もめ事は終わりだ。何か意見はないのか？　この事態を打ち破るよい方策を思いついた者があれば、遠慮なく言うがよい。わざわいの姿は、すでに見たはずだ。どのような小さな事でもかまわぬ。言ってくれ、わが賢きハイランドの民よ」

「では、わたくしめが」

立ち上がったのはまたしても、整えた頭と冷ややかな目をした式部卿だった。

「おまえか、メイゼム・スリス。名案があるのか」

メイゼム・スリスは慎ましく目を伏せ、こっそり視線を走らせた。議席の上座にあったアシェンデン大公ペレドゥアは先ほどの騒ぎにも取り乱していなかったが、メイゼム・スリスの視線とぶつかり、かすかに顔をしかめて顎をしゃくるような仕草をした。

「名案かどうかはわかりませぬが。ひとつだけ。いずれ来るべき戦に備え、同時に、陛下のお身体を養うことにもなる考えが」

「何なのだ、言ってくれ。耳を傾けているから」

「は、それは」

瞳を細くして、口もとだけでメイゼム・スリスは笑った。

「王の世継ぎたるアロサール様に、〈合の儀〉を行っていただくのです」

「それはいかぬ、駄目じゃ！」

「言うにことかいて、なんという！」

あいついで声を上げたのはエレミヤとモーウェンナだった。

メイゼム・スリスは平然と二人をねめつけた。

「なぜ、それほど驚愕なさるのです、〈骨牌〉殿。〈王冠の天使〉との合は王家歴代、オレアンダ当主たる資格として代々継承してきたはずでございましょう」

「確かにの。しかし、ここ二百年は〈天使〉は現れておらぬし、そもそも、試みられさえせなんだ」

苦々しげに、モーウェンナは指摘した。

「それが当主の証として不可欠とされたは、旧ハイランドにおいての話よ。現王フロワサール殿が〈鷹の王子〉を得られたことさえめざましい成果と言えるのに、なぜ今さら〈天使〉を求めねばならぬ。〈骨牌〉の力を持たぬアロサール殿が、〈真なる骨牌〉に不用意に触れればどのようなことになるか、そなた知らぬのかえ」

「存じておりまするよ。自らの〈詞〉もろとも魂を破壊され、世界の旋律に還ることすらない、まことの死を死ぬことになる。それは、よくわかっておりますとも」

平然と、メイゼム・スリスはうそぶいた。

「しかし、仮にもオレアンダの血を半ばは受け継いでおられるのですから、まったく無謀な試みというわけでもございますまいに。〈天使〉を持つアロサール様になら、先ほどのように文句をつけたりする者など皆無となるはず。

また〈天使〉を戴く世継ぎが誕生すれば、戦を前に兵士たちの士気がどれだけあがることか、お考えになってくださりませ。陛下はもはや何の気がかりもなく、軍の指揮を弟君に任されて、お身体の治療に専念なされればよろしゅうござる。そのように驚かれる提案ではないと存じまするが」

「けれど、もし失敗したらどうするつもりです、メイゼム・スリス。アロサール様が失われたら、玉座を継ぐべきオレアンダは一人もいなくなるのですよ」

エレミヤが向けた詰問にも、メイゼム・スリスは動じなかった。

「その場合は、王妃に一時的な摂政となっていただくにこしたことはございませぬな。つまり、王妃になるべき方、という意味ですが」

「彼女とは……結婚しない。どんなことがあっても」

フロワサールが声をあげた。苦痛が増してきているのか、広い額を汗が流れ落ちている。エレミヤがあわてて抱き起こそうとするのを押しのけて、

「メイゼム・スリス、わたしはアルディルとは結婚しない！　彼女は――」

「おお、陛下。熱でお考えがはっきりなさっておられぬのです」

子供を扱うような口調で、式部卿はフロワサールの手の甲を軽く叩いた。

「ご心配なさらずとも、ご婚儀の準備は着々と進んでございます。アロサール殿にご不幸が下っても、陛下とアルディル公女の御子が、必ず王国を継いでくださりますとも。従兄妹同士の結婚は高貴の家の習い、義父上となられる方は陛下の叔父上にあたられる方ではございませぬかな。このような存亡の時、必ず強い後ろ盾となり、王国を守ってくださろうという御方にござりますに」

「違う……」

続けようとして、フロワサールは身を二つに折って咳きこんだ。

聞いていて、アトリは胸が悪くなった。

結局のところ、フロワサールもアルディルも、こんな結婚など望んでいないではないか。

それを、周囲の人間が勝手な都合のために、無理やり二人を結びつけようとしているのだ。まるで、網の中へ鳥を追い込むように。

ペレドゥアの魂胆など読めている。身体の弱いフロワサールが長生きしないだろうと見込んで、自分の血のはいった子供に玉座を、あわよくば、娘を女王としてハイランドをわがものとするつもりに決まっている。そのために邪魔なアロサール、つまりロナーを、すでに廃れた儀式にかけて葬り去ろうというのだ。

あのすさまじい荒廃の風景を見ておきながら、なぜささいな権力闘争にかかずらっていられるのか。庶民であろうと王であろうと、権力があろうとなかろうと、あの破滅は人を区別したりしないのに。

ほかの貴族たちも、どうして黙っているのだ。自分たちの王がこれほどまでにないがしろにされているのに、糺《ただ》す気力さえないのか？

「もう駄目です、これ以上は」

フロワサールを支えたエレミヤがきっぱりと言った。

「卿、その話はまたにしていただきます。今は、陛下に休んでいただかねば」

「おおそれはもちろん、もちろん。どうぞお通りを、〈青の王女〉殿」

大仰に道を譲って、メイゼム・スリスはロナーを顧みた。

「それでは、アロサール様。儀式を受けていただけますな？」

ロナーは言下に言った。

「断る」

メイゼム・スリスは薄く目を光らせた。

「おや。怖じ気づかれたのですかな」

「そう思いたければ思え。俺は〈骨牌〉などに触れる気はない。今も。これからも」

「アロサール――ロナー」

肩で息をしながら、囁きに近い声でフロワサールが言った。

「あとで、わたしの部屋へ来てくれ。話が、したい」

「あなたの命令は聞かない。俺はもうハイランドの人間ではないのだから」

「頼んでいるのだ、弟よ。王ではなく、兄として。おまえの」

ようやく顔を上げて、フロワサールはほほえんだ。

「頼む」

苦痛に痛めつけられていても、その笑みはあたたかく、愛情に満ちていた。

ロナーはたじろいだように身を引いたが、兄の顔から目を離すことはできなかった。しばしの間をおいて、彼は低く言った。

「わかった」

フロワサールは出ていった。

ロナーは抜いたままの剣を鞘に収めた。会議場のあちこちで息をつくのが聞こえた。アトリはおずおずとロナーの背に声をかける。

「ロナー？」

振り向いたロナーの瞳は曇っていた。

「——俺はおまえを、助けるべきではなかったのかもしれないな、アトリ」

それだけ言うと、やさしいと言っていい手つきで、そっとアトリを押しやった。

空の玉座に、いつくしむように手を触れる。黒い髪が垂れて顔を隠し、ふいに彼は、疲れた子供のように小さく、よるべなく見えた。

7

誰かが泣いている声で目が覚めた。

不安な夢からアトリは身を起こし、あたりを見回した。頭が重い。会議場から下がってきて、服も着替えずに眠ってしまったのだ。

部屋の扉の向こうから、消え入りそうな泣き声は続いている。嵐はまだ荒れ続け、窓をがたがたと鳴らしている。

「誰。そこにいるのは」

誰かが暖炉に火をおこしていってくれていたが、室内は寒かった。もつれた髪を目から払いのけて身震いし、手探りで引っぱり出したスリッパをはいて、扉を開けた。廊下に身体を丸めてうずくまっていた少女が、泣き濡れた瞳をあげた。

「アルディル」

意外な相手に、アトリは驚きの声をあげた。

「どうしたの？ こんな夜遅くに。入って、早く」

どれくらい表にいたのか、公女の細い身体はすっかり冷えきっていた。

とりあえず、昼間に買った灰色の上着を着せかけ、部屋に連れて入る。暖炉の火をかき立て、頼んで持ってきてもらってあった湯沸かしに水差しの中身を移して火にかけた。湯が沸くまで、あるだけの布団と上がけをかぶせて暖めてやる。

湯沸かしがしゅんしゅんいいだすころ、氷のようだった頰にやっといくらか血の気が戻ってきた。熱い蜂蜜湯の入った茶碗を手渡されて、ぽつりと公女は呟いた。

「……ごめんなさい」

「いいのよ。どうせ、あまりよくは眠れてなかったんだし。でも、どうしたの？ あなたみたいな人が夜中に、廊下なんかで」

身分についてはよくわからないアトリだが、普通、公女と呼ばれる身分の人が、罰を受ける幼児のように夜の廊下に追い出されたりなどしないくらいは推察できる。

アルディルはぴくりと身をひきつらせ、ごまかすように蜂蜜湯をすすった。揺れる暖炉の火が赤い光を投げかけ、乱れた髪に隠れた公女の左の頰を輝かせた。

アトリははっとして自分の茶碗を置き、相手の髪をはらいのけた。アルディルは顔を隠そうとしたが、その時にはもう、アトリは見るべきものを見てしまっていた。白い頬にいたいたしく刻まれた、赤い手のあとを。

「ぶたれたのね」

断定的にアトリは言った。誰にぶたれたのかは訊くまでもない。

アルディルは否定するように首を振りかけたが、途中でやめて、うなだれた。アトリは相手の腕をつかみ、ゆさぶった。

「どうしたの、話しなさい。そのために来たんでしょう？ 怒ればいいのよ。いくら父親だって、自分の娘にこんな仕打ちをしていいはずないわ。かわいそうに、痛かったでしょう。こんなに赤くなって」

「……どうしたらいいかわからないの」

アルディルの目に、いったん止まった涙がまた盛り上がってきた。

「お父さまは、わたくしが陛下のお気に召すようにしないってお怒りになるわ。でもわたくし、あの方と結婚するなんてどうしても考えられない。だって、陛下はまるでお兄さまみたいな方なんですもの。お兄さまを夫として愛することなんてできて？」

すすり泣きが言葉をとぎらせる。

「フロワサール様はすばらしい方よ、優しくしてくださるわ。でも、愛せない。時々とても辛そうな目でわたくしをご覧になるの、そうするとわたくしも辛くてたまらなくなるの。御前にいるのが耐えられなくて、そのままどこかへ消えてしまいたいような気持ち。こんな気持ちで、これから一生暮らすのなら、し、死んだほうがましだわ」

アトリの手を両手でつかんで、こらえきれずにアルディルは泣き崩れた。

慰めの言葉もなく、アトリは黙って少女を抱きしめ、か細い背中を撫でた。どうして自分のところへ来たのかなどと問う必要はなかった。

まわりは、彼女の心の内など思いやりもしない大人たちばかり。国土の荒廃を目の当たりにしながら、結局手近な権力争いに夢中になる貴族たち。

唯一の相談相手となるはずの父さえが思い通りにならぬと責め立て、野心の駒としてしか娘を扱おうとしない。誰にも頼れないさびしい公女が、街角の占い師として対面した、ほぼ同い年の〈骨牌〉にすがりつくのは当然のことだろう。

（わたしに、何かしてあげられることがあればいいのに）

だが、何もないことはわかっていた。昼間、フロワサールが退出したあと、メイゼム・スリスは巧みな弁舌でみんなを丸め込み、ロナーに〈儀〉を受けさせることと、フロワサールとアルディルの婚儀を承認させてしまった。

いかに〈骨牌〉といえど、アトリやエレミヤたち少数が反対したところで、つぶされるのは目に見えている。空の怪異と〈異言〉について、〈骨牌〉たちが何ら手を打てぬ事実は、貴族たちに〈骨牌〉と〈寺院〉に対する少なからぬ失望を抱かせてしまった。もとからあった貴族たちと〈寺院〉の反目が再び浮上しかけており、〈十三〉たるアトリが何か動いたりすれば、貴族たちの強い反発を招くことは疑えない。

おそらくアルディルも、自分が逃れられない檻にいることは感じているのだろう。ただ、誰かに言わずにはいられなかったのだ。震える肩を支えてやりながら、アトリは苛立ちと羨望に微妙に彩られた哀れみを抱いて、公女を眺めた。

苛立ちは、泣くことしかできない公女の弱さに、そして羨望は、己もまた逃れられぬ檻にありながら、自分にはすがりつく者もないことについてだった。わたしにも、こんなふうに泣いてすがれる誰かがいたら。つかの間、端整なロナーの顔が浮かび、われ知らず、アトリの頰を熱くした。

「ねえアルディル、昼間、あなたわたしに何を占ってほしかったの？」

ふと思いついて、アトリは訊ねた。

アルディルはむち打たれたようにびくりと泣きやみ、うなだれた頭をいっそう深く垂れた。火の明かりを透かして、貝殻のような耳たぶが薔薇色に透き通るのが見えた。アトリにとっては、それで十分だった。

「好きな人がいるのね」

そっと、アトリは囁いた。王の居室で初めて会ったとき、あの〈月の鎌〉を彼女がどんな瞳で見つめていたかも思い出された。

公女はますます身をすくめたが、何も言おうとはしなかった。重ねてアトリは言った。

「その人の名は、ユーヴァイル。そうね？」

「——あんなにきれいなひとを、見たことなかったわ」

かすれ声で、アルディルは呟いた。新たな熱いしずくがアトリの膝に落ちた。

「三年前、あのひとが〈骨牌〉にお就きになって、大公国にいらっしゃったとき。わたくしは美しくないし、話も下手で、声もまるで割れた笛みたいに調子外れで。なのに、あのひとはわたくしを本物の貴婦人のように扱ってくださったわ。手を取って導いて、お母さまにみんながするみたいに、手の甲に接吻して」

「でも、あの人は」

「ええ、そうよ、あの方が、ご自分の妹君と恋仲だったって、ひどい噂は知ってるわ」

きっとなって、アルディルは強い口調になった。

「むかしのジェルシダたちみたいに。妹姫は望まれてお輿入《こしい》れをなさったその日に、婚礼の寝台の上で自害してしまわれたっていうのも聞いたわ」

ぎくっとしてアトリは身をそらした。

「ア、アルディル、それ」

あまりに衝撃的なことを言われてアトリは絶句した。ユーヴァイルが〈異言者〉であったことはすでに聞いていたが、妹と恋仲だった？ 昔のジェルシダのように？

「けれど、それがあのひととどんな関係があるの。あのひとは〈骨牌〉に選ばれたわ、それだけでも、祝福された方であることはわかるじゃないの」

さけぶようにアルディルは言った。

「ご両親をなくされて、たったひとりの妹姫さえそんな悲しい死に方をされて、なんとも感じないほうがどうかしているわ。〈異言者〉になっても仕方がない、それはあのひとが、優しすぎたからよ！」

ほとばしるようにしゃべるアルディルは、あの玉座の前でおどおどしていた少女とはまるで別人のようだった。頬は上気し、瞳は熱っぽくきらきらと輝いていた。

だが、自分が何をしているかに気がつくと、熱っぽさはたちまち気弱な外面の下にかくれてしまい、彼女はうつむいて涙ながらに呟いた。

「あのひとの前でほかの方と結婚するなんて嫌、そんなことできない。あのひとが好きよ。大好きなの。あのひと以外の男の人なんて、いらない」

「ああ、アルディル」

アトリは公女の冷たい髪を撫でた。

これまでも、街の占い師として、同じように泣くたくさんの少女たちの涙を受け入れてきた。そこが下町であろうと王宮であろうと、かなわぬ想いに傷つく心は普遍なのだ。

幼い恋と、片づけることは簡単だったろう。だがそれを口にして、今の彼女を支える唯一の杖を奪う気にはとてもなれなかった。父の前では殺されても口にできなかったであろう秘密を、明かしてくれたのだ。

「ねえ、アルディル、泣かないで。心配しなくていいのよ、忘れたの、わたしは〈骨牌〉の占い師よ。占い師は、お客さまにもっとも善き未来を語ってあげるのが仕事。あなたはわたしに仕事を依頼してくれたでしょう。だからもう泣いたりしないで、わたしに任せてくれればいいの。きっと、悪いようにはしないから」

「そうね。そういえば、あなたは〈骨牌〉の一人だったんだわ」

涙を拭いて、初めて会う相手のような目を彼女はアトリに向けた。

「ごめんなさい、なんだか、同い年のお友だちと話しているような気がして。ハーラというの、去年まで身の回りの世話をしてくれていたのだけれど、お父さまが、いい年をした娘がいつまでも下働きの者といるべきではないって、それで」

「それからずっと一人だったのね。大丈夫よ、アルディル」

叩かれた頰に軽く唇を当てる。しめった肌は、涙で塩辛かった。

「今夜聞いたことは、絶対に人にもらしたりしないから安心して。また何かあったら、ここへおいでなさいな。いつでも相談に乗るから」

「ありがとう」

また泣きだしそうになったが、あやうくこらえて、アルディルは微笑んだ。くしゃくしゃにゆがんだ子供っぽい顔が、ほんの少し輝きを取り戻した。

「そういえば、わたくし、あなたのお名前もまだ知らないのね」

「アトリよ。〈骨牌〉の——いいえ、小夜啼鳥のアトリ、と覚えておいて」

〈十三〉の名を口にすることを避けて、アトリは告げた。ひとたびそれを声に出せば、また新たな災厄を呼び寄せてしまいそうな気がして怖かったのだ。懐かしいハイ・キレセスが失われた今、占い師として対面したこの少女とは、表面上だけでも占い師として向かいあっていたかった。不吉な〈骨牌〉、〈十三〉ではなく。

「アトリ」

アトリの内心など知るはずもなく、アルディルはほんのりと頬を染めてその名をくり返した。茶色の瞳に、ふいにおびえの色が走った。何度となく裏切られ、ないがしろにされることに慣れてしまった瞳の色だった。

「わたくしたち……あの……お友だちになれるかしら？」

「もうなってるわ」

力強く言って、アトリは両手で包んだ公女の手を振った。

「お茶を飲みましょうよ。お菓子はあいにくないんだけど、蜂蜜ならいくらでもあるわ。お湯が沸いたみたい。蜂蜜湯をもう一杯いかが？」


ようやく落ちついたアルディルを部屋へ送って行ってから、アトリはなんとなく自室へ帰る気になれず、人気のない廊下をあてもなくさまよって歩いた。

王宮は見捨てられた貝殻のようだった。いくつもの扉は鍵がかかっているか、開いていてもからっぽで、やむことのない嵐が遠くで吠えているのが聞こえるばかりだ。

壁につけられた灯火の下を通るたびに、長い影が足もとで輪舞を踊った。分厚い絨毯にさえぎられて足音は聞こえず、アトリは自分の息づかいに耳を傾けて、それが王宮じゅうにとどろいているのではないかという根拠のない怖れに脅えた。

アルディルのことを思うと、気が滅入った。どうして、あんなことを言ってしまったのだろう。心配しないで、わたしが必ずなんとかしてあげる、なんて。何もできないのがわかっていながら、嘘をついてしまった。何の保証もない空手形なのに。

(私を信じてくれたのに)

アルディルを王宮から逃がす計画をもてあそんでみたが、すぐに放棄せざるを得なかった。父である大公が、大切な道具の娘をそう簡単にあきらめるはずがない。

それに、アルディルのような少女が、慣れ親しんだ宮殿や、貴族たちの贅沢な世界を離れて生きていけるとも思えなかった。その上、ユーヴァイルへの想いをかなえてやることに至っては、もはや夢物語だ。

(きっとわたしは、ハイ・キレセスにいたときに戻りたかっただけなんだわ)

憂鬱に、アトリは思った。あそこでは、アトリは自分自身の運命の主人で、どんなことにも自信を持てていた。悪しき未来を、善き未来に語り変える、小夜啼鳥のアトリ。力強い骨牌使いの、よき占い師。

馬鹿みたいだ。結局、わたしには何もできない。

ダニロを救うこともできなければ、アルディルの恋を成就させてやることもできない。

フロワサールの病を治すこともできないし、ハイ・キレセスを破壊から回復させることも、ロナーを――おそらくは、間近に迫った――死から、守ることもできない。

喉元にやった手に、固いものが当たった。

無意識に、アトリはそれを握りしめていた。白い半月形の首飾り——力の封じとして、アドナイがくれたものだ。

絹のような肌触りの真珠色した小片は、アトリの鎖骨の間のくぼみに冷んやりと納まっている。

これは、あの白い花咲く木の花びらから作ったものなのだろうか。だとしたら、いったいいかなる〈詞〉が、物語がここに封じ込まれているのだろう。

外で荒れ狂う嵐のように、はげしい怒りを帯びたものがアトリの中にいる。その怒りをなだめ、封じ込めるとは、どのような力を持った〈詞〉なのだろう。

（知るのだ、娘よ。知ることが力になる）

ええ、でも、なにを知ればいいの。アトリは姿のない〈樹木〉に問いかけた。

一人になったとき、考えるのはそのことばかりだった。

〈十三〉の意味を知る。それを理解し、それを愛する。理解はともかく、〈十三〉を愛するなど、とてもできそうにない。

それがためにアトリは故郷を逃れ、人を殺し、敵に追われながらこんな北の果ての国まで来なければならなかったのだ。半分にちぎれた兵士の死骸と、青白いダニロの横顔は、今でも夢に現れてアトリを悩ませる。

（〈見えず、聞こえず、語られぬ十三〉）

まるで公女ファーハ・ナ・ムールのようだ。かつて存在し、生きていたのに、今は誰からも目をそらされている。

見えず、聞こえず、語られず、しかし綿々と続けられているという彼女の物語とは、いったいどんなものなのだろう。あの赤い怒りこそ、彼女のものなのだろうか。だとしたら、〈堕ちたる骨牌使い〉によって隠されたと伝えられる彼女を、なにがそんなに怒らせているのだろう。

降る花のもとに座す老いた〈樹木〉は、アトリこそがその物語を終わらせるのだと告げた。そのための〈詞〉は、すでに集結しているとも。しかし、どれが、あるいは誰がそうなのか、その〈詞〉でどうやって語ればいいのか、アトリにはわからない。

不可解な卦《け》の出た骨牌占いのようなものだ。幾枚もの札があり、解読はアトリの手に委ねられているが、それらをどうやってつなぎ合わせるべきか、教えてくれるものはいない。

たとえアドナイが、どんなに永く生きていたとしても、未だ起こっていないこと——語られていない『未来』は、彼の力の及ぶところではないのだ。

回廊に出た。列柱の間から見える庭先に、光がともっているのを見た気がして、アトリは足を止めた。あんなところに光を放つようなもの、何かあったかしら。

人の姿が見え、流れるような銀髪が見えた。ほっそりと高い後ろ姿が、雪をいただく糸杉のように、少しうつむきかげんにこちらに横顔を向けている。

（ユーヴァイル？）

ユーヴァイル。〈月の鎌〉、死をつかさどる〈骨牌〉。

こんなところで彼は何をしているのだろう。わずかに身をかがめ、あわせた手のひらに載せたものを食い入るように見つめていると見えた。

声をかけようと近づいた時、アトリの足は凍りついた。

少女の首。

歳はアトリと同じか、それより少し若いだろう。蠟のような肌は白く透き通り、絹糸の髪は銀の色。ふっくらとした唇を接吻を待つようにかすかに開き、眠るようなおだやかな顔を宙に向けている。

なめらかな頰は愛撫されるためにあるかのよう。一心に見つめる青年と、整ったおもざしがひどくよく似ていると思えたのは錯覚だろうか。

アトリは立ちすくんだ。もう少しで声を上げて走り出そうとしたとき、ユーヴァイルが、ゆっくりと顔を上げてこちらに顔を向けた。

「〈十三〉殿ではありませんか」

そのとたん、幻影は消えた。

少女の頭は、ユーヴァイルの手にともるひとつの燭台と変わった。何事もなかったように、〈月の鎌〉はアトリに近づいてきた。

「こんな夜更けに、どうなさいました？」

「ええ、あの……」

悪いことをしている現場を押さえられたようで、アトリはどぎまぎした。今見えたのは——

——何？　幻？

(きっと夜に咲く草花か何かを見ていただけよ)

「なんだか、眠れなくて」

どぎまぎしながら、アトリはやっとそう口にした。

「散歩していたの、そうしたら迷ってしまって。ここは王宮のどのあたりなのかしら」

「ここは〈糸杉宮〉の東翼のはずれですよ」

〈月の鎌〉ユーヴァイルは、すべるように近づいてきた。長い銀髪に、提げた灯りが光の砂のようにきらきらとたわむれている。

燭台をかかげて、彼はアトリの顔をのぞき込むようにした。先ほどの少女の首の眠るような表情を思い出して、アトリは光が当たらないように顔を避《よ》けた。

「ここからもう少し先へ行けば、王のいらっしゃる〈流氷の塔〉につきます。王とお話をしにゆかれるのではないのですか？」

「ええ、そうね。それもいいかもしれないわ」

あいまいに、アトリは答えた。そんなつもりはまったくなかったのだが、いい考えかもしれない。フロワサールの体調さえよければだが。

会議場ではだいぶ辛そうだったから、見舞いに行きたい。ロナーや、アルディルのことを話したかったし、それに、一人で部屋に帰っても、またろくでもないことを考えて眠れないのが落ちだろう。

「わかりました」

ユーヴァイルはうなずいた。

「ただし、いま王はアロサール様と話されているところですから、少し待っていただくことになるかもしれません。お話の間は誰も部屋に入れるなとのことでしたし、いつもついている衛兵でさえ遠ざけられたくらいですから。それで私が代わりに、王の警護を務めているのですが。それでよろしければ、ご案内しますよ」

「お願いするわ。エレミヤとモーウェンナはどうしてるの?」

「〈寺院〉で、例の怪異の出所の探索にかかっています」

というのが、ユーヴァイルの返事だった。

「あなたは疲れておいでのようだったので、お呼びしなかったのでしょう。ここの暮らしにも慣れていらっしゃらないでしょうし」

アトリは赤くなった。

「知らなかった。じゃあ、呑気に寝ていたのって、わたしひとりだったのね」

「そんなことはありません。ひとりひとりに使命があり、向き不向きがあります。あなたが気になさる必要はないのですよ、〈十三〉殿。では、こちらへ」

先に立って、ユーヴァイルは歩きだした。

アトリは後に従ったが、ユーヴァイルの一歩は長く、ついて行くには小走りにならなければならなかった。二人分の影が、二重三重に壁と床に踊る。

やっと追いついて横に並び、優美な横顔を見上げた。相変わらず無表情で生気に乏しかったが、それでも非常に美しいことは否定しようがない。あまり口をきく機会がなかったので近くで見るのは初めてだが、まさに、驚くべき美貌だった。

先ほど、アルディルに聞かされた衝撃的な話を思い出さずにはいられなかった。妹と恋仲だった、とかいうあまりな話はともかく、天に愛された、というのは、こういう顔のことを言うのかもしれない。

アトリの好みではないが、アルディルのような少女が一目で恋に落ちるのは無理もないだろう。そんなことを思っていると、視線を感じたのか、ユーヴァイルが淡い色の視線をこちらに向けてきた。

「わたしの顔がどうかしましたか？」

「え？　いいえ」

どぎまぎして、アトリは横を向いた。

「ただ、本当にきれいな人だなあって思って。あの、ごめんなさい。あなたとはあまり話したこともないのに、失礼なことを言ったわ」

「かまいません。気にしたことはありませんし、関係もないことですから」

ユーヴァイルの目は、いつもどこか遠くを見ている。うつろな瞳だ。それはアトリを通り越えて、どこか、風の吹いている薄明の荒野を映しているように思う。

「でも、あなたを慕っている人はたくさんいるのでしょう？」

「いいえ。誰も」

「でも、アルディルはあなたが好きよ」

かっとして、アトリは言った。

言ってから、しまった、と口を押さえる。誰にももらさないと約束したのに。しかし、ユーヴァイルは気にとめたふうもなく、

「アルディル。ああ。アシェンデン大公の娘御ですね。王の許嫁となられた」

いつも通りの平坦な口調で、そう片づけた。

「けれど、彼女もいずれあきらめるでしょう。〈月の鎌〉の死の影に、自ら身を浸そうとする女性などいはしません。女性に限らず、男性もね。

ことに私などは、一度は〈異言者〉の無明に触れた人間です。〈骨牌〉の王国の人々にとっては、私は、墓から蘇った生ける死体のようなものなのですよ」

「その話はモーウェンナから聞いているけれど」

触れていいものかどうか、アトリはためらいがちに口に出した。

「訊いていいかしら。〈異言者〉ってどんなもの？」

間が空いた。

あきれられたのかと思って、アトリは急いで言い足した。

「もの知らずでごめんなさい。でも、誰も説明してくれないものだから。

それがどんなものなのかはだいたい知ってるわ、ハイ・キレセスにいたとき、知り合いのお爺さんが〈異言者〉になってしまったことがあるの。長いあいだ一緒に暮らした奥さんを亡くしたのがきっかけで。

でもそれは、〈逆位〉や、今、ここに影を落としている〈異言〉とは、どう違うものなの？　考えてみればわたし、〈異言者〉がどういうものだか知ってはいても、どうしてそうなるのかは、はっきり知らなかったわ」

そこまで夢中でしゃべって、はっとしてアトリは口を押さえた。

「あの、ごめんなさい、こんなこと言って。言うのがつらいのだったら、わたし」

「いえ、かまいませんよ。あなたのご存じの通り、〈異言者〉というのは、自分の中の〈詞〉が壊れてしまった人間のことです」

思ったよりあっさりと、ユーヴァイルは答えを返した。

「人は誰でも、自分という存在に関する物語を、〈詞〉として自分の中に持っています。これは基本として、〈骨牌〉に——〈詞〉に携わるものなら、だれでも知っていること」

長い指がアトリの胸をさした。青白いしなやかな指の動きに、アトリはなぜか、先ほど見た少女の首のまぼろしを思い浮かべて、ふと背筋が寒くなった。

「あなたは、アトリ、〈骨牌使い〉として、人間の心というものがどんなに繊細で、複雑な構造をしているかはよくご存じですね。

たとえば自分の生い立ちから、家族、友人、愛するもの、憎むもの、そのほか今の自分を形作っている、すべてのことがら。そうしたものの一つが、ある日、とつぜん壊れてしまった者、それに耐えられず〈詞〉を壊してしまった者が、〈異言者〉となる」

まっすぐ前を向いたまま、ユーヴァイルは言った。

「ちょうど、細い木で組み立てた小屋から、柱を一本ぬきとるようなものです。つり合いを崩した〈詞〉はこわれ、その人間は、それまで暮らしていた〈詞〉の——物語の世界との、つながりを絶たれます」

細い指が薄闇についと一本の線を引いた。

「自分だけにしか通じない〈詞〉の、物語の世界に閉じこめられるのです。秩序とは無関係の、悲しみと苦痛のみが支配する〈異言〉の果てに。それが〈異言者〉になる、ということです」

アトリは息をつめて聞いていた。

ユーヴァイルは少し言葉を切り、そして〈異言〉と呼ばれる勢力は、と続けた。

「彼らは、われわれの知る〈詞〉とは、まったく異質の〈詞〉を操る者たちです。

これは矛盾する言い方かもしれませんが、〈異言〉の勢力とは、破壊された〈詞〉、そのものを自らの道具とし、その混沌から生み出される目的もない怒りと憎悪をすべての源とする者たちだと、われわれは考えています。

西国の、〈骨牌〉や〈詞〉を使わない異民族を〈異言の民〉と呼ぶことはあります。しかし、われわれの敵は、それとも違う。彼らは混沌そのものから力を得る者、いわば、〈詞〉

という秩序そのものに反する者たちです。それがあなたのご存じの〈異言者〉と、〈異言〉の勢力の違いです」

アトリはしばらく黙って、今の説明をよく嚙みしめた。

「あの、嫌だったら嫌って言ってね、ユーヴァイル」

問うていいものかどうかかなり迷ったが、とうとう好奇心に負けた。アトリはおそるおそる口を開いた。

「本当なの？——あなたが、その」

「ええ、本当です。私は、かつて〈異言者〉でした」

思いがけないほどあっさりと、ユーヴァイルは肯定した。すでにその事実すら、彼の内面にはなんの響きももたらさないようだった。

「たったひとりの妹を亡くしてから、長い間そうでした。しかし〈骨牌〉が、救貧院にいた私を現世へと引き戻したのです。〈月の鎌〉として」

しばらく、間があいた。かなり長い間黙って歩いてから、彼は、開いた口からこぼれるのに任せるように、ごく低く呟いた。

「ひどい冗談だと思いませんか」

アトリは待った。単調なユーヴァイルの声になんら変化はなかったが、口をはさむのをためらわせる何かがそこに現れてきていた。

「名ばかりの両親がどこかへ消えてから、私たちにあったのは苦痛と恥辱だけでした。私は妹のためだけに生きていたのに、彼女は死によって奪われてしまった。

そして私は〈異言者〉となり、よりにもよって、妹を奪った死そのものの顕現として、この世に舞い戻ることになった。この手は」

長い袖に隠れた手をかかげてみせる。その手は石でできた細工物のように美しく、固く、そして生命なく青ざめて見えた。本能的な恐怖がアトリをとらえた。

彼女は立ち止まった。ユーヴァイルも立ち止まり、空白の視線をじっとアトリの目に注いだ。影が踊り、二人のまわりで花開いた。

「ひとつかみの灰をふりまくよりたやすく死をふりまくことができる。花を折るようにあっさりと、先へ続くべき人の物語を手折ることができる。

もし、私に死を操る力が備わるのなら、なぜ、あの時妹を救うことができなかったのですか？　なぜ、私は無力に彼女が辱められて死ぬのを見届けなければならなかったのですか？

なぜ、それが私でなければならなかったのです？

死をもたらす手を持ちながら、この身は永遠の生に縛りつけられている。〈骨牌〉とは、〈月の鎌〉とは、いったい何なのですか？

よしんば、与えられたのが死を与える力であって、私には救うことはできなかったとしても、せめて彼女は、私の手で死なせてやりたかった。

なのに力は、すべてが手遅れになってから私のもとにやってきた。〈異言〉の安らかな暗黒にいた私をあざけるように。〈月の鎌〉、王の〈骨牌〉という美しい名のもとに」

冷たい手がアトリの頰を包んだ。

「あなたは〈十三〉だ」

重く、ユーヴァイルは囁いた。

「どうか、私の質問に答えていただけませんか。ジェルシダの姫よ」

「でも、わたし」

どうしてわたしが、との問いは喉の奥に押しこめられた。視線はもはや空白ではなかった。それは氷でできた槍のように、アトリの脳に食いいってきた。自責と飢え、疑念と絶望、そして怒り、目もくらむような憤怒。

この世には、熱くない怒りもあるのだとアトリは知った。〈十三〉のもたらすあの真紅の瞋恚《しんい》とは違うが、同じくらいに強く、触れるいっさいを凍りつかせずにはおかぬ。

投げかけられた問いは、すべてアトリの中にもあった。〈十三〉とは何なの？　なぜ、それがわたしでなくてはならなかったの？　どうしてダニロは死んだの？　必要なときに使えない力なら、なぜ与えられたりしたの？　どうしてなの？　どうして？

とどこかで琴糸をはじくような音がした。アトリははっとわれに返り、氷の凝視から身をもぎはなした。知らぬうちに、手が喉もとの飾りをしっかりと握りしめている。

白い小さな半月は、竪琴のいちばん高い弦を弾いたような澄んだ音色に震えていた。手の中で、それが真珠色のほのかな光を放っているのをアトリは感じることができた。

ユーヴァイルは動かず、後ずさったアトリを黙然と見つめている。

その目、空白のみをたたえた凍りついた瞳。

とっさに恐怖に襲われ、アトリは後ろを向いて駆けだそうとした。

そのとたん、前方の階段の上のほうから、物の倒れるはげしい音が響いた。

アトリは飛びあがった。その場に立ちすくんで見上げるアトリの横を、ユーヴァイルが、飛ぶような動きで階段を駆け上がっていった。

「ど、どうしたの？」

「あれは、王の部屋からです。何かあったのか？」

その言葉を聞いて、アトリの頭から怖れが吹き飛んだ。

ユーヴァイルのあとを追って階段を上がる。目の奥にはまだ冷たい塊が残っていたが。荒れる海の上のガラスの通路を渡り、王の居室にたどりついた。

「フロワサール王！」

部屋に入るなり、アトリは叫んでいた。フロワサールは寝台から降りかけたままの姿勢で、ぐったりと床に横たわっていた。ロナーの姿はない。

「ああ。あなたか、〈十三〉殿」

うっすら目を開けて、彼は呟いた。呼吸が速い。つかんだ手の熱さに、アトリは震え上がった。尋常ではない。燃えださないのが不思議なくらいだ。

「しっかりしてください、王。今、エレミヤを呼んできます。ユーヴァイル」

「駄目だ」

すがりつくようにして、フロワサールは止めた。ユーヴァイルに彼を託して走り出そうとしていたアトリは、その声に含まれた必死の響きに、ぎくりとして動きを止めた。火の熱さの息が手の甲に触れた。

「アロサール、彼のそばにいてやってくれ、わたしでは駄目だ……アトリ！」

燃えるような手が、震えながら腕をつかむ。フロワサールのものを見ない瞳が、狂おしくアトリを捜した。

「わたしは、彼に言った。彼こそが、ハイランドのまことの王なのだと」

荒い息の下から、彼は囁いた。アトリは息を呑んだ。王はさらに続けて、

「そうだ、彼こそが、〈王冠の天使〉を受ける者として、世界に定められた存在なのだ。呪われた罪の子であるわたしが、まことの王を退け、いつわりの玉座に就いたときに〈詞〉のゆがみは始まったのだ。

しかし、誤りの正される時は来た。彼は今こそ、自らのものである王冠を継がねばならない。新しい世紀がやってくるのだ。〈骨牌〉の力の欠如は、彼が〈天使〉を受けるその時まで、いかなる〈詞〉の影響からも守られるよう配慮した天の配剤に他ならぬ。言わなければ――彼に言ってくれ、アトリ！　わたしは」

ユーヴァイルがやってきてアトリを押しのけ、軽々と王を抱え上げた。

「行ってください、アトリ。エレミヤは私が呼びます」

アトリは後じさった。知らないうちに、両手の間で服のすそをもみしだいている。

「でも、そんなにひどい熱――」

「アロサール様に兄君の状態をお知らせしておいたほうがいいでしょうから」

ユーヴァイルは静かに言った。めまいを感じて、アトリはよろめいた。

「頼む。アトリ」

意識を失う寸前、フロワサールが呻くように言った。

「彼の……彼を、支えてやってくれ。……わたしの、弟を――導いて……」

嵐がまた吠えた。アトリは唇を噛みしめた。

ユーヴァイルが王を丁重に寝台にもどすのを見届けると、一礼し、背を向けて、確かな足取りで部屋を出た。

ロナーがどこにいるのか知らないが、捜すつもりだった。

（下巻につづく）

本書は、二〇〇六年三月～九月に富士見ファンタジア文庫より刊行された作品（全三巻）を、再文庫化にあたり二分冊にしたものの上巻です。

ハーモニー〔新版〕

伊藤計劃

2015年、劇場アニメ化

二一世紀後半、人類は大規模な福祉厚生社会を築きあげていた。医療分子の発達により病気がほぼ放逐され、見せかけの優しさや倫理が横溢する〝ユートピア〟。そんな社会に倦んだ三人の少女は餓死することを選択した――それから十三年。死ねなかった少女・霧慧トァンは、世界を襲う大混乱の陰に、ただひとり死んだはずの少女の影を見る――『虐殺器官』の著者が描く、ユートピアの臨界点。

Cover Illustration redjuice
© Project Itoh/HARMONY

野尻抱介作品

太陽の簒《さん》奪《だつ》者《しゃ》

太陽をとりまくリングは人類滅亡の予兆か？
星雲賞を受賞した新世紀ハードSFの金字塔

沈黙のフライバイ

名作『太陽の簒奪者』の原点ともいえる表題
作ほか、野尻宇宙SFの真髄五篇を収録する

南極点のピアピア動画

「ニコニコ動画」と「初音ミク」と宇宙開発
の清く正しい未来を描く星雲賞受賞の傑作。

ふわふわの泉

高校の化学部部長・浅倉泉が発見した物質が
世界を変える——星雲賞受賞作、ついに復刊

ヴェイスの盲点

ロイド、マージ、メイ——宇宙の運び屋ミリ
ガン運送の活躍を描く、〈クレギオン〉開幕

ハヤカワ文庫

野尻抱介作品

フェイダーリンクの鯨

太陽化計画が進行するガス惑星。ロイドらはそのリング上で定住者のコロニーに遭遇する

アンクスの海賊

無数の彗星が飛び交うアンクス星系を訪れたミリガン運送の三人に、宇宙海賊の罠が迫る

タリファの子守歌

ミリガン運送が向かった辺境の惑星タリファには、マージの追憶を揺らす人物がいた……

アフナスの貴石

ロイドが失踪した！　途方に暮れるマージとメイに残された手がかりは〝生きた宝石〟？

ベクフットの虜

危険な業務が続くメイを両親が訪ねてくる⁉しかも次の目的地は戒厳令下の惑星だった‼

小川一水作品

第六大陸1
二〇二五年、御鳥羽総建が受注したのは、工期十年、予算千五百億での月基地建設だった

第六大陸2
国際条約の障壁、衛星軌道上の大事故により危機に瀕した計画の命運は……。二部作完結

復活の地Ⅰ
惑星帝国レンカを襲った巨大災害。絶望の中帝都復興を目指す青年官僚と王女だったが…

復活の地Ⅱ
復興院総裁セイオと摂政スミルの前に、植民地の叛乱と列強諸国の干渉がたちふさがる。

復活の地Ⅲ
迫りくる二次災害と国家転覆の大難に、セイオとスミルが下した決断とは？　全三巻完結

小川一水作品

老ヴォールの惑星
SFマガジン読者賞受賞の表題作、星雲賞受賞の「漂った男」など、全四篇収録の作品集

時砂の王
時間線を遡行し人類の殲滅を狙う謎の存在。撤退戦の末、男は三世紀の倭国に辿りつく。

フリーランチの時代
あっけなさすぎるファーストコンタクトから宇宙開発時代ニートの日常まで、全五篇収録

天涯の砦
大事故により真空を漂流するステーション。気密区画の生存者を待つ苛酷な運命とは?

青い星まで飛んでいけ
閉塞感を抱く少年少女の冒険から、人類の希望を受け継ぐ宇宙船の旅路まで、全六篇収録

著者略歴　1970年生まれ，作家
著書『アバタールチューナー（全5巻）』『パロの暗黒』『魔聖の迷宮』『紅の凶星』（以上早川書房刊）『はじまりの骨の物語』『ゴールドベルク変奏曲』など

HM=Hayakawa Mystery
SF=Science Fiction
JA=Japanese Author
NV=Novel
NF=Nonfiction
FT=Fantasy

〈骨牌使い《フオーチユン・テラー》〉の鏡《かがみ》

〔上〕

〈JA1184〉

二〇一五年二月二十日　印刷
二〇一五年二月二十五日　発行
（定価はカバーに表示してあります）

著者　五《ご》代《だい》ゆう
発行者　早川浩
印刷者　草刈龍平
発行所　株式会社 早川書房
郵便番号　一〇一‐〇〇四六
東京都千代田区神田多町二ノ二
電話　〇三‐三二五二‐三一一一（大代表）
振替　〇〇一六〇‐三‐四七七九九
http://www.hayakawa-online.co.jp
乱丁・落丁本は小社制作部宛お送り下さい。
送料小社負担にてお取りかえいたします。

印刷・中央精版印刷株式会社　製本・株式会社川島製本所

ISBN978-4-15-031184-1 C0193

本書は活字が大きく読みやすい〈トールサイズ〉です。